調印の階段

不屈の外交・重光葵《まもる》

植松三十里

PHP
文芸文庫

○本表紙デザイン＋ロゴ＝川上成夫

調印の階段　不屈の外交・重光葵《まもる》◆目次

調印の階段

不屈の外交・重光葵《まもる》

1章　上海

夜行列車の特等コンパートメントで、駐華日本公使の重光葵《しげみつまもる》は、中国人のボーイに片言の英語で起こされた。まもなく終点の上海北駅《しゃんはいきた》に着くという。

重光は枕元に置いてあった腕時計を、手に取って見た。いつもより、だいぶ早い。それでもボーイが出ていくなり、寝台から身を起こして、丸眼鏡を手に取った。

子供の頃から近視で、妹から「兄さんは眼鏡が似合う秀才顔」と言われてきた。四十三歳になった今は、わずかに手元の文字が見えにくくなった気もするが、まだ眼鏡を作り替えるほどでもない。

彫りの深い目元に、丸眼鏡を収めてから、窓のカーテンを開けた。外は夜が明けかけて、一面、緑の水田が広がっている。上海までは、まだしばらくかかりそうだった。

かたわらのテーブルには、白い琺瑯《ほうろう》の洗面器から、湯気が上がっている。ボーイが洗面用の湯を張っていったのだ。真っ白いタオルも用意されていた。

隣のコンパートメントでも、ボーイが堀内干城《ほりうちたてき》という書記官と、もうひとりの領事館員を起こしている気配がした。

重光は揺れる車内で、両足を踏ん張って顔を洗い、髭《ひげ》を剃《そ》って、身支度を調《ととの》えた。浴衣《ゆかた》を脱ぎ、糊《のり》の利《き》いた白シャツと、麻のズボンに着替えて、革製のがっしりした小型トランクに、荷物をまとめる。

寝台に腰かけて、腕時計の竜頭《りゅうず》を巻いてから、革表紙の手帖《てちょう》を開き、今日の予定を確認した。昭和六年（一九三一）七月二十三日の木曜日、上海で人と会う約束などが、何件か入っていた。

重光は南京《なんきん》と上海とを、たびたび夜行列車で往復する。南京には中国の統一政権である国民政府があり、上海には日本領事館がある。たいがいは上海に滞在しているが、週の半《なか》ばに南京に赴《おもむ》いて用を済まし、木曜日の朝には、こうして上海に戻る。

手帖を閉じて、隣に声をかけた。

「用意ができたら、今朝は早めに降りよう。宋《そう》部長とは会えないかもしれないが」

「わかりました」

ふたりの声が同時に返ってきた。

宋部長とは宋子文《しぶん》といって、国民政府の財政部長だ。日本でいう大蔵大臣に当たる。家は中国屈指《くっし》の富豪《ふごう》で、姉は亡き孫文《そんぶん》の妻、妹は孫文の後継者である蔣介石《しょうかいせき》の妻だ。抗日《こうにち》感情が強い国民政府の中では、重光との関係が、かなりいい人物だった。アメリカのハーバード大学を出ており、たがいに英語で会話する。

宋も重光と同じような日程で、上海と南京を往復していた。木曜日の朝、上海北駅のホームで顔を合わせては、話をしながら出口に向かうのが、ここしばらくの慣例になっている。

　列車が上海の市街地に入り、重光は麻の背広を腕にかけ、トランクを持って、コンパートメントを出た。

　そして堀内たちとともに、寝台車両のドア際に立ち、上海北駅到着を待った。重光は日本人にしては、かなり上背《うわぜい》があり、堀内たちと並ぶと、頭半分ほど高い。

　堀内が額の汗を、ハンカチで押さえてつぶやいた。

「今日も暑くなりそうですね」

　重光は手すりをつかんで応《こた》えた。

「せめて風でもあると、いいのだがな」

　堀内は額が広いことから、老《ふ》けて見えるものの、重光より若い。誠実で、仕事のできる書記官だった。

　列車は北駅のホームに滑《すべ》り込み、ほぼ定刻通りに停車した。重光は真鍮《しんちゆう》製の取っ手をつかんで、手動のドアを開け、真っ先にプラットホームに降り立った。

　上海北駅は何本もの線路が引き込まれ、各ホームの幅が広い。天井《てんじよう》も高く、ヨーロッパのターミナル駅を思わせる。

　早朝にもかかわらず、大勢の人が行き来していた。ポーターたちがシャツの背中を汗で濡らしながら、大きな荷物を脇に抱《かか》え、さらに肩にも載せて歩く。

蒸気機関の白い煙が流れる中、ボーイたちはブリキのバケツやモップなど、車内清掃《せいそう》の道具を持って、客の降車を待ちかまえている。

上海は多国籍の街であり、旅客たちの装いも様々だ。パナマ帽に麻の背広姿、詰め襟《えり》の中国服、和服の男女、ステッキを手にした西洋人も多く、ターバンのインド人も交じる。

それぞれの言葉で、声高《こわだか》に話しながら歩いていく。中でも中国人は、おおむね地声が大きい。それが高い天井に反射して、いよいよやかましいが、それも上海の活気のひとつだ。

重光は念のため、宋や、その秘書たちを目で探したが、やはり姿はない。いつも通りの時間に起きたのなら、まだ身支度をしている頃だ。重光は堀内たちを促《うなが》した。

「先に行こう。もう車は来ているだろう」

領事館の箱型オースチンが、駅前まで迎えに来ているはずだった。

大きなアーチをくぐって、煉瓦《れんが》造りの駅舎に入った時だった。背後でパンパンパンという甲高《かんだか》い音が、続けざまに鳴り響いた。重光は何気なく振り返った。

「爆竹か？」

到着した客を歓迎するために、よく中国人は爆竹を鳴らす。だが次の瞬間、けたたましい悲鳴が続いた。

重光は人々の視線を追って、息を呑《の》んだ。ホームに人が倒れていたのだ。複数の男たちが、拳銃《けんじゅう》を手にしている姿も見えた。

ひとりが銃口《じゅうこう》を、こちらに向けている。とっさに重光は堀内たちに怒鳴《どな》った。

「逃げろッ」

三人は全速力で走った。後ろを振り向く余裕もなく、人混みをかき分け、人とぶつかりながら駆けた。旅客の悲鳴が響く中、銃声が続き、数発の銃弾が、かたわらを飛んでいく。一発が重光の耳元をかすめた。

無我夢中で駅舎から走り出ると、広大な駅前広場だ。土産物《みやげもの》などの露店《ろてん》が軒《のき》を連ね、早朝にもかかわらず店開きして、人通りも多い。血相《けっそう》を変えて飛び出してきた重光たちと、それを追いかける銃声に、誰もが何事かと目を見開いている。

駅舎の前には、タクシーや迎えの車の列ができており、領事館の車は、いつもの場所にいた。運転手が異変に気づいて、すべてのドアを開けて待ちかまえている。

運転手も含め、四人が同時に車に乗り込んで、力一杯ドアを閉めた。

「急げッ」

重光は一瞬、出口の方を振り返った。もう目と鼻の先に、見知らぬ男が迫り、憤《ふん》怒《ぬ》の表情で、大型拳銃の銃口を向けている。

「頭を下げろッ」

重光の声で、書記官たちが座席にうずくまった。この至近距離で、ガラス窓越しに撃たれたら命がない。

車がタイヤをきしませて急発進するのと、銃弾が車の屋根をかすめるのとが同時だった。

車は急ハンドルで、客待ちのタクシーとぶつかりそうになりながらも、駅前の雑《ざっ》踏《とう》をすり抜けた。

なおも銃弾が追いすがる。タイヤを撃ち抜かれたら、万事休《ばんじきゅう》すだ。けたたましくクラクションを鳴らされる中、いつしか背後の銃声が止んだ。

重光は窓の外をうかがいながら、身を起こした。なんとか逃げ切ったと思ったとたん、全身から冷や汗が噴《ふ》き出す。すぐさま堀内たちに聞いた。

「怪我《けが》はないか」

「大丈夫です」

「それなら、よかったが」

肩で息をつきながら、もうひとつ聞いた。

「撃ってきた奴の顔に、見覚えがあるか」

を持っている。敵が見えないわけではないのだ。まして遠い満州の話ではなく目の前にいる同胞《どうほう》を、納得させればいいのだから、自分にできないはずがない。

そう自分に言い聞かせて、覚悟《かくご》を決めた。

「日本に打電してくれ。至急、陸軍の出兵を頼むと」

後ろを振り返って、堀内に告げた。

「ジュネーブの大使館にも、状況を説明する電文を送る」

スイスの日本大使館を通じ、上海出兵の事情を、連盟の理事会に伝えてもらう。それが国際社会への布石《ふせき》だった。


重光の打電が二月一日。日本政府は、これを受けて、翌日には出兵を閣議決定した。すぐさま陸軍が動き、一個師団を差し向けた。海軍は新たに艦隊を編制して来航した。

しかし戦闘が開始されると、日本軍は予想外に苦戦を強《し》いられた。そして劣勢のまま、日が過ぎていき、三月が近づいた。

すると突然、松岡洋右《ようすけ》という代議士が上海に現れた。重光より七歳上で、あくが強く、多弁な男だが、もとは外交官だ。実直な重光とは気が合い、外交策に関しては、時に志を同じくし、時に反発することもある。

松岡は領事館のテーブルを拳《こぶし》でたたいた。

「このだらしなさは、なんだ」

人に話す間《ま》も与えずに、ひとりでしゃべりまくる。

「十九路軍とやらに、手こずりおって」

松岡は顔立ちも、きわめて印象が強い。鼻は愛嬌《あいきょう》のある団子鼻《だんごばな》だが、濃い三角眉《まゆ》の下の目が鋭い。そのうえ団子鼻の下の口髭《くちひげ》が黒々として、いちど見たら忘れない容貌《ようぼう》だ。

「ただな、重光君、心配は要らん。まもなく、もう二個師団が増強される。そうすれば十九路軍など、すぐに蹴散《けち》らせる。そこで機を逃さずに停戦だ」

重光は身を乗り出して聞いた。

「政府の見解も、早期停戦でいいのですね」

「そうだ。政府は早期決着を望んでいる。ただ軍人は馬鹿が多いから、いったん喧嘩《けんか》を始めると、とことん続けたがる。そこを収めさせるには、少しばかり知恵が要る」

松岡は口調を変えた。

「重光君、君は弱腰だと、日本じゃ、さんざんな評判だぞ」

片方の三角眉を上げて言う。

は君のやり方も、悪くはないと思っているが、どうも評判が悪い。それで僕が
たんだ」

首相や閣僚《かくりょう》たちが、上海に行って重光の手伝いをしてやれと、個人的に頼んだという。

「だいいち公使の君が、うろちょろ動けまい。公使の発言は、日本政府の代弁だ。裏工作など、すべき立場ではないし、その辺りは僕がやる。任せてくれ」

松岡とは十二年前に開かれた、パリ講和会議以来の仲だ。

パリ講和会議とは、世界大戦後の連合国会議で、敗戦国のドイツから、どれほどの賠償金《ばいしょうきん》を取るかという会議だった。各国代表団は総勢千人にまで膨《ふく》れあがり、期間は半年に及んだ。

日本は日英同盟を結んでいたことから、大戦中、海軍を出動させ、戦勝国の一員になった。そのため六十数名の若き精鋭を、代表団としてパリに送った。

そこに松岡は三十八歳、重光は三十一歳で加わったのだ。

パリ滞在中、自己主張の強い松岡を嫌う仲間も少なくなかった。しかし英語が抜群に上手《うま》く、特に大勢の欧米人の前でしゃべらせたら、よく通る声で理路整然と説《と》く。その説得力は、ほかの誰にも真似《まね》できなかった。

重光はパリに派遣される前は、アメリカ西海岸のポートランドという都市に、領

事として赴任《ふにん》していた。それを話すと、松岡は破顔《はがん》して両手を打った。

「そうか。実は僕も、ポートランドには長かったんだ。苦労ばっかりだったけどな」

その話で一挙に距離が縮まった。

松岡は山口県の出身で、廻船問屋《かいせんどんや》の四男として生まれ育ったという。だが十一歳の時に、家が傾き、わずか十三歳で新天地を求めて渡米し、着いた先がポートランドだった。

「食うや食わずで行ったんで、来る日も来る日も薪割《まきわ》りさ。馬鹿なアメリカ野郎に、こっちが馬鹿にされて、本当に悔《くや》しかった。いつか見返してやるって、歯を食いしばって頑張ったんだ」

重光は外交官として赴任しただけに、あからさまな人種差別には遭《あ》わなかった。だが松岡は下積み時代が長く、嫌な思いや、悔しい思いは日常茶飯事《さはんじ》だったという。

「金を稼《かせ》ぎながら、必死に頑張って州立大学を出た。できれば大学院は、東部のハーバード辺りに進みたかったんだが、どうしても駄目《だめ》だった。白人なら、僕よりも、ずっと頭が悪くても入れるのにな」

それで諦《あきら》めて帰国したという。

その後は、英語力を生かして、外交官になろうと考えたが、外交官は東京帝国大学出身者が多い。そのため、まずは東京帝大受験を考えた。しかし外交官試験の内容を調べたところ、そう難しそうには思えなかった。そのために独学で試験に臨《のぞ》み、群を抜いた成績で合格したのだった。

パリ講和会議が進むにつれ、日本の使節団は論争についていかれなくなった。つい遠慮がちになり、過熱する話に割って入れないのだ。だがヨーロッパ各国のみならず、中国の代表たちでも、松岡並みに英語がうまく、堂々と主張する。中国の外交官は、たいがいイギリスかアメリカに留学経験があるのだ。

松岡は歯がみして悔しがり、仲間に提案した。

「ディベートをやろう。アメリカの大学でやっている仮想討論だ。テーマを決めて、二手に分かれて論争する。これは英語の稽古《けいこ》にもなる」

たとえば人種差別をテーマに設定し、撤廃《てっぱい》派と擁護《ようご》派とに分かれて、相手方を論破できた方が勝ちになる。たとえ自分自身は撤廃が当然と考えていても、擁護派に振り分けられたら、徹底して擁護論を展開するのだ。

重光は、このディベートに並々ならぬ力を発揮した。重光が理論立てて主張すると、誰も反論できなくなった。日本語でやってみても同じ結果だった。

松岡は相好《そうごう》を崩して誉《ほ》めた。

「これは頼もしいな。君なら相手国が、どんなに難しい注文をつけてきても、負けないだろう」

さらに助言もしてくれた。

「ディベートなら、今の英語でも悪くはないが、スピーチの稽古もした方がいい」

大勢の前で話す時に、日本人は原稿を用意することが多いが、下を向いて読んではいけないという。視線を聴衆に向けて、堂々と話さなければ、どんなに内容がよくても、説得力に欠けるというのだ。

「もうひとつ大事なのは、西洋人相手には、けっして引いてはならないということだ。特にアメリカの奴らは、日本人を見下《みくだ》している。こちらが断固主張しなければ、どんどん甘くみられるぞ」

パリ講和会議は重光にとって、人脈を広げる機会にもなり、実りある経験となった。

その二年後、松岡は四十一歳で外務省を辞《や》めた。それからは満鉄に招かれ、理事を経て副総裁の座に就《つ》いた。しかし、それも辞め、故郷の山口から選挙に出て、代議士に収まったのだ。転職を繰り返し、自力で高みに登っていくやり方は、まさにアメリカ的だった。

そんな松岡の上海出現を、重光は半ば歓迎し、半ば戸惑《とまど》った。だが松岡自身は重光の思惑《おもわく》など構わず、欧米列国の領事館などを、内々にまわり始めた。

　そして二月末、松岡はイギリス海軍の仲介で、密《ひそ》かに十九路軍側と接触した。しかし相手の態度は強硬《きょうこう》で、会見は物別れに終わった。

　一方、重光は、三月一日の夜明けとともに動き、白川義則《しらかわよしのり》という陸軍大将を訪ねた。白川は、劣勢《れっせい》の日本軍を立て直すために、二個師団を率いて、上海に着いたばかりだった。

　虹口地区の北、上海の街外れに、鐘紡《かねぼう》の紡績《ぼうせき》工場がある。戦闘開始以来、休業状態で、広大な敷地が派兵陸軍に提供されていた。

　重光が車で駆けつけてみると、朝靄《あさもや》の中、敷地内では出撃準備が進んでいた。

　事務所の応接室で、白川と会った。白川は陸軍大将らしい堂々たる体軀《たいく》を、カーキ色の軍服で包み、よく通る声で、折り目正しく挨拶《あいさつ》した。

　双方の挨拶が済んでから、重光は今後の見込みを聞いた。

「明後日、ジュネーブで国際連盟の総会が開かれます。それまでに決着を、つけて頂けますか」

　白川は自信をのぞかせて応えた。

「まず大丈夫でしょう。今日一日で優劣を逆転させます。おそらく明日には、十九路軍を撃退できるはずです」

重光は話題を変えた。

「ところで白川大将は、こちらにおいでになる前に、天皇陛下《へいか》には、お会いになられましたか」

「ご挨拶に行ってまいりました」

「今度の出兵について、陛下は何と？」

白川は声を低めた。

「ここだけの話ですが、陛下は私に、事態は重大であるから、なるべく早く目的を達して、遅滞《ちたい》なく引き上げて帰ってこいと、そう仰《おお》せでした」

重光は安堵《あんど》した。それでいて予想できなかった話でもない。もともと天皇は戦乱を好まない。ただ白川が、天皇の意向を耳にしているかどうかを、確かめておきたかった。

まもなく進軍ラッパが、工場の敷地に鳴り響き、武装した二個師団は、上海市街に向かって出発していった。

その日、日本軍は圧倒的な兵力で、一気に優勢に転じた。だが戦闘の最中《さなか》、またもや驚くべき知らせが、満州から届いた。

満州が中国から独立したという。清《しん》王朝最後の皇帝だった溥儀《ふぎ》が、執政《しっせい》の座に就き、満州国建国を宣言したというのだ。

もともと清王朝は漢民族ではなく、三百年ほど前に、満州人が万里《ばんり》の長城を越えて南下し、北京に建てた国家だった。だが近年、清王朝が滅亡し、中華民国に取って代わられたために、溥儀は先祖の故郷に帰って、独自に故国を再建したという形だった。

重光は裏の事情を推《お》し量った。日本軍は自分たちの意に沿った国を、造り上げたに違いなかった。独立国である限り、中国への返還の義務も失《う》せる。おそらく溥儀は操《あやつ》り人形同然で、まさに傀儡《かいらい》国家だ。

もしかすると上海北駅での狙撃事件も、僧侶たちの襲撃事件も、日本軍による工作ではないかという疑惑さえ生じる。

今まで欧米列国の批判は、日本の満州進出に集中してきた。そこで満州の日本軍は、遠く離れた上海で事件を起こし、彼らの視線を南に向けさせた。さらに日中融和派の重光が、上海での紛争で手一杯の間に、一気に満州国建国に走ったのだ。

だが、それを確かめる時間も余裕もないまま、上海での戦闘は続いた。

翌三月二日には、白川の見込み通り、十九路軍は退却を始めた。夕方になると、中国兵は上海市街から姿を消し、日本軍は当初の目的を果たした。

いよいよ三日は国際連盟総会の日だった。満州独立の問題が加わった今、いっそう上海での停戦は不可欠となった。

ジュネーブとの時差は七時間ある。その七時間のうちに、重光は停戦の宣言を、派遣されてきた陸海軍の司令官から引き出さねばならない。

またもや重光は夜明けとともに動き、まずは海軍の説得に出向いた。領事館前の黄浦江岸には、派兵艦隊の旗艦《きかん》、出雲《いずも》が碇《いかり》を下ろしている。

水面に夜明けの薄靄がかかる中、ジャンクと呼ぶ中国の艀船《はしけぶね》で、出雲に向かった。接舷《せつげん》するなり、重光はタラップを駆け上がり、野村吉三郎《きちさぶろう》に面会を申し込んだ。

野村は海軍中将《ちゅうじょう》で、今度の派遣艦隊の司令官だ。野村もまた、かつて重光や松岡とともに、パリ講和会議に派遣された仲間だった。海軍武官として代表団に加わったのだ。

武官は軍人の立場で、在外公館や国際会議などに派遣され、軍関係の情報収集などに携《たずさ》わる。特に野村は国際法に詳しく、代表団の中で重きをなしたものだった。

年齢は重光よりも十歳上で、大きな二重《ふたえ》まぶたの目元が、力強い印象を与える。軍人らしい坊主頭で、上背のある重光よりも、なお背が高い。

気心が知れている仲だけに、重光は艦内の司令官室で、率直《そっちょく》に聞いた。

「十九路軍を撃退し、当初の目的を果たせたからには、もはや停戦すべきだと思いますが、野村司令官のご意見は?」

野村は淀《よど》みなく応えた。

「私としては撤兵《てっぺい》に異存ありません。ただし陸軍が、どう言うか。勝っている最中だけに、納得するかどうか、それが問題でしょう」

そして濃紺《のうこん》の軍服の内ポケットから、革の手帖を取り出して開いた。

「今日が国際連盟の総会ですね」

さすがに海外通だけあって、事情を読んでいる。重光はうなずいた。

「その通りです。ジュネーブで総会が始まるまでに、停戦を確定しなければなりません」

すると野村は手帖を閉じて言った。

「ならば、もう停戦が決まったと、ジュネーブに打電しておく方が、よくはありませんか」

「いえ、時差がありますから、まだ大丈夫です」

「いや、こういった大きな国際会議では、たいがい主催者の事務方が、前々から、配布用の資料づくりをしているはずです。今のうちに停戦を伝えておく方がいい。満州のこともあるし、あらかじめ会議の前に、親日的な雰囲気《ふんいき》を作っておくことも大事です」

「しかし」

　重光は言い淀んだ。あくまでも停戦を確定してから、発表するのが筋《すじ》であり、順序を逆転するなど、不誠実なやり方だった。

「打電してしまってから、陸軍が停戦を呑まなかったら？」

「それは、あってはならないことでしょう」

「もちろんです」

「ならば説得するしかない。もしも白川陸軍大将が停戦を呑まないなら、僭越《せんえつ》ながら、自分も説得に出向きます」

　だが万一、説得できなければ、自分だけでなく、日本という国までもが、連盟に対して嘘をついたことになってしまう。

　それでも野村は、力強い視線を重光に向けて、言葉を重ねた。

「それに先に打電してしまう方が、その後、落ち着いて陸軍を説得できる。時間を気にしながらでは、こっちも焦《あせ》って、物別れに終わるおそれがある」

　重光は覚悟を決めた。

「わかりました。今すぐ、打電しましょう」

　すると野村が濃紺の軍帽を手にし、坊主頭に被《かぶ》ろうとした。

「これから一緒に、陸軍へ説得に行きましょう」

っている。だが今度の日本軍の大陸進出は、この均衡を破ることになる。

なおも応えようとしない白川に呆《あき》れ果て、さすがの松岡も口を閉ざした。そして不機嫌そうにテーブルを離れ、窓際のソファに音を立てて腰掛けた。ぷいと窓の外を向き、今にも舌打ちでもしそうな様子だ。

しかし重光は、わずかに白川の様子が変わったことに気づいていた。さっき松岡が、アメリカと戦争する覚悟があるのかと聞いた時、ぴくりと眉が動いたのだ。それからは瞬《まばた》きが増え、額には汗が滲《にじ》み出ている。気持ちが揺れ始めた証拠だった。

松岡は微妙な変化に気づかない。それどころか、もう匙《さじ》を投げたと言わんばかりに、窓の外を向いて黙り込んでしまった。

部屋は物音ひとつしない。重光は今だと思い、おもむろに口を開いた。

「東京の宮中において、天皇陛下は、このことで、さぞかし心を痛めておいででしょう。恐懼《きょうく》に堪《た》えません」

それは重光の切り札だった。一昨日の早朝、白川は打ち明けた。

「ここだけの話ですが、陛下は私に、事態は重大であるから、なるべく早く目的を達して、遅滞なく引き上げて帰ってこいと、そう仰せでした」

天皇への忠誠が絶対である限り、白川は従わないわけにはいかない。天皇の意志の前には、逸り立つ部下の戦意など、ものの数にも入らない。

白川が初めてうつむいた。口元が苦しげに歪んでいる。

松岡が振り向いた。さすがに白川の変化に気づいて、重光に驚きの顔を向ける。何か言いかけたのを、重光は目で制した。今は黙って、白川の決断を待つべきだった。

白川は肩をふるわせ、大きく息を吸い込むと、音を立てて椅子《いす》から立ち上がった。そして東京の方角を向いて直立不動の姿勢を取り、天皇に奏上《そうじよう》するかのように、大きな声で言った。

「白川は、戦争をやめます。停戦命令を、出します」

松岡が飛び跳《は》ねるようにして、ソファから立ち上がり、白川に駆け寄って、西洋人のように握手した。

「よくぞ、決断してくれました」

重光も立ち上がって、テーブル越しに言った。

「ご立派な決断だと思います」

すぐに電話でイギリス公使に仲介《ちゆうかい》を頼み、十九路軍と国民政府を相手に、停戦交渉に入ることにした。

帰りの車の中で、松岡は座席に深々と座り、上機嫌で重光に聞いた。

「いったい君は、どんな魔法を使ったんだ」

重光は頬を緩《ゆる》めた。

「魔法など、何も」

「だが、あの頑固者《がんこもの》を説き伏《ふ》せるなど、僕にもできない技だ。ひとつ教えてもらいたい」

「いえ、私は思う通りを、ただ口にしたまでです」

早期撤兵という天皇の意志を聞いたことは、白川は「ここだけの話」として打ち明けたのだ。重光としては、相手が松岡といえども話せない。しかし松岡は勘づいた。

「なるほど。おそらく君は陛下のご意志を、あらかじめ耳にしていたんだな。それにしても、あそこで陛下のことを持ち出すとは、正直、僕は驚いた」

重光は素直に認めた。

「恐れながら陛下のお名前は、そう容易《たやす》く出せません。松岡さんが理詰めで説得した後だったからこそ、白川大将も納得したのでしょう」

するとと松岡は手を打って笑い出した。

「いやはや、君は、たいした策士になったもんだ。パリで会った頃は、ただ生真面目《きまじめ》なだけだったが。これなら、そうとう厳しい外交交渉も、期待できるな」

さらに、しみじみと言った。

「いい外交官になったものだ。ジュネーブに先に打電した裁量も、腹が据《す》わっていると思った」

「いえ、打電の件は、海軍の野村中将の助言です」

松岡は、ふたたび笑い出した。

「馬鹿。そんなことは、自分の手柄にしておけばいいんだ。外交官に謙遜《けんそん》は不要さ」

重光も笑い出し、車中には、ふたりの笑い声が満ちた。

その日の深夜、日本から、重光個人宛《あて》の電報が届いた。妻、喜恵《きえ》の実家からだった。

「サンガツツイタチ　ジヨジ　ウマル　ボシトモニ　ケンコウ　シヤンハイノテイセント　ハツセツクヲ　トモニイワフ」

臨月《りんげつ》だった妻の喜恵が、一昨日、女の子を産んだという。停戦と初節句《はつぜっく》を同時に祝うという文面を読んで、初めて今日が雛祭《ひなまつ》りだと気づいた。

去年の年末まで、重光は喜恵と息子の篤《あつし》とともに、上海の公使公邸で暮らしていた。だが日本で出産させるために、ふたりを里帰りさせたのだ。

「女の子か」

電報を見つめて、思わず微笑《ほほえ》んだ。

重光は結婚が遅かったために、息子の篤は、まだ四歳だ。今度、女児だったらと用意していた名前がある。すぐに返事をしたためた。

「メイメイ　ハナコ　チユウカノ　カヲ　モチイヨ」

重光華子。中華民国の国名から、一文字もらった名前であり、重光の融和路線を表した命名だった。

翌日、イギリス公使の仲介により、中国側も停戦を約束した。紛争は上海事変と名づけられた。重光としては、まずは一安心だった。

だがその後、イギリスのほかにも、アメリカ、フランス、イタリアが停戦交渉に加わることになった。日本が戦勝を機に、上海での利権を拡大するのではないかと、列国が案じた結果だった。

そのために交渉開始は、三月二十四日まで延びてしまった。

重光は交渉の席で、日本が領土的な野心を持たないことを明らかにしたが、妥結《だけつ》に手間取った。そして四月二十八日に至り、ようやく正式に停戦成立となった。

あとは和文、英文、漢文の三カ国語で、停戦協定の正式書類を作成し、双方で調印《ちょういん》すれば、日本軍は撤退する。翻訳《ほんやく》に正確を期すため、あと数日は要する見込みとなった。

停戦成立の翌日、四月二十九日は、日本人にとって大事な祝日だった。天皇の満三十一歳の誕生日であり、天皇の座に就いて六回目の天長節《てんちょうせつ》だ。上海事変の戦勝祝いを兼ねて、虹口地区にある新公園で、大きな式典が開かれることになった。

重光はモーニングコート姿で、堀内らとともに、黄浦江沿いの領事館前から、車に乗り込んだ。そして日本租界の目抜き通りである呉淞路《ごしょうろ》を北上し、新公園に向かった。

呉淞路の両側には、日本企業のビルが建ち並ぶ。どこも石造りの重厚な建物で、祝日らしく、入口に日の丸を掲《かか》げている。

まもなく車は、大きな五叉路《ごさろ》に差しかかった。左手の三角の敷地が、虹口マーケットという三階建ての市場だ。アジア最大の市場といわれ、食料品から生活雑貨まで何でも手に入る。日本の商品も、ここで手に入らないものはない。

五叉路から北は商店街だ。いつもは箱型の乗用車やトラック、人力車などが、ひっきりなしに行き交い、賑《にぎ》やかな通りだが、今日ばかりは、ひっそりとしている。日本の役所も企業も商店も、すべて休みで、ほとんどの日本人が、新公園に集まることになっていた。

ひと月前には、この商店街でも激しい市街戦があった。砲撃で壊れた建物は、瓦礫が取り除かれ、すでに修復が始まっている。だが今日ばかりは工事も休みだ。

さらに北上すると瀟洒《しょうしゃ》な住宅街に入る。石造りや煉瓦造りの四、五階建てが建ち並ぶ。どれも日本人が暮らす集合住宅で、企業の社宅が多い。緑が豊かで、フランス租界やイギリス租界にも、引けを取らない美しい街並みだ。

重光たちの乗った車が、新公園に到着すると、膨大《ぼうだい》な数の日本人が歓声と拍手で迎えた。重光は車から降りるなり、片手を挙げて応えた。

堀内が広い額の汗を、ハンカチで拭《ふ》きながら、空を仰《あお》ぎ見た。

「式典が終わるまで、本降りにならなければ、いいのですが」

朝から降ったり止んだりの小雨模様で、昼近くなった今も、灰色の雲が垂れこめる。重光も少し気にはなったが、あえて気軽な調子で応えた。

「まあ、心配していても仕方ない。降ったら降った時のことだ」

公園には仮設の式台が組まれていた。高さは大人の背を、はるかに超える立派な台だ。手すりには紅白の細布が斜めに巻かれ、足元も紅白の幔幕《まんまく》で覆《おお》われている。

陸軍大将の白川や、海軍中将の野村の乗った車が、次々と到着し、そのたびに拍手が湧いて、日本から派遣されていた軍人たちが顔を揃えた。

重光は案内されるまま、十数段の階段を、両足で踏みしめて昇った。壇上《だんじょう》は六畳間ほどの広さで、演台とマイク、数脚の椅子が用意されていた。

重光に続いて、軍服姿の軍人たちが壇上に昇り、横一列に並んだ。白川も野村も体格がよく、上背のある重光も、彼らに囲まれると目立たない。

目の前の広大な芝生《しばふ》広場は、日本人で埋め尽くされていた。中央には、上海事変のために派兵されてきた日本兵が整列しており、その両側は、上海在住の日本人が一堂に会していた。

民間人の男たちは背広姿か羽織袴《はおりはかま》姿。女たちは、きちんと髪を結《ゆ》い、春らしい色合いの晴れ着で、華やかさを添えている。

手前には、小学生たちが日の丸の小旗を握りしめて、こちらを見つめていた。虹口地区には日本の小学校が三校ある。その生徒たちだ。

まず民団の委員長が、壇上のマイクの前で、背筋を伸ばして立ち、おごそかに開会を宣言した。

「ただ今から、天長節、ならびに戦勝の祝賀式典を、執り行う」

民団とは上海居留《きよりゆう》日本人の自治組織だ。垂れこめた雲にまで響かんばかりに、盛大な拍手が湧く。

まず重光が挨拶に立ち、それから白川、野村の順でマイクの前に立った。誰もが天皇の健康をことほぎ、上海事変の早期終結に、喜びを表した。

さらにイギリス公使や国民政府の要人が、来賓《らいひん》として祝辞《しゆくじ》を述べた。通訳官がマイクを通して、日本語訳を伝える。欧米の新聞記者たちも大勢、式台の下に参列していた。

重光と軍人四人が壇上に残り、あとは君が代斉唱《せいしょう》と万歳三唱で、解散の運びとなった。司会の声がマイクを通して響いた。

「君が代、斉唱」

重光は両足を揃え、背筋を伸ばして立った。広場を埋め尽くす、すべての日本人も、いっせいに姿勢を正す。

式台の下に控えた軍楽隊が、おごそかに演奏を始めた。前奏に続いて、全員が声を揃えて歌う。

「さざれーいーしーのー」

大合唱が終わりに近づいた時だった。甲高い笛のような音が聞こえた。何かが風を切って飛んでくる音だ。

それは上空から近づき、重光の耳元をかすめて、壇上に転がった。金属製で、奇妙な水筒型のものだった。

壇上の誰かが叫んだ。

「爆弾だッ」

周囲がざわつき始める。だが軍楽隊の演奏は続いている。重光は直立不動のまま、国歌斉唱を続けた。君が代を途中で止めることはできない。

しかし次の瞬間、耳をつんざく轟音《ごうおん》とともに、目の前が朱色に染まった。巨大な炎だった。同時に強烈な爆風が襲う。

とてつもない力で、全身を殴《なぐ》られたような感覚があった。身体《からだ》が軽々と吹っ飛び、そのまま式台の手すりにたたきつけられ、反動で床に転がった。

巨大な炎は一瞬で消え、後には白煙《はくえん》が立ちこめた。何も見えず、強い火薬の匂《にお》いが鼻をつく。あちこちから、けたたましい悲鳴が上がった。

重光は立ち上がろうとしたが、足の自由が利かない。見れば、全身が埃《ほこり》だらけで、ズボンの一部が裂けている。特に右の太腿《ふともも》の辺りが、ずたずたで、そこから鮮血が噴き出していた。

見る間に血の染《し》みが、黒い布地に広がって、床に滴《したた》り落ちる。その時、初めて激痛を感じた。

同時に、相反《あいはん》する感情が頭をよぎった。停戦成立後でよかったという安堵と、逆に、この爆破事件によって、停戦が振り出しに戻りはしまいかという不安だ。

阿鼻叫喚《あびきようかん》の最中、真っ先に堀内が壇上に駆け上がり、重光を抱き起こそうとした。

「公使ッ、しっかりしてくださいッ」

　しかし、ひとりでは動かせない。大声で叫んだ。

「誰かッ、手を貸してくれッ」

　警備の警察官など数人が、駆け寄る気配がした。両脇に手が差し入れられ、腰にも手がかかり、身体が持ち上げられる。だが足が引きずられ、耐えがたい痛みが襲う。

「頼む。足も、持ってくれッ。右足だッ」

　それからは、怒濤《どとう》に揉《も》まれるようにして運ばれた。

　だらりと垂れ下がった手の先に、濡れた芝生が触れる。重光は、どうにか式台から降ろされたことを悟《さと》った。

　堀内が耳元で怒鳴った。

「今すぐ、自動車が来ますッ」

　濡れた芝生の上に降ろされた。堀内は、かたわらに膝《ひざ》をついて、重光を励《はげ》ました。

「すぐに病院に、お連れしますので」

　その時、群衆のざわめきの中に、怒声《どせい》が聞こえた。

「犯人は朝鮮の奴だッ」

「今すぐたたき殺せッ」

重光は騒ぎの方に向かって叫ぼうとした。

「待てッ」

だが大きな声が出ない。やむなく堀内の腕をつかんで、懸命に頼んだ。

「すぐに警察官を、呼んでくれ。すぐだ」

近くにいた日本人の警察官が駆けつける。重光は力を振り絞《しぼ》って言った。

「絶対に犯人に手を出さぬよう、取り締まってほしい。そう署長にも伝えてくれ」

警官は直立し、敬礼で了解を伝えてから、怒声の方向に駆けていった。

まもなく黒塗りの箱型オースチンが、タイヤの音をきしませて到着した。激しい痛みの中、ふたたび身体を支えられて、後部座席に担《かつ》ぎ込まれる。

後から乗り込んだ堀内がドアを閉め、早口で運転手に言った。

「福民《ふくみん》病院へ行ってくれ」

発車寸前に、誰かが窓越しに叫んだ。

「公使のベルトを外して、脚《あし》の止血《しけつ》をッ」

もうズボンは腿から下が、血でぐっしょりと濡れていた。走り出した車内で、重光は自分で腰のベルトを外そうとした。だが手がふるえて外せない。

堀内が手を貸して抜き取り、そのまま脚の付け根に巻き付けて、強く締め上げた。脳天まで突き抜けるような痛みが走る。堀内が懸命に声をかけ続けた。

「公使、しっかりッ」

　重光は小さくうなずいた。だが額からは脂汗《あぶらあせ》が滲み、こめかみから頰《ほお》に伝う。気がつけば右肘《ひじ》にも、刺すような痛みがあった。

　ほかに怪我はないかと、モーニングコートのベストの裾《すそ》から、恐る恐る左手を差し入れた。シャツ越しに腹と胸を探ってみたが、出血も痛みもない。

　深呼吸をしてみたが、息もできる。手足の怪我だけで、内臓が無事ならば、おそらく死ぬことはない。大丈夫だ、落ち着こうと、自分自身に言い聞かせた。

　車が揺れるたびに、痛みに歯を食いしばりながらも、重光は式台の近くにいた小学生を思った。日の丸の小旗を振っていた子供たちは、無事だろうかと案じられ、堀内に聞いた。

「ほかに、怪我人は、なかったか」

　堀内は申し訳なさそうに応えた。

「あちこちに目を配る余裕が、ありませんでしたが、ほかにも壇上にいた方で、怪我をされた方は、いたようでした」

　重光は怪我人が壇上だけならば、子供たちは無事だろうと、わずかに安心した。

　車は北四川路《ほくしせんろ》を猛スピードで南下し、突然、左折した。重光の身体が、反動でドアに押しつけられ、またもや脚に耐えがたい痛みが走る。

車が福民病院の門を入ったらしい。車寄せで急停車するなり、堀内がドアを開けて、転がるようにして外に出た。

「担架《たんか》をッ。爆弾を投げられて、重光公使が大怪我だッ」

大声で叫びながら、入口に飛び込む。

ナースキャップ姿の看護師が、白衣の裾をひるがえし、担架を抱えて飛び出してきた。車の窓にしがみつくようにして、運転手に言った。

「すみません。手を貸してください。みんな天長節に出かけて、男手が足りないんです」

病院も休みで、当番医と、わずかな看護師しか残っていないという。

重光は自分でドアを開け、運転手の手を借りて外に出た。だが立とうとして、激しいめまいを感じた。

「公使ッ、しっかりなさってくださいッ」

運転手は支えきれず、堀内も駆けつけて手を貸したが、担架の上に崩れ落ちた。

そのまま担架で、消毒薬の匂いが立ちこめる診察室に運ばれた。看護師が、かたわらから声をかける。

「先生は、おいでですので、大丈夫です。心配は要りません」

担架から診察台に移され、すぐに若い医者が駆けつけた。だが、あまりの惨状《さんじょう》に、呆然《ぼうぜん》としている。重光は左手で怪我の位置を示した。

「右脚と、右の肘を、やられたようです。服は、切って、かまいません」

若い医者は我に返ったように、はさみを取り上げ、ズボンの右裾に刃を当てて、切り開いた。だが無数の傷を目にして、また立ちすくんでしまった。

その時、重光は、初めて悪い予感を抱《いだ》いた。右脚は、もう駄目かもしれない、自分は片方の脚を失うのだろうと。

それどころか傷が悪化すれば、命を落とす危険もある。ただ自分でも意外に思うほど冷静だった。

すぐに大隈重信《おおくましげのぶ》の名が頭に浮かんだ。大隈重信が片脚だったことを知ったのは、重光が熊本の第五高等学校に入った頃だった。

大隈は外交手腕に優れ、不平等条約の改正に尽力《じんりょく》した。維新前に徳川幕府が諸外国と結んだ条約だ。大隈は外務大臣として、思い切った策を推《お》し進めたが、これに反対した右翼《うよく》活動家に、爆弾を投げつけられたのだ。外務省から帰宅する途中、馬車を爆破されたという。片脚を切断された後は義足《ぎそく》を用い、総理大臣などを歴任して活躍を続けた。

後に大隈は、こう語った。

「爆裂弾を放りつけた者を、憎い奴とは少しも思っていない。いやしくも外務大臣である我輩《わがはい》に、爆裂弾を食らわせて世論《よろん》を覆《くつがえ》そうとした勇気は、蛮勇《ばんゆう》であろうと何であろうと感心する。若い者は、こせこせず、天下を丸呑みにするほどの元気がなければ駄目だ」

その逸話《いつわ》を知った時、重光は、すでに外交官を志しており、心から大隈を尊敬した。外交に携わる者としては、それほどの覚悟が必要なのだと、肝《きも》に銘《めい》じもした。

また大隈は佐賀の人であり、大分出身の重光は、同じ九州人であることを誇りにした。

医師や看護師たちが、次々と新公園から駆け戻り、職務に就き始めたらしく、診察室は慌《あわ》ただしくなった。

頓宮寛《とんぐうゆたか》という院長が現れた。重光も診察を受けたことがある医者だ。頓宮は傷を診《み》て、すぐに消毒薬の瓶《びん》を手にした。

「ちょっと、染《し》みますよ」

腰から足先まで消毒薬を注ぐ。悶絶《もんぜつ》せんばかりの痛みに、重光は思わず仰《の》け反《ぞ》った。

頓宮はピンセットを持ち、真剣な眼差《まなざ》しで、次々と破片を取り除いていった。そして血だらけの手を拭いて言った。

「とりあえず取れるだけのものは取りました。これで血が止まるのを待ちましょう。ただ右の腰から足先まで、まだ途方もない数の金属片が、突き刺さっています。明日、手術で、できるだけ取り除きます」

あとは看護師が包帯を巻いて、その日の処置は終わった。

同じ診察室に、民団委員長の河端貞次《かわばたていじ》など、ほかの怪我人たちが相次いで運ばれてきた。河端は祝賀式典の開会を宣言した人物だ。

河端の状態は、目を背《そむ》けたくなるほど凄惨《せいさん》だった。顔も手もモーニングコートも血だらけで、額の傷からは、白い骨が露出《ろしゅつ》していた。担架の上では目もうつろで、ぐったりとしていたが、隣の診察台に移す際に、すさまじい声で絶叫《ぜっきょう》した。

それから重光は担架に載せられて、修羅場《しゅらば》の診察室を離れ、病室に移された。

福民病院は八年ほど前に、頓宮が開業した総合病院だ。診立《みた》てがよいと評判で、中国人の患者も大勢やって来る。今年、新たに増築したばかりで、病室にはペンキの匂いが残っていた。

「少し空気を入れ換えましょう」

堀内が、縦長窓の下半分を持ち上げて、外気を入れた。外は、もう夕闇が迫っており、堀内は天井の電灯をつけた。

電灯の光を受けた壁の白さが、妙にまぶしかった。鉄パイプの寝台も、白ペンキで塗られていた。

　まもなく領事館の職員たちが駆けつけた。彼らの話から、白川と野村も重傷を負ったことが知れた。ふたりは日本軍の病院に運ばれ、軍医が治療に当たっているという。

　重光は堀内をはじめ、書記官たちを枕元に集めた。そして痛みをこらえ、肩で息をつきながら言った。

「堀内君、至急、日本に打電してほしい。宛先は外務省だ」

　堀内は、すぐに内ポケットから手帖を取り出し、小さな鉛筆を握った。重光は頭の中で考えをまとめながら、電文を口にした。

「今回の私の負傷は、致命傷《ちめいしょう》ではないが、すこぶる重傷と判断される。ついては今後しばらく公務に就けそうになく、遺憾《いかん》に思う」

　ひと呼吸置いて、また口を開いた。

「だが今回の事件にかかわらず、停戦協定は、このまま成立させることが、国家の大局から見て、絶対に必要だと考える。ここで一歩、誤れば、国家の前途に取り返しのつかないことになる」

　堀内の鉛筆が止まるのを待って、後を続けた。

「もし連絡などに必要なら、至急、松岡氏を、ふたたび上海にわずらわせ、停戦交渉成立に尽力して頂きたい」

できれば自分で書類に署名して、停戦を確定させたい。でも、もし後を託さねばならないのであれば、松岡洋右しか考えられなかった。

重光が電文をすべて口述し終えると、堀内が頭から復唱した。

「それでいい。その内容で、すぐに打電してくれ」

「わかりました」

「それから、もうひとつ。在留日本人には、あくまでも冷静に行動するように、広く伝えてほしい」

「その件は、公使の談話として、上海新報に載せさせましょう」

上海新報は上海で発行されている日本語新聞だ。ここに記事が出れば、日本人には知れ渡る。

さらに重光は、もっとも気がかりなことを口にした。

「あとは、できるだけ早く、停戦協定の書類を作成してほしい。私自身が調印して、停戦を見届けたい」

「わかりました。今夜から、すぐに取りかかります」

堀内は手帖をしまい、書記官たちが手分けして、電報局と上海新報に走った。

ひとりになると、また耐えがたい苦痛が襲ってきた。痛み止めの薬は阿片《あへん》であり、こういった場合に用いると、中毒を引き起こすので使えない。そのために歯を食いしばって、我慢するしかなかった。

重体の河端は、隣の病室に入ったらしく、壁越しに、悲痛なうめき声が聞こえる。河端の家族たちのすすり泣きも、かすかに伝わる。気持ちを沈ませる声だった。

夜半過ぎ、そのうめき声が鎮《しず》まった。代わりに泣き声が高まり、医師や看護師たちが、慌ただしく廊下《ろうか》を行き来するのが聞こえた。

河端が息を引き取ったに違いなかった。だが、あれほどの苦しみから解き放たれたことに、重光は、むしろ安堵を感じずにはいられない。

次は自分かという不安と、脚一本くらいで死んでたまるかという強気が交錯《こうさく》する。痛みに耐えながらも、いっそ河端のように早く楽になりたいとも願った。

翌日、院長の頓宮は、軍医の応援を頼み、金属片の摘出《てきしゅつ》手術に臨んだ。重光の脚から、無数の砕片が取り出された。

麻酔《ますい》が切れると、前日にも増して激しい痛みが襲った。頓宮は硬い表情で、枕元に立った。

「大きな金属片は取りましたが、細かいものが肉にめり込んで、とても取りきれませんでした。ざっと数えても、傷は百五十カ所以上に及びます」

さらに言いにくそうに伝えた。

「私の力では、今の処置で精一杯です。それで日本に電報を打っておきましたので、九大から専門医が来てくれるはずです」

九州帝国大学の医学部に、外科医の派遣を要請したという。重光は覚悟を決めて聞いた。

「脚を切ることに、なるのですか」

頓宮は目を伏せて応えた。

「専門医の判断次第ですが、細かい金属片が埋まったままで、放っておくことはできません。これほど数が多いと、化膿《かのう》するのは避けられませんので」

実質的な切断宣告だった。だが昨日と同様、重光は落ち着いていた。

「ひとつだけ聞いておきたいのですが、命にかかわる手術になりますか」

頓宮は、あいまいに首を振った。

「こんな時勢ですから、兵士が怪我を負って、手脚を切断するのは珍しくはありません。その後、元気になる者が、ほとんどです。ただ、なにぶんにも大きな手術ですし」

命がけであることは否定できないという。重光は迷わずに頼んだ。

「ならば停戦協定の書類ができるまで、手術を待って頂けませんか」

書類の作成は、どんなに急いでも四、五日はかかるはずだった。頓宮は当惑顔で応えた。

「でも、それまで、いたずらに痛みが続くことになりますが」

「それでもかまいません。自分で署名して、停戦を確かなものにしたいのです」

頓宮は表情を改めて、深くうなずいた。

「わかりました。九大から誰か来るのにも、何日か、かかるでしょうから、日程を合わせましょう」

「お願いします。書類の作成は、できるだけ急がせますので」

その後、九大医学部からの連絡や、領事館の手続きの見込みから、手術は、事件から六日後の五月五日と決まった。


重光は夢の中にいた。自分は新公園の式台の上に立っている。

遠くから君が代が聞こえてきた。危険が迫っているのがわかる。逃げなければと思うのに、足が動かない。逃げようとすると、右脚に激痛が走る。

案の定、上空から、ひゅるるるという風切り音が聞こえる。嫌な音だった。

目の前に、水筒型の爆弾が落ちた。全身に鳥肌が立つ。だが逃げられない。脚の痛みが激しくて、どうしても逃げられないのだ。

爆発すると思った瞬間、自分の叫び声で目が覚めた。目の前には、病室の白い天井がある。呼吸も動悸《どうき》も速い。額には脂汗が浮いていた。

「葵、大丈夫か？」

かたわらから兄の簇《あつむ》が声をかけた。重光は肩で息をしながら応えた。

「何でもない。夢を見ただけだ」

痛みでろくに寝られない上に、わずかに、うとうとすると、かならず同じ夢を見る。篤は両拳を握りしめ、もどかしそうに言った。

「何もしてやれんのが辛《つら》い。代わってやれるのなら、代わってやりたい」

親族には、たいした怪我ではないから見舞いは無用と、電報を打っておいた。

だが天長節の爆弾事件は、日本の新聞に大々的に報じられ、連日、怪我人の容態《ようだい》の記事も出ているという。

特に重光が重体と書かれており、事件の三日後には、兄が心配して駆けつけたのだ。篤は逓信《ていしん》省の官僚であり、仕事の忙しい中、わざわざ時間を割《さ》いて来てくれたのが、嬉《うれ》しくもあり、心苦しくもあった。

兄が日本から持って来た新聞を、重光は痛みをこらえて読んだ。

そこには陸軍大将の白川と、海軍中将の野村の怪我の具合が、報じられていた。彼らの治療は軍医が当たっていたので、容態は人づてに聞くだけだった。しかし誰もが深刻な話は避けて、重光には詳細を知らせない。

だが新聞によると、白川が全身に金属片を受けて重体。野村は片目の光を失い、両眼失明の危険もあるという。

鐘紡の応接室で、直立不動で停戦を宣言した白川や、一緒に白川を説得に行くと言ってくれた野村が、そんな状態にあることに、改めて沈痛な思いがした。

特に野村の力強い目を思い浮かべた。海軍は、遠くの敵艦や島影を見極めなければならず、視力が重視される。あの目が見えなくなるとしたら、もはや軍人としての命を絶たれたも同然だ。

爆弾事件から六日後の五月五日、ようやく停戦協定の書類ができた。

堀内ら書記官たちと、国民政府側の代表、それに仲介したイギリス公使が立ち会う中、重光は寝台の上で、上半身を起こしてもらった。

身体を少しでも動かすと、腰から下に耐えがたい痛みが走る。それを懸命にこらえて、ペンを握りしめ、堀内が指し示す空欄《くうらん》に署名した。これで停戦が正式に成立する。ペンを置いた時には、心の底から安堵の思いが湧いた。

署名がすむのを待って、右脚切断のために手術室へ運ばれた。執刀医《しっとうい》は後藤七郎といい、九州帝大医学部の外科教授で、評判の名医だった。

手術室で麻酔の注射を打たれると、痛みは消え、意識もおぼろげになったが、後藤や看護師たちの声は聞こえた。

鋸《のこぎり》が引かれるのも感じたが、片脚になるという実感はなかった。ただ夢の中の出来事のように感じた。

麻酔が切れると、またもや激痛との戦いだった。兄の血を輸血したが、高熱が出て、全身がふるえ、今、昼間なのか、夜なのかも、よくわからない。

このまま死ぬような気がした。停戦協定に署名もしたことだし、死んでもいい。むしろ楽になりたいと願った。

うつらうつらして、ふと目が覚めると、見覚えのある着物の柄《がら》が、目に入った。妻の喜恵だった。小さな赤ん坊を抱いている。

「華子か」

重光がつぶやくように言うと、喜恵は急いで赤ん坊の顔を見せた。二ヶ月前に生まれたばかりだというのに、思いがけないほど色白で、顔立ちが整っている。

「君に似て、美人になりそうだ」

笑顔で妻に言ったものの、すぐに不安が頭をもたげる。これから上海は暑さが厳しくなる。水も食べ物も悪くなりやすい。そんな中で、華子が病気にでもなりはしないかと、心配でならなかった。

「できるだけ早く、日本に帰れ」

しかし喜恵は首を横に振る。

「大丈夫です。まだ、お乳を飲むだけですから」

妻の父親であり、重光の舅《しゅうと》にあたる林市蔵《いちぞう》も現れた。

林は、かつて大阪府知事まで務めた人物であり、華子の誕生を、電報で知らせてくれたのも林だった。重光自身の両親は、すでに亡く、今、父と呼べるのは、この舅ひとりだ。

重光は、これほど親族が集まったということは、自分は、かなり危険な状態なのだと覚悟した。

だが華子の顔を見ると、死んではならないという思いが湧く。日本には幼い篤もいる。この子たちを残して逝《い》くのが忍びない。歯を食いしばって痛みに耐えた。

残った左脚にも金属片が食い込んでおり、連日、その摘出手術も続いた。

そして脚の切断手術から四日後、五月九日の朝だった。看護師が熱を測り、初めて喜びの表情を見せた。

「熱が少し下がっています」

次の検温でも、さらに下がっていた。医師の後藤も駆けつけて、傷口を調べ、脈拍《みゃくはく》を測ってから、力強く言った。

「快方に向かっています。この調子なら、きっと元気になりますよッ」

ようやく死線を越えたという。痛みも当初ほどではなくなっていた。

医師と看護師たちが立ち去ると、喜恵が華子を抱いたまま、枕元に近づいた。口元が微笑んだり、への字に曲がったりしながら、ぽろぽろと涙をこぼす。喜びのあまり、泣き笑いになってしまうのだ。潤《うる》んだ声でつぶやく。

「よかった。本当に、よかった」

重光は手を伸ばし、華子の柔らかい髪に、指先を触れた。

「心配かけて、すまない。だが元気になる。きっと元気になるからな」

喜恵は泣きながら、何度も何度もうなずいた。

翌日には喜恵の妹が、日本から幼い篤を連れて来た。篤は寝台の脇に、背伸びをして立ち、心配顔で聞いた。

「パパ、脚が、なくなったの？」

いじらしい言葉に、重光は精一杯、元気を装って応えた。

「一本、なくしたが、もう一本、残っているさ」

篤は目に涙を浮かべて言う。

「爆弾を投げたのは、朝鮮の奴なんでしょう。朝鮮の奴らなんか大嫌いだ。僕が敵《かたき》を討ってやる。パパの敵を討ってやる」

重光は首を横に振った。

「朝鮮にも、いい人は大勢いる。それどころか、いい人の方が、ずっとずっと多い。だから篤は、敵など討たなくていいんだ」

篤は、なおも悔しそうに、小さな拳で涙をぬぐった。

さらに、その二日後、松岡洋右が日本から駆けつけ、珍しく沈痛な面持《おもも》ちで、枕元に立った。

「片脚を失う苦痛は、僕などには計り知れないものだろう。でも君は片脚の代わりに、得《え》がたいものを身につけた」

寝台の白い鉄パイプをつかんで言った。

「重光君、どうか、義足で歩けるようになってくれ。そして外交の場に復帰してくれ。おそらく足は引きずるだろう。だが君が、国際紛争の中で傷を負ったことは、誰の目にも明らかだ。君が、どれほど和平を望んでいるかは、何より君の姿が、雄《ゆう》弁《べん》に語ってくれるはずだ」

思いがけない指摘であり、思いがけない励ましだった。

「早く元気になって、これからも一緒に働こう。僕は君の復帰を、心から待っている」

重光は深くうなずいた。

2章 大分

丸窓は特等船室でも、はめ殺しで、外気が取り込めず、うだるように暑い。脚《あし》の痛みも続く。爆弾事件から、ひと月半が経った六月十八日、上海《しゃんはい》は、もう真夏の暑さだった。

重光葵《しげみつまもる》は上海と長崎の間を、これまで船で何度、往復したかしれない。暑ければ甲板《かんぱん》に出て、心地《ここち》よい潮風に吹かれたものだ。だが今は甲板にさえ出ていかれない。

あれから、いったんは死線を越えたものの、傷口が化膿《かのう》し、もういちど切断し直す必要が生じた。重光としては落胆《らくたん》が大きかったが、どうしようもなかった。

ともあれ二度目の手術は、設備の整った日本国内の病院で行うことになった。そのため昨夜遅くに福民病院を出て、上海警察の厳重な警護のもと、担架《たんか》を使って長崎丸に乗り込んだのだ。

担架のまま艀船《はしけぶね》に載せられたが、階段の昇り降りには、大勢の助けが必要だった。動くたびに脚に激痛が走り、重光はうめき声を上げながら、寝台に移された。

そうまでして船室に入ったからには、暑いなどという理由で、甲板には出られない。ひとりで動けない現実に、重光は大きな障害を負ったことを、改めて思い知らされた。

はめ殺しの丸窓の外側には塩がこびりつき、まして外は小雨模様だ。それでも尖《せん》塔《とう》やドーム屋根が連なる外灘《わいたん》のスカイラインは、うっすらと見えた。

かつて上海は、黄浦江《こうほこう》沿いの小さな城郭《じょうかく》都市にすぎなかった。それを中国一の商都に発展させたのは、欧米人にほかならない。阿片《あへん》戦争の結果、上海を開港させ、租界《そかい》という自治区を設けて、貿易の拠点としたのだ。

今や上海は世界の縮図であり、アジアで、これほど刺激的な国際都市は、ほかにない。外交官として、この街で働くことは、世界中を相手にすることになる。

だが重光は、おそらく二度と上海には戻れないだろうと覚悟した。もはや自分は、ひとりで甲板にも出られない身なのだ。各国領事館を走りまわって交渉するなど、とうてい無理だった。

外灘の陸地が遠のいて、小雨の向こうに霞《かす》んでいく。外交の最前線から身を引く寂《さび》しさは、脚の痛みとともに、重光を苦しめた。

特等船室の控え部屋から、華子《はなこ》の泣き声が聞こえる。赤ん坊も暑くて不快に違いなかった。一方、篤《あつし》は怯《おび》えた目をして、いつになく温和《おとな》しい。父の苦しむ姿が怖《こわ》いのだ。それもまた親としては辛《つら》い。

薄暗い船室で、波の揺れを感じながら、白川《しらかわ》陸軍大将の死を思った。白川は爆弾事件から一ヶ月を待たず、五月二十六日に力尽きて亡くなった。これで死者は、ふたりになった。

だが重光は重苦しい思いを振り払い、大隈重信《おおくましげのぶ》を思った。片脚でも活躍した偉人がいるのだ。外交官を志した時から、こんなことは覚悟していたはずだ。痛みや弱気に負けてたまるかと、奥歯を噛《か》みしめた。

翌六月十九日には無事、長崎に着いた。日本は、すでに梅雨入《つゆい》りし、やはり雨の入港となった。

本来なら長崎は、青く奥行きの深い湾が、緑の山々に囲まれ、その山裾《やますそ》にまで瓦《かわら》屋根が連なる。穏《おだ》やかで優しい日本の港町で、けっして外国にはない風景だ。だが今は、何もかもが雨の向こうに霞んで、暑さと湿気が、わずらわしいだけだった。

長崎からは鉄道で福岡に向かい、すぐに九州帝大医学部の病院に入った。

福民病院では突然、何人もの重傷者を抱《かか》えてしまっただけに、常に人手が足りなかった。重光は爆弾事件から丸二日間、下半身は包帯姿、上半身は雨に濡れたシャツのままで、過ごさねばならなかった。

だが九大病院では、さすがに看護が行き届き、喜恵《きえ》の付き添いもあって、不足はなかった。

まもなく二度目の手術が行われた。すでに膝《ひざ》から下が切断されていたが、今度は腿《もも》の中ほど、脚の付け根から二十センチほどが残るだけとなった。

残った左脚からの金属片の摘出《てきしゅつ》手術も行われた。術後の経過は、前よりも、はるかに順調だった。熱が出ることもなく、傷口の回復もよかった。

そのために様子を見ながら、回復訓練室で、松葉杖で立つ稽古《けいこ》を始めた。だが二ヶ月以上も寝ていたために、めまいが激しく、頼みの左脚も鬱血《うっけつ》してしまい、五分と保《も》たない。それでも力を振り絞《しぼ》って起き上がり、少しずつ立っている時間を長くしていった。

義足《ぎそく》の専門家である岩崎という技師が、重光の体格や、脚の残った部分に合わせて、専用の義足を作ることになった。それが出来上がるまで、仮の義足もつけてみた。

仮義足は一本の棒にすぎなかった。幼い頃、絵本で見た海賊の船長のようだ。それでも左脚一本で立つよりも、体重が分散されて安定し、さぞ楽になるだろうと期待した。

二十センチほど残った右腿に、メリヤス地の大きなソックスのようなものを履《は》き、ソケットと呼ぶ義足の接続部にはめ込む。そして革ベルトを腰に巻き、ベルトとソケットの間を、細い革ベルトで繋《つな》ぐのだ。

しかし楽になると思ったのは、とんでもない思い違いだった。腿の断面がソケットに食い込み、傷が激しく痛む。とうてい体重はかけられない。

「これは、とても無理だな」

重光がつぶやくと、岩崎は懸命に励《はげ》ました。

「誰でも最初は、そう言います。でも時間をかけて稽古すれば、かならず歩けるようになりますから」

重光は仮義足ではなく、出来上がってくる自分専用の義足に期待した。

日清《にっしん》戦争の頃から、戦争で手足を失った傷病兵《しょうびょうへい》に、皇室から義肢《ぎし》を賜《たまわ》る習慣があった。ほどなくして岩崎が作ってきた義足にも、「恩賜《おんし》」という刻印が入っていた。

重光は感激しつつ装着したが、歩き出そうとして、いきなり溜息《ためいき》が出た。つけ心地が仮義足と何ら変わらなかったのだ。

それどころか全体が革製のため、仮義足よりも、ずっと重い。ベルトを巻いた腰に、大きな負担がかかり、一、二歩、進んだだけで、すぐにへばってしまう。

期待が大きかっただけに、落胆も大きかった。義足が、これほど厄介《やっかい》なものとは思いもよらなかった。義足なしで松葉杖をついて歩く方が、はるかに身軽に動ける。ただ、そうなると片脚がないことが、誰の目にも明らかになり、同情を引く。公《おおやけ》の場には出にくくなる。

岩崎は稽古を促《うなが》した。

「なんとか義足に馴《な》れましょう。今は体力が落ちているので、大変でしょうが、稽古しているうちに、筋肉もついてきますから」

本人よりも熱心で、日曜日まで出勤してきて手を貸す。

重光は無駄《むだ》だとは思うものの、さすがに嫌とは言えず、自分が岩崎に付き合わされるような気分だった。気が進まないまま、重い義足をつけ、両腕で松葉杖を支えて立つ。なんとか一歩、二歩と進む。

「頑張って、もう少し」

岩崎の熱意に押されて、三歩、四歩と、懸命に足を運んだ。

「そこで止まらないで、もう少し、できるところまで」

そう言われると、立ち止まるわけにはいかず、歯を食いしばって前に進み続けた。

「ほら、ここまで」

岩崎は椅子《いす》を用意し、両腕を伸ばして待ちかまえる。

重光は右腿の痛みをこらえて進んだ。額から脂汗《あぶらあせ》が流れ、目に入る。呼吸が苦しく、左足がふるえ始める。それでも一歩、また一歩と、足を動かした。

とうとう岩崎の手に届いた。もう立っていられない。倒れ込む寸前に、岩崎が重光の大柄な身体《からだ》を支え、松葉杖をつかんで、椅子に導く。

重光は椅子の背に手を突き、かろうじて腰を下ろすことができた。岩崎が、わがことのように喜ぶ。

「やりましたねッ。十歩ですよ。十歩も歩けたんですよ」

そして椅子に座った重光の左足を、汗だくになってマッサージする。

「鬱血も前より少なくなりました。少し休んだら、もういちど歩いてみましょう」

重光は十歩も進めたことが、さすがに嬉《うれ》しかった。昨日までは一、二歩しか歩けなかったのに。

岩崎がマッサージを続けながら言った。

「毎日、身体は回復しているんです。だから昨日は無理だったことも、今日はできるようになるし、明日は、もっとできますよ」

その日、重光は練習を重ね、確実に十数歩までは、休まずに歩けるようになった。自分でも驚くほどの回復力だった。

翌日は訓練室から出て、廊下《ろうか》を歩いた。廊下の端《はし》から端まで、なんとか歩けるようになり、重光は自信を深めた。

八月一日には退院という日途《めど》が立った。退院後しばらくは、大分の別府《べっぷ》温泉で療養することにした。別府には九大病院の分院があり、重光の故郷にも近い。

翌日、岩崎は、五段ほどの階段がついた台を持ってきた。重光のために、特別に大工に頼んで作らせたのだという。

「これで、列車のタラップを昇る稽古をしましょう」

別府へは福岡から列車に乗っていく。客車の乗り口には、プラットホームから数段のタラップがある。その時に、人に抱きかかえられて乗るのではなく、堂々と自分で階段を昇ってほしいという。

これも重光は懸命に稽古し、数日かけて五段まで昇りきり、身体の向きを変えて、降りることができた。

初めて無事に床に降り立った時、訓練室の入口から拍手が湧いた。振り向くと、そこには若い看護師たちが集まって、笑顔で手をたたいていた。涙ぐむ者もいる。

「重光公使、頑張りましたね」

「立派です。立派なご努力です」

口々に誉《ほ》め称《たた》える。

重光は少し面《おも》はゆかったが、自分の頑張りが実を結んだことが、さすがに嬉しかった。もっと頑張れば、どんな階段も、たいした障害ではない気がした。

重光の回復ぶりは、逐一《ちくいち》、地元の新聞に載った。そのため激励《げきれい》の手紙が山ほど届き、何もかも特別扱いとなった。

別府まで寝台を載せた特別列車が仕立てられ、退院当日は、車で博多駅の構内まで乗りつけた。大勢の見送りが並ぶ中、なんとか松葉杖と義足で列車まで歩いた。目の前に三段のタラップがあった。岩崎が訓練用に用意してくれた階段よりも、段差が大きい。昇れるだろうかという不安が、一瞬、胸をよぎった。だが大勢の見送りの前で、無様な姿は見せられない。

片方の松葉杖を喜恵に預け、空いた手で扉脇の手すりをつかみ、注意深く、松葉杖を一段目に載せた。それから左足も載せ、一気に体重をかけて、右の義足を引っ張り上げた。

なんとか一段目は昇れた。この調子なら、あと二段は昇れそうだ。自信をつけて、二段目も昇った。額から汗が流れ、たちまち顎先《あごさき》から滴《したた》る。力を振り絞り、三段目を昇りきって、客車に乗り込んだ。

その時、見送りの人々から、大きな拍手と万歳三唱が起きた。喜恵と子供たちも乗り込む。重光は特別車両の中に進み、寝台に腰かけた。

盛大な拍手に送られて、列車が動き出す。重光は窓越しに笑顔で手を振った。見知らぬ子供たちが列車を追いかけて、プラットホームの端まで駆け通して見送ってくれた。

速度を上げるにつれ、窓から心地よい風が入る。列車は博多の町を抜け、重光は寝台に横たわって、真っ青な博多湾を眺めながら進んだ。

篤は窓にへばりついて、外を見ている。久しぶりに嬉しそうな笑顔だ。

列車は博多から九州北岸を東進し、小倉《こくら》からは日豊本線《にっぽう》に入って、周防灘《すおうなだ》沿いを南東に向かう。中津からは大分県に入る。

その先には国東《くにさき》半島がある。周防灘に向かって、握り拳《こぶし》を突き出したような丸い形だ。線路は、この沿岸をまわらず、半島の付け根を北から南へと縦断する。

停車する駅にも、通過する駅にも、地元の人々や小学生が居並び、手に手に日の丸の小旗を振って、特別列車を迎える。郷土出身の公使が片脚を失いながらも、役目を果たして故郷に帰ってきたことを、誰もが誇りに思ってくれていた。

途中駅からは新聞記者が乗り込み、親類の出迎えもあった。線路は八坂《やさか》川沿いの渓谷《けいこく》を進む。川の流れにも山並みにも、重光は懐かしさを感じた。

杵築《きつき》駅での歓迎は、どこよりも盛大だった。人々が車窓《しゃそう》に押し寄せる。親戚や懐かしい幼馴染《おさななじ》みもいるが、見知らぬ顔も多い。

重光は、よろけながらも立ち上がり、手を振って歓迎に応えた。しかし停車時間は短く、列車は熱狂を置き去りにして、別府に向かって発車した。

重光は故郷に思いを馳《は》せた。杵築駅から程ない八坂村に、育った家が今もあるのだ。

重光家の本家は、杵築周辺で二十代以上続く旧家《きゅうか》だ。父の直愿《なおまさ》は分家《ぶんけ》で、母の松子は本家から嫁《とつ》いできた人だった。

直愿は明治維新前、若くして杵築藩の漢学者として認められ、藩校の教授方《かた》を務めた。その学識は、藩内で右に出る者がいないとまで言われ、藩の民政にも参与し、いわゆる経世家《けいせいか》でもあった。

二十一歳で明治維新を迎え、廃藩置県後は大分県に役職を得た。そして県南部の大野郡に、郡長として赴任《ふにん》した。

三重町《みえ》という内陸部の町に、広い役宅があり、そこで明治十七年（一八八四）に長男の篤《あつむ》が生まれた。翌年には日本で最初の内閣が発足し、伊藤博文《ひろぶみ》が総理に就任した。

重光葵が次男として生まれたのは、その二年後だ。直愿は向日葵《ひまわり》の意味で、葵と名づけた。漢籍には、向日葵は周囲の小さな草花を守る花とあり、まもると読ませた。

さらに二年後、大日本帝国憲法が発布された。篤と葵の兄弟の誕生は、ちょうど日本が近代国家として歩き出した頃だった。

だが兄が六歳、弟が三歳になった時、直愿は四十三歳で官職を辞し、故郷の杵築に戻った。八坂村で田畑を求めて小作《こさく》に出し、そのかたわら私塾《しじゅく》を開いて、暮らしを立てるつもりだった。しかし、もはや漢学は流行《はや》らず、弟子は集まらなかった。

そのために兄弟は慎《つつ》ましやかに育った。直愿は孤高の学者らしい風貌《ふうぼう》で、日々、書を読んで暮らした。口数が少なく、長く伸ばした顎髭《あごひげ》に手を当てて、低い声で話す。子供たちにとっては、少し近寄りがたい父だった。

家計の不足は松子の肩にかかった。妹たちが次々と生まれ、大きな腹で、春には裏山に山菜《さんさい》や筍《たけのこ》を採りに行き、家のまわりを耕し、青物を育てては、食卓に載せた。

夜は遅くまでかかって、家族の着物を繕《つくろ》う。自分と子供の着物は、丈夫《じょうぶ》な久留《くる》米絣《めがすり》と決まっていて、膝や尻がすり切れると、同じような縞柄《しまがら》の木綿地で継ぎを当て、兄から弟、さらには妹たちまで着まわした。

母は一日中、独楽鼠《こまねずみ》のように立ち働き、それでいて子供たちには、いつも優しかった。時には畑で採《と》れた野菜や山菜を、杵築の城下町に売りに行くこともあった。だが、もともと重光家の本家で、何不自由なく育っただけに、振り売りには向かなかった。

朝、山で採ってきた大量の山菜が、夕方戻ってきた時には、背負《しょ》い籠《ご》に、そのまま残っていたこともあった。幼い重光は、母を励ましたくて言った。

「母さん、明日、僕も売りに行くよ」

しかし松子は、その時ばかりは怖《こわ》い顔で叱《しか》った。

「男の子が、そんなことをしてはならない。おまえは一生懸命、勉強して、立派な大人になりなさい。母さんは、それだけを楽しみにしているのだから」

その日の夕食には、蕨《わらび》の煮つけが出た。その味は少しほろ苦かった。

重光は倉の二階にある勉強部屋で、兄の本を読みあさった。小学校では、いつも成績は一番だった。算数や国語だけでなく、体操や絵も巧《たく》みで、いい成績を持って帰ると、母は何より喜んでくれた。その笑顔が見たくて、いっそう勉強に励んだ。

しかし暮らしは苦しく、正月になっても、お年玉も餅《もち》もなかった。すぐ下の妹の菊子が、友達の家に遊びに行って帰ってくるなり、膝を抱えて泣いた。

「こんな貧乏な家に生まれたくなかった」

友達の家で、何か羨《うらや》ましいことがあったらしい。母は困り果てたように黙り込んで、うつむくばかりだ。重光は母が可哀想《かわいそう》になって、菊子を叱った。

「生意気《なまいき》を言うんじゃないッ」

菊子は、なおさら大声で泣き、家から飛び出していった。重光は妹を追いかけ、裏山の竹藪《たけやぶ》で追いついた。そして地面に並んで腰を下ろした。

「菊子、怒鳴《どな》って、ごめんな」

菊子は手の平で涙を拭《ふ》いて、小さくうなずく。重光は子供なりの覚悟を口にした。

「兄ちゃんはな、一生懸命、勉強して、大人になったら、たくさんお金をもらえる仕事をする。そしたら菊子が欲しいものを、何だって買ってやるから、それまで待ってろよ」

妹を泣かせ、母を困らせる貧しさから、なんとしても抜け出したかった。

重光は十一歳になると、本家に養子に入った。母の兄に当たる本家の当主に、子がなかったのだ。ただし戸籍《こせき》上だけのことで、それまで通り実家の両親のもとで暮らした。

兄の篠が小学校を終える年に、ちょうど大分県立の杵築中学校が開校し、一期生として入学した。続いて葵は三期生となった。

兄弟とも成績が抜群で、中学卒業後は、熊本の第五高等学校に進学した。

ふたりの教育費のために、両親は千円という大金を、土地の有力者から借りた。まさに身を立て名を挙げ、親の恩に報《むく》いなければならない立場だった。

熊本に出発する重光に向かって、父は白くなった髭に軽く手を当てて話した。

「これからは漢学などやっても駄目《だめ》だ。おまえは外国語を身につけて、先々は海外に出て行け」

息子たちが幼い頃から、父は、よく福沢諭吉《ゆきち》の話をした。同じ大分県の人で、父よりもひとまわり年上だったが、早くからオランダ語や英語を身につけて、海外に出てゆき、西洋文化を紹介して名を成した。

父が四十三歳で、官職を辞した理由を、重光は知らない。その後、収入を得る道を、なぜ探さなかったのかも聞いていない。ただ、わが身と福沢諭吉とを比べて、忸怩《じくじ》たるものがあったことは想像できた。

重光は父の期待に応えるべく、熊本の五高でドイツ語を学び、外交官を志した。子供の頃から剣道が得意で、剣道部に誘われたが、勉学に打ち込んだ。ただ剣の実力は校内に知られており、大会の助っ人などに、たびたび駆り出された。

その後、兄が東京帝国大学に進み、重光も、それを追うようにして東京帝大に進学した。卒業後、簇は東京に留《とど》まって、逓信《ていしん》省に出仕し、重光は外交官試験を目指した。当時、外交官試験の合格者は、年間六、七人に過ぎなかった。

見事に合格すると、さっそくベルリンへの赴任を命じられた。長崎から出航することになり、東京からの道すがら、実家に寄った。

電報で帰省を知らせておいたので、母は門のところに立って待っていた。そして息子の姿を見るなり、頭の姉《あね》さんかぶりを外《はず》して駆け出し、道の真ん中で息子の両腕をつかんだ。

「おかえり、おかえり。立派になって、こんなに立派になって」

　これ以上ないというほどの笑顔だった。それから幻でないことを確かめるかのように、息子の胸や肩を、夢中でたたいた。

　その時、重光は初めて気づいた。いつの間にか母の髪は、すっかり白くなっていた。顔には深いしわが刻まれ、働きづめの手指は荒れていた。どれほど苦労をかけたかと思うと、ただただ頭が下がった。

　家に着いて、まず父に挨拶《あいさつ》し、外交官試験の合格証と、ベルリンへの赴任命令書を開いて見せた。父は感慨《かんがい》深げに、しばらく見入っていたが、母に手渡して神棚に上げさせた。そして両親揃って、長々と神棚に手を合わせていた。

　近くに嫁いだ妹たちも、兄の帰郷の知らせを受けて、次々と顔を出した。菊子を頭に、藤子、千代子、吉子の四人、全員が揃った。末の弟の蔵《おさむ》は、まだ小学生で、目を輝かせながら、年の離れた兄を見つめていた。

　重光は外遊用の革のトランクを開いて、中から大礼服《たいれいふく》を取り出した。赴任の手当で誂《あつら》えた外交官の正装だ。上着の詰め襟《えり》や前合わせの縁取《ふちど》りに、金モールの刺繡《ししゅう》が施《ほどこ》されている。

　妹たちが歓声を上げた。

「なんて、きれい」

母も声を上《うわ》ずらせて言った。

「着て見せておくれ」

重光は立ち上がって、シャツの上から大礼服の上着を羽織《はお》った。母は座ったまま、息子を見上げていたが、目が涙で潤《うる》み始めた。ふところから手ぬぐいを取り出し、目に押しあてて泣いた。

菊子が母の膝を揺すった。

「母さん、何、泣いているの。兄さんの晴れ姿なのに」

そういう菊子の声も潤んでいる。母は手ぬぐいで目元をぬぐって言った。

「葵の、こんなに立派な姿を見せてもらって、母さんは、いつ死んでもいい」

菊子が泣き笑いで言った。

「駄目《だめ》よ、母さん、丈夫で長生きしなきゃ。兄さんは遠くに行くのだから、心配をかけるでしょ」

母も泣き笑いで応えた。

「そうだね。まだまだ長生きしないといけないね」

母は、もういちど息子の晴れ姿を見上げて、しみじみとつぶやいた。

「あとは、お嫁さんだね。おまえなら、いい家のお嬢さんで、器量よしで、気立てがよくって、三国一のお嫁さんが来てくれる。孫の顔を見るのを、楽しみにしているよ」

夜になると、遠縁やら幼馴染みやらが、次々と祝いに押し寄せた。

母は、なけなしの酒や肴《さかな》でもてなし、衣紋掛《えもんか》けに吊《つ》った大礼服を見せた。息子を自慢できるのが、本当に嬉しそうだった。母の笑顔を見るのが、重光も心から嬉しかった。

ベルリンに向けて出発する前日、父の直愿は、床の間《とこのま》を背にして正座し、珍しく饒舌《じょうぜつ》に語った。

「ひとつ、言っておくことがある」

重光は下座に正座して、耳を傾けた。

「葵、私は、おまえに、漢学などやっても駄目だと言い聞かせた。だが、けっして漢学そのものが駄目なのではない。漢学の基本は儒教《じゅきょう》であり、その思想は素晴らしい」

そして明治維新以降の時勢を説《と》いた。

「御一新の後、日本人は西洋に追いつくことを目指し、特に洋式の軍備には力を入れた。その代わり、漢学を顧《かえり》みなくなった」

幕府が倒れたのと同じ頃、中国では清王朝が力を失いつつあったが、中華思想が邪魔をして、日本のように西洋化ができなかった。特に軍備では立ち後《おく》れたという。

「日清戦争が起きたのは、おまえが七歳の時だ。アジアの大国である清に、日本は勝利した。この頃からだ、日本人が漢学を軽んじるようになったのは。中国そのものや中国人を、見下《みくだ》すまでになってしまった」

その後、重光が杵築中学を卒業する直前に、日露戦争が始まり、五高の二年の秋には勝利を収めた。当時、高等学校の学生たちは、大国ロシアを倒した勝利に、沸きに沸いたものだった。

一方、中国では、清王朝の最後の皇帝が退位し、共和制の中華民国が成立した。帝政の時代から、ようやく近代国家に移行したのだ。

直愿は白い髭に手を当てて、息子に聞いた。

「なぜ、日本がロシアに勝てたと思う?」

重光は思うままを応《こた》えた。

「大和魂でしょうか」

直愿は首を横に振った。

「もちろん精神は大事だ。だが精神論だけで勝てるほど、戦争は甘くはない。勝てたのは、日清戦争の賠償金《ばいしょうきん》があったからだ。日本は清国に勝って、莫大《ばくだい》な賠償金を得たのだ」

　賠償金は、中国側にとっては清王朝の国家財政三年分に相当し、日本側には政府歳入の四年二ヶ月分に当たった。それを日本政府は軍備や近代産業の振興《しんこう》に充《あ》てたからこそ、ロシアにも勝てたのだという。

「だがな、葵、戦争に勝つという成功体験が、常に、いい結果を生むわけではない。むしろ思い上がりにつながる」

　直愿は諄々《じゅんじゅん》と説いた。

「おまえも知っての通り、私は帝《みかど》を敬う心や、国を愛する気持ちは、誰よりも強いつもりだ。だが、それと、近隣の国々を見下す態度は、まったく次元の違う話だ」

　直愿は明治維新前から朝廷を崇敬し、杵築藩士たちに勤王《きんのう》の志を説いた。だが藩主が幕府方だったために、閉門という重い処分を受けた。

　それでも息子たちには幼い頃から、毎朝、教育勅語《ちょくご》を暗唱させ、神棚に手を合わさせた。それほどの勤王家でありながら、漢学者としての見識《けんしき》も併《あわ》せ持っていた。

「日本は太古《たいこ》の昔から、中国から文化を取り入れ続けてきた。国力が逆転したのは、ここ三十年か、四十年に過ぎない」

　それは中国の長い歴史から見たら、ほんのわずかな期間だという。

「中国人にしてみれば、日本人に見下されるなど、とうてい納得できないだろう。彼らの中華思想の誇りを、こちらが理解しなければ、うまく付き合ってはいかれない」

さらに直愿は朝鮮通信使の話をした。江戸時代後期まで、将軍の代替わりのたびに、朝鮮半島から来日した使節団だ。

「通信使とは信を通じる使いという意味だ。当時、日本人は国法によって、外国に行かれなかったから、向こうから来ただけで、彼らが将軍に、ひれ伏すために来たわけではない」

むしろ彼らは、大陸の高度な文化を運んで来たという。

「朝鮮通信使は朝鮮半島から船団を仕立てて、やって来た。各地の港に入るたびに、日本の学者たちが押し寄せ、漢詩を見てもらったり、筆談で親しく交流したりしたそうだ」

小倉の港にも停泊したために、当時は、この辺りから小倉まで、通信使の歓迎に出かけた人もいたという。

「江戸時代を通じて、中国はもとより、朝鮮も憧《あこが》れの国だったのだ。外交官としては、その歴史を忘れてはならない」

重光としては父の話に、容易には賛同しかねた。日本は昨年、朝鮮を併呑《へいどん》したばかりだ。それが憧れの国だったなど、なかなか信じがたかった。だいいち、そんな説は、熊本の五高はもちろん、東京帝大でも聞いたことがない。とはいえ一応の筋《すじ》が通っていることも確かだった。

「ただな、葵」

父は付け加えた。

「今の話は、おまえの胸の中に留めておけばいい。声高《こわだか》に主張する必要はない。言ったところで、世の中には受け入れられまい。それどころか異端視《いたんし》されて、働きにくくなる」

かつて直愿は、幕末に勤王の志を広めようとして、処罰を受け、動きが取れなくなってしまった。それを鑑《かんが》みての言葉だった。

「大事なのは成果を上げることだ。肩肘張らず、主張すべき時を見計らって、効果的に主張せよ。そうして理想を貫け。そして自分の役目が果たせないと思った時には、すみやかに人に道を譲れ。いくら苦労して手に入れた地位でも、しがみついてはならん」

直愿は墨を磨《す》って、ごく小さな短冊《たんざく》に文字を書いた。

「これが私からの、はなむけの言葉だ」

そこには志四海と書いてあった。

「四海を志すと読む。本来の意味は、志が全世界を覆《おお》う、志を全世界に及ぼすということだ。ただ私の解釈は少し違う。四海とは、まさに日本の周囲だ。もちろんヨーロッパもアメリカもだが、近隣の国々への配慮《はいりょ》も大事だ。それを志にせよ。自分が東洋人であることも、忘れてはならぬ」

重光は深々と頭を下げて、短冊を受け取り、手帖《てちょう》に挟《はさ》んだ。

重光は自分の父を敬いながらも、しょせんは片田舎に埋もれた学者だという思いを、心のどこかで抱《いだ》いていた。しかし直愿の見識は、海外や、人が注目しない歴史にも及び、ことのほか独創的だった。

重光としては何もかも納得がいったわけではない。それでも外交には歴史認識が大事だということを、この時、心に刻んだ。今までの交流を踏まえた上に、新たな外交を積んでいく。それが自分の仕事だと思えた。

重光が二十四歳でベルリンに着任した二ヶ月後、明治天皇崩御《ほうぎょ》の知らせが届き、すぐに大正と改元された。

ベルリン滞在中に世界大戦が起きた。ヨーロッパはもとより、アフリカやアジアまで巻き込んだ大戦争となった。これに日本も参戦し、海軍を中国沿岸をはじめ、遠く地中海や南アフリカの喜望峰《きぼうほう》にまで派遣した。

戦争勃発《ぼっぱつ》の翌月、重光はロンドンの大使館に異動になった。そして外交官補から三等書記官に昇進した。

三十一歳で、さらに領事に進んだ。アメリカ西海岸のポートランドに赴任したのは、この頃だった。ベルリン滞在は二年、ロンドンは四年だったが、ポートランドは一年足らずで去ることになった。

世界大戦が終結し、その戦後処理のためにパリ講和会議が開かれることになり、日本からの代表団に、重光も合流するよう命じられたのだ。ベルリン以来、ずっと帰国はしておらず、今度もアメリカから直接、パリに向かった。

世界各国から代表団がパリに集まった。国ごとに市内のホテルを借り切って、事務局と宿舎に充てた。

日本代表団はル・ブリストルというホテルを借りた。重光が松岡洋右《ようすけ》や野村吉三郎《きちさぶろう》と知り合い、ディベートの練習をしたのは、この時のことだ。

パリ講和会議の結果、日本を含む連合国と、敗戦国のドイツとの間で条約が結ばれた。これによって世界大戦は、正式に終結した。

さらに、この条約によって、世界初の国際平和機構として、国際連盟が設けられることになった。その立ち上げの話し合いもあって、会議は半年もの長期にわたったのだ。

日本は連盟の規約に、人種差別の撤廃《てっぱい》を入れることを提案した。参加十六カ国中、フランスやイタリアなど十一カ国の賛成を得たが、アメリカが突然、全会一致を主張し、提案は流れた。

この時、松岡が猛烈に怒った。

「結局、アメリカ人は、人種差別を改める気など、さらさらないのだッ」

重光はポートランドで、多くのアメリカ人と、気持ちのいい付き合いができた。だが個人ではなく、国と国との駆け引きの場になると、とたんに壁が立ちはだかることを思い知らされた。

またアメリカは、国際連盟設立の提唱者だったにもかかわらず、国内世論の反対のために、結局、連盟には加わらなかった。

パリでの一連の会議が、終盤に差しかかった頃、日本から重光個人宛《あて》に電報が届いた。それは母、松子の重病の知らせだった。だが日本からの帰国命令がなければ、勝手に動けない。

外交官は日本を出る時に、家族とは今生《こんじょう》の別れになるかもしれないと、覚悟しておかなければならなかった。親が病気になろうと死のうと、帰ることなどできないのだ。

何の病気なのかはわからない。だがパリまで知らせてくるとなれば、そうとう悪いに違いなかった。重光は懸命に回復を祈った。

しかし追いかけるようにして、次の電報が届いた。ふるえる手で開いてみると、そこには恐れていた言葉があった。

「ハハ　シス」

そのまま何も考えぬよう、急いで電報を上着のポケットに押し込み、夕方まで夢中で仕事をこなした。だが、その日の用が片づいて、ホテルの部屋に入り、ひとりになるなり哀《かな》しみが込み上げた。

ろくに親孝行もしていない。自分は、もう三十二歳だ。とっくに妻を娶《めと》り、孫の顔も見せてやれる年なのに。それどころか、もう八年近く、両親とは会っていなかった。

自分が母を喜ばせたのは、ベルリン赴任前に故郷に立ち寄った時、たった一度だけだ。思えば子供の頃から、母に誉《ほ》めてもらいたくて、一生懸命、勉強したのだ。母の誇らしげな笑顔を、もっともっと見たかった。

帰国命令が届いたのは、それから、わずか十日後のことだった。

重光は杵築に帰省《きせい》し、生前の母の様子を、妹たちから聞いた。母は常日頃、息子の帰りを、心から待ちわびていたという。だが死の床《とこ》に臥《ふ》してからは、遠いパリで働く重光を慮《おもんぱか》って、こう言い残した。

「あれは、お国のために差し出したのだから、御用とあらば、会わなくても心残りはない。お国のために立派に働いていることが、私には本当に誇らしい」

最後まで優しく、気丈《きじょう》な母だった。

帰国後、重光は三十三歳から国内勤務となり、その間に妻、喜恵を迎えた。

喜恵の父、林市蔵《いちぞう》は熊本の出身で、五高と東京帝大の先輩に当たった。苦学して身を立て、内務《ないむ》省などに勤めた後、三重県、山口県、大阪府の各知事を歴任した。

娘の結婚の頃には、すでに官職を退き、家族とともに神戸で暮らしていた。林は境遇《きょうぐう》の似通った重光を、娘婿《むすめむこ》として、とても気に入ってくれた。

喜恵本人は美しく、上品な令嬢《れいじょう》育ちで、それでいて万事、控えめだった。

杵築の父は、初めて喜恵に会った後、白い髭に手を当て、言葉少なながら息子に言った。

「母さんが待ち望んでいたような、お嫁さんだな。あれが生きていたら、さぞ喜んだだろう」

重光は少し意外な気がした。子供の頃から、父は怖い存在で、口を開けば難しい言葉しか出てこなかった。それが亡き妻を労《いたわ》るようなことを言おうとは、思ってもみなかったのだ。何も特別な言葉ではないのに、意外に思えるほど、父の存在は特別だった。

妹の菊子に聞いてみた。

「母さんが死んでから、父さん、少し変わったかな」

「そうね。変わったかもしれない」

菊子は小さくうなずいた。

「優しくなったっていうか。本当は前から優しかったのかもしれないけれど、優しいことは、みんな、母さんが言ってたから、父さんは、言うことがなかったのでしょうね」

重光は、なるほどと思った。そして父を前よりも身近に感じた。

父と喜恵は、どちらも口数が少なかったが、それでも何か言葉を交わしては、穏やかに微笑《ほほえ》み合ったりしている。意外にも通い合うものがあるようだった。

結婚の翌々年には、重光は北京公使館に赴任となり、以来、中国外交に携《たずさ》わるようになった。子供にも恵まれ、中国各地の官邸で、家族とともに暮らした。

この中国駐在中、今度は父の直愿が亡くなった。親の死に目に会えないのは、もはや運命として受け入れるしかない。

孫の顔を見せても、相好《そうごう》を崩すようなことはなかった父だったが、ひとつだけ喜んでもらえたことがあった。中国への赴任だ。

外務省での花形は、ヨーロッパやアメリカ東部への駐在だった。中国外交は日陰といった印象がある。だが直愿は言葉に力を込めた。

「隣国との関係が、世界に繋がる。葵、成果を上げるのだぞ」

そんな父がいなくなって、重光の心の中に、思いがけないほどの穴が空いた。

その後、喜恵が出産のために、篤を連れて神戸の実家に帰っていた時に、上海の新公園で、あの爆弾事件が起きたのだった。


重光は松葉杖をつき、特別車両を出て、別府駅に降り立った。

別府駅でも盛大な出迎えを受け、車で九大医学部の温泉治療研究所に向かった。九大病院の分院で、地元では単に療養所と呼ばれていた。

場所は別府の温泉街を抜け、山裾の高台だった。ここでも病院の職員のみならず、入院患者たちが大勢、玄関まで迎えに出てくれた。

一年前に開かれたばかりの療養所で、建物も施設も、新しく清潔だった。医者や看護師の気遣いも行き届いていた。特別室の窓からは、眼下に別府の温泉街が広がり、その先には青い別府湾が望めた。

一ヶ月で退院となり、和田別荘という個人の別荘に移った。和田豊治《とよじ》という富士紡《ふじぼう》の社長が建てたもので、和田は別府の高台にも、瀟洒《しようしや》な西洋館を持っており、使っていない海辺の日本家屋を貸してくれたのだ。

実業家が凝《こ》って建てた別荘だけに、庭も建物も、きわめて美しいたたずまいだった。別荘番の管理も行き届いている。応接間だけが板張りの洋室で、座敷は網代天井《あじろてんじょう》、欄間《らんま》は波と帆掛船《ほかけぶね》の透《す》かし彫りで、釘隠《くぎかくし》も帆掛船の意匠《いしょう》だった。タイル張りの浴室には、湯量豊富な温泉が引かれ、いつでも入浴できた。

帰国以来、見舞い客が次々とやって来て、身のまわりは、いつも花束であふれ、さすがに疲れを感じていた。だが、ここで家族だけの穏やかな暮らしが始まり、ようやく落ち着く思いがした。

後は温泉で傷を癒《いや》しながら、家の廊下や庭で義足の稽古をして、三日に一度は九大の療養所に通えばいいだけになった。

暮らし始めた九月には、まだ暑さが残り、海に面した縁側には、日除《ひよ》けのすだれが下ろされていた。縁側に籐《とう》の椅子を置き、重光は昼間、そこに座って本を読んだ。夜は蚊帳《かや》を吊り、波の音を聞いて休んだ。

少し肌寒くなる頃には、別荘番がすだれを外し、縁側に細い桟割《さんわり》の障子《しょうじ》を入れた。中央の一部が上下して、ガラス越しに外が見える雪見障子だ。畳の一部にペルシア絨毯《じゅうたん》を敷き、そこに籐椅子を移した。

だが落ち着くにつれ、重光は三日に一度の療養所通いが、苦痛になってきた。もともと別府の九大分院は、満州など中国各地で軍事衝突が起き、傷病兵が増えたために設けられたものだった。そのため福岡の病院よりも、広い訓練室があった。

そこでは重光と同じように、手脚を失った傷病兵たちが、懸命に義肢の稽古をしていた。彼らは重光の姿を見ると、目を輝かせて挨拶をした。

当初、重光は、彼らに負けてなるかという思いで、稽古を始めた。今のところ義足をつけても、まだ松葉杖が手放せない。だがステッキ一本の補助ですむようになったら、東京に戻り、外務省に復帰するつもりだった。

しかし訓練を始めてみると、松葉杖からステッキに替えるどころか、松葉杖を一本にするだけでも、想像以上に難しかった。

二本の時は、全体重を松葉杖にかけて、義足は引きずるだけですんだ。しかし左の杖を手放すには、右の義足に体重を載せなければならない。そうなると傷口がソケットに食い込み、耐えがたい痛みが襲う。義足を外すと、また傷口が開いていた。

傷病兵たちは会うたびに、義足での歩行が上手になり、しまいには一本の杖も使わずに、歩けるようになって退院していく。

重光は焦《あせ》りを感じた。彼らは若いし、たいがいは膝から下の切断だ。重光のように、脚の付け根から二十センチしか残っていない者など、ほかにいない。

彼らの元気な姿を見るのが、しだいに苦痛になってきた。自分の腑甲斐《ふがい》なさが、目の前に突きつけられるような気がする。自分は彼らと違って、義足で歩くことなど、やはり無理な気がした。

訓練室で訓練助手や看護師たちに、励まされるのも辛かった。

「頑張ってください」

その言葉が重荷だった。前向きになれない自分が情けなく、訓練に出かけるのが、いよいよ億劫《おっくう》になった。

なんとか自分を奮《ふる》い立たせてはいたが、ある朝、いよいよ起きられなくなった。通院の日なのに、頭痛がして、だるくてたまらない。微熱もある。また傷口が膿《う》んで、菌が全身にまわったのかもしれないと不安になった。

心配する喜恵に向かって言った。

「たいしたことはないとは思うが、今日は訓練はやめておく」

「でしたら、往診《おうしん》を頼みましょうか」

「いや、大丈夫だ。今日一日、休んでいれば、すぐに元気になるだろう」

その通り、午後には元気になった。ただ家の中での稽古も、気が進まなかった。

次の通院の朝も、また具合が悪くなった。喜恵が言葉を尽くして励ます。

「あなた、訓練を続けないと、筋肉が落ちてしまって、また歩きにくくなると、先生が仰《おお》せでしたでしょう。少しくらい具合が悪くても、お出かけになった方が」

重光自身、それは百も承知なのだが、どうしても起き上がれなかった。以来、通院の朝になると、具合が悪くなった。

療養所の医者が心配して、往診に来てくれたが、何も悪いところは見つからなかった。重光は、自分が怠《なま》けていると思われそうで、それも情けなかった。


十月に入ると、新聞に、リットン報告書についての記事が載った。

上海事変が起きる前から、中国国民政府が満州での日本の軍事行動を非難して、国際連盟に訴え出ていた。そのため連盟は調査団を、日本と中国各地に派遣した。これがイギリス人団長の名前から、リットン調査団と呼ばれた。そして彼らの調査結果が報告書にまとめられ、このたび国際連盟を通じて、世界に公表されたのだ。

もともと満州は、日露戦争の勝利により、日本が一部の租借《そしゃく》権と満鉄《まんてつ》の経営権を、ロシアから譲り受けた地域だ。以来、日本人の移住が始まった。

明治維新以来、日本は人口の急増期を迎えていた。それまでは分家でもしない限り、基本的に長男しか家庭を持てなかったのが、次男三男でも結婚し、子を生《な》すことができるようになったためだ。この人口の捌《は》け口を、日本政府は満州に求めたのだ。

新聞によると、リットン調査書は、満州における日本の権益は守られるべきだとしながらも、満州国の建国は認めなかったという。満州国は溥儀《ふぎ》を担《かつ》いではいるものの、実態は満州人の政府ではなく、日本の傀儡《かいらい》政権だと見破ったのだ。

重光は新聞を畳《たた》みながら、難しい日中外交に、一日も早く復帰したかった。それでいて、こんな脚では、とうてい戻れないという諦《あきら》めもある。

そうしているうちに、突然、松岡洋右が見舞いに来た。重光は紬《つむぎ》の着流しに兵児《へこ》帯《おび》を締め、松葉杖で応接間まで出た。

「松岡さん、こんな遠くまで、わざわざ」

重光が礼を言うと、松岡は濃い三角眉《まゆ》を上げた。

「いや、また長崎から中国に出かけるんでな。ちょっと足を延ばしただけだ。有名な別府の湯にも浸《つ》かってみたかったしな」

そして重光の全身を、しげしげと見た。

「元気になったじゃないか。上海で見舞いに行った時には、内心、もう駄目かと思ったが。よかったな」

すぐに日中関係の話が止まらなくなった。特にリットン報告書については、激しく非難した。

「国際連盟は満州国に、外国人顧問団を派遣して、政治のご指導をなさりたいそうだ。治安維持も日本軍は撤退《てったい》させて、連盟が助言する特別警察が担《にな》うという。そこに日本人も交ぜてくださるそうだ。ありがたい仰せだな」

皮肉たっぷりに肩をすくめる。

「リットンが何者か、君も知っているだろう。もとはインド帝国の総督《そうとく》だぞ。イギリス最大の植民地を支配した奴だ」

連盟が派遣する外国人顧問団というのも、リットンが率《ひき》いることになるだろうと、松岡は予測していた。

「今の満州の繁栄を築いたのは日本だ。それを取り上げて、結局、白人によるアジア支配を広げるつもりだ」

重光は冷静に現実論を口にした。

「でも実際問題、イギリスやフランスは、リットン報告書を鵜呑《うの》みにするわけには、いかないでしょう」

「なぜだね？」

「リットン報告書の理屈で言えば、本来、イギリス軍はインドから撤退し、外国人顧問団と特別警察を、インドに派遣すべきということになってしまいます」

インドでは独立の気運が高まり、反英運動も盛んだ。それは中国での抗日感情の高まりと重なる。

　すると松岡は、わが意を得たりとばかりに、膝を打った。

「その通りだ。いや、それどころか、インドは植民地であり、満州国は溥儀が頂点に立つ独立国だ。植民地支配を許して、独立国を認めないとは、どういうことだ。連盟はインドにこそ、口を突っ込んでもらいたいものだな」

　そして感心して、つぶやいた。

「やっぱり君は頭がいい。理論派だな」

　ふと話が途切れると、松岡はポケットから、英語の新聞の切り抜きを取り出した。

「大事なことを忘れていた。これを渡しに来たんだ。オレゴニアンの記事だ。君のことが書いてある」

　オレゴニアンとは、ポートランドを中心に発行されているアメリカの地方新聞だ。重光もポートランド駐在当時は、よく目を通していた。

　切り抜きは、上海での爆弾事件の記事だった。かつてポートランドに駐在していた駐華日本公使の重光葵が、片脚を失う重傷を負ったと書いてある。

　松岡が冗談めかして聞いた。

「君は向こうで、好きな女のひとりやふたり、いなかったのか。まだ、ひとり者だったんだろう」

　重光は苦笑して応えた。

「いなかったというわけでも」

「ほお、堅物《かたぶつ》かと思っていたが、意外だな。それなら彼女は、この記事を読んで、さぞや心を痛めていることだろう」

「いや、別に、そこまでの仲では、ありませんよ」

　すると松岡は胸を反《そ》らした。

「そうか。僕には、今でも思ってくれている女性がいるぞ。彼女が、この記事を送ってくれたんだ。重光って公使が、僕の知り合いじゃないかって、気を利《き》かせて送ってきた」

　だが途中で自分から笑い出した。

「ただし残念なことに恋人ではない。母親みたいな存在だ。フロラといって、彼女の夫の宣教師とふたりで、僕の世話をしてくれたんだ。でもアメリカで優しくしてくれた、ただひとりの女性だった」

　今の自分があるのは、フロラのおかげだという。

「フロラが教えてくれた。アメリカでは卑屈《ひくつ》になっていてはいけない、アメリカ人と対等か、それ以上の立場にならなければ駄目だと。だから僕は大学に行って、必死に勉強した。それで最優秀の成績を修めたら、アメリカ人の学生たちが、ようやく僕と話をするようになったんだ」

松岡は新聞の切り抜きを見つめた。

「僕は、僕を差別したアメリカ人を憎んでいる。だがフロラが暮らす国は、僕の第二の故郷だ。アメリカとは戦えない」

リットン報告書の公表以来、アメリカの反日感情には拍車《はくしゃ》がかかっているという。だがアメリカの国力は日本の数十倍であり、とうてい戦争は不可能だった。

「重光君、なんとしてもアメリカの反日政策を、一緒に改めさせよう。フロラや、君の思い人のためにも」

少し微笑んでから、また表情を改めた。

「だから一日も早く、東京に戻ってきてくれ。義足なんか使わなくたって、松葉杖で歩けば、いいじゃないか。僕は待っている。君のような男は、日本にふたりといない」

そう励まして、松岡は和田別荘を後にした。

重光はポートランドで出会った、ジュジュという女性を思った。本名はヴァン・ロゼンダールといって、小柄で美しいフランス人だった。

人妻だったが、夫が出征中であり、以前から領事館の日本人に頼まれれば、自宅でフランス語を教えていた。

　重光も彼女の家に通い、一対一でフランス語を習った。すでにドイツ語は五高時代に身につけており、英語は東京帝大で勉強した。あとはフランス語を学んで、フランス人と対等に話したかった。

　重光は美人教師のレッスンが楽しみで、真面目《まじめ》に復習し、上達が早かった。そんな重光に対して、ジュジュも好意を持ってくれた気がした。

　ある日、白い薔薇《ばら》を一輪、花屋で買って、胸ポケットに挿《さ》していった。白薔薇の花言葉が、清らかな愛、尊敬、純朴《じゅんぼく》、純粋であると、花屋で聞いて決めたのだ。

　ドアノッカーをたたき、ジュジュがドアを開けるなり、思い切って胸から抜いて差し出した。フランス語で気の利いた言葉を考えていたのだが、顔を見たとたんに気恥ずかしくなって、口ごもってしまった。するとジュジュは小首を傾《かし》げて、英語で聞いた。

　――私に？――

　黙ってうなずくと、思いがけないほどの笑顔で受け取ってくれた。そして跳《は》ねるような足どりでキャビネットに向かい、細長いシャンパングラスを取り出すと、白薔薇を挿して、テーブルに飾った。

　以来、重光は毎回、白薔薇を買って持っていった。日本では決してできないことだが、ジュジュには、そんな贈り物が似合った。

だが、わずか半年あまりの駐在で、重光はパリ講和会議への合流を命じられ、ポートランドを去ることになった。

最後のレッスンの後で、別れの言葉を口にすると、ジュジュは鳶色《とびいろ》の目に涙を浮かべ、重光の首に抱きついた。重光は細い背中を抱きしめながら、連れ去りたい衝動《しょうどう》に駆《か》られた。

薔薇を贈り始めた頃から、国際結婚も夢見ていた。だが踏ん切りはつかなかった。ジュジュは人妻であり、まして夫は出征中だ。その留守中に不倫《ふりん》など、日本を代表する外交官に許されるはずがない。

ジュジュは身を離すと、声を潤《うる》ませながらも、笑顔を作って言った。

――これから、あなたは立派な外交官になって、世界中を飛びまわって、国際紛争を鎮《しず》めるでしょう。その活躍は、きっと世界中の新聞に載るわ。そうしたら、あなたがどうしているか、わかるから、私は、あなたのことを忘れないですむわ――

その言葉は重光の心に染《し》みた。

松岡が置いていったオレゴニアンの記事を、改めて手に取って見た。あの時、ジュジュが言ったように、自分の名前はアメリカの新聞に載った。だが活躍ではなく、大怪我を負ったという知らせだ。

ジュジュが読みたかったのは、こんな話ではない。重光葵が外交努力によって、国際紛争を鎮めたという晴れがましい記事だ。

頑張らねば。何としても義足で歩けるようにならなければ。そう決意するのに、身体が動かない。頑張ろうという気持ちは、焦りにすり替わり、空回りするばかりだった。

何もできないまま、季節がめぐり、座敷に火鉢《ひばち》が持ち込まれ、応接間の暖炉《だんろ》に火が入った。

三月生まれの華子は、すっかり、はいはいが上手になって、目が離せない。沈《しず》んでいる重光のところまで這《は》って来ては、愛らしい笑顔を見せる。それが唯一の慰めだった。

十二月二十日の新聞で、尹奉吉《ユンボンギル》の処刑が報じられた。上海の新公園で、爆弾を投げつけたテロリストだ。朝鮮の独立を訴えて、爆弾を投げたという。尹は現場で逮《たい》捕《ほ》され、一ヶ月後には軍法会議で死刑が確定した。それが昨日、執行されたのだ。

あの事件以来、重光は、犯人を憎んではならないと、ずっと自戒《じかい》してきた。

「爆裂弾を放りつけた者を、憎い奴とは少しも思っていない」

大隈重信のように、そう公言できる男になりたいと思ってきた。だが、そんな広い気持ちを持つどころか、義足で歩くことさえできない。

あの時、もし尹が爆弾を投げなければと、恨《うら》まずにはいられない。自分は長く悪い夢を見ているのだと思いたかった。

だからといって犯人が死刑になっても、何も嬉しくない。むしろ、いっそう気が重くなるだけだった。

その日、福岡の九大病院から、岩崎がやって来た。最初に義足の訓練をしてくれた技師だ。

重光は顔を合わせるのが辛かった。あの時は、あんなに頑張れたのに、今の情けない姿を見せたくはなかった。

しかし見舞いを断るわけにはいかず、久しぶりに義足をつけ、松葉杖で応接間まで出向いた。

岩崎は明るく言う。

「療養所に出張してきたので、様子を見に来てみました」

重光は言い繕った。

「しばらく体調が悪かったのですが、明日にでも療養所に行こうと思っていたところです」

岩崎は暖炉の前の椅子に腰掛けて、唐突に聞いた。

「療養所の訓練室で、兵士たちと一緒に訓練するのが、嫌ですか」

重光は首を横に振った。

「いや、そんなことは。彼らは、お国のために傷ついた者だし、元気に訓練する姿は、私の励みになります」

自分は特権意識で、傷病兵とは別だと思っているわけではない。その点だけは明らかにしておきたかった。ただ彼らの元気を重荷に感じることは、口にはできなかった。

すると岩崎は、それを読み取ったかのように言った。

「彼らも最初から、あんな風に前向きだったわけではないのです。最初は誰でも、訓練室に入るのを嫌がります」

暖炉の炎を見つめながら言った。

「誰でも自分が手足を失ったという現実を、なかなか受け入れられないものです」

だから同じような障害を負った者の仲間には、入りたがらない。心のどこかで、自分は彼らとは違うと思いたいのだという。

「切断の後で、生きるか死ぬかという時期は、とにかく頑張らねばという思いで、心は一杯です。でも傷が癒《い》えて、家に帰るなどして、落ち着いてからの方が、気持ちの上では、はるかに辛いのです」

重光の場合、今が、その時期に当たるのだという。

「自分の身体の一部をなくしたのですから、衝撃が大きいのは当然です。でも、ゆっくり心と身体の傷を癒せば、かならず立ち直れます。焦ることはありません」

だが重光は、そんな風に心を見透かされるのも嫌で、あえて言葉に力を込めて約束した。

「いや、明日には出かけます。また訓練を始めますから、心配は要《い》りません」

翌日も身体が重かった。やはり頭痛もする。だが岩崎との約束を破るわけにはいかない。なんとか床から這い出し、喜恵の手を借りて着物を着て、松葉杖で玄関まで出た。

引き戸の曇《くも》りガラスを通して、自動車が外で待っているのが見えた。いつも、こうして待たせているのも、気が重かった。

玄関の土間に置かれた椅子に腰掛け、妻が差し出す義足をつけた。頭痛がひどくなる。それでも車に乗ってしまえば、なんとかなるだろうと、松葉杖をつかんで立ち上がった。

その時、激しいめまいが襲った。脚の傷口にも激痛が走り、立っていられない。

「あなた、あなたッ」

喜恵が驚いて支える。重光は崩れ落ちるようにして、かろうじて椅子に腰をおろし、痛む頭を両手で抱えた。

「あなた」

喜恵がしゃがみ込んで言った。

「もう、やめましょう」

いつもは頑張れというのに、今日は様子が違った。

「もう今日は、休んでください」

そして別荘番の夫婦を呼んで、重光の身体を支えさせて、座敷に戻った。別荘番の女房が、手早く布団《ふとん》を敷く。重光は、そこに倒れ込んで横になった。

夫婦が退《さが》っても、喜恵は心配顔で枕元についている。重光は網代天井を見つめたままで聞いた。

「岩崎君に、何か言われたのか」

いつもと違う対応に、そんな気がしたのだ。

「昨日、何か言われたのだろう」

もういちど促すと、喜恵は、ためらいがちに口を開いた。

「今は励ましては、いけないと言われました」

「なぜだ」

「あなたを追い込んでしまうからと」

喜恵は自分の手に目を落とした。

「遠まわしにですが、あなたを苦しめたいのですかとも言われました」

「励ますことが、私を苦しめることになるのか」

「今は、ただ黙って、見守るしかないと」

確かに励まされるのは重荷ではある。だが励まされなくなるのも、突き放されたようで辛い。喜恵は顔を上げて言った。

「私、上海に駆けつけた時、あなたが、どんな身体になっても、ただ生きていてくれれば、それだけでいいと思ったのです。あの時に立ち返ってみれば、今、あなたが生きているだけで充分です」

ふたたび目を伏せた。

「そう思ったら、これ以上、歩けなくてもいい気がしたのです。一生、松葉杖でも、いいではありませんか」

重光は枕の上で、首を横に振った。

「いや、駄目だ。松葉杖では、公の場には出られない。大礼服で松葉杖は、ありえない」

「それなら、どこかに田畑でも買って、小作に出して暮らしましょう。杵築でも、私の実家の近くでも」

重光の父のように、晴耕雨読《せいこううどく》で暮らせばいいという。父が官職を退いたのは四十三歳の時で、今の自分は、その年齢を二年、超えている。だが父のような生き方は、家族に重い負担をかける。

「いや、それもできない。君や子供たちに、貧しい思いはさせられない」

令嬢育ちの喜恵が、貧乏に耐えられるとは思えなかった。しかし喜恵は首を横に振った。

「でも私は、あなたを苦しめたくはないんです。あなたが苦しむ姿は、もう見たくない。だから、もう、いいのです」

喜恵が優しさから、そう言っていることはわかる。だが、それもまた重光には居たたまれない。もはや妻にさえ、期待されなくなった気がして、情けなかった。

雪見障子を持ち上げると、わずかに歪《ゆが》んだガラスを通して、庭先に別府湾の海が見える。冬の間は海が荒れ、鉛《なまり》色の海面が広がり、三角の白波が限りなく続く。

手前の浜は緑濃い松林で、岩場の間に、わずかな砂地がある。そこに喜恵と篤がしゃがんでいる。喜恵は華子を背負っていた。母子で貝殻でも拾っているらしい。

その姿を写生した。重光は子供の頃から絵が巧みだ。

篤は六歳になっており、四月には小学校に入る。今は地元の幼稚園に通っているが、小学校は先々、転校しなくてすむように、住まいを定めなければならない。

喜恵が勧めるように、杵築で田畑を買って暮らすか、東京に出るか。外務省で内勤という手もないわけではない。

重光は絵筆を置いて自問する。なぜ松葉杖では駄目なのか。内勤ならば、相手国の要人と会うこともなく、大礼服も必要ない。

久しぶりに手帖から、かつて父が書いてくれた短冊を取り出して見た。もう古びて紙の角がすり切れている。そこには見慣れた文字で、志四海とある。

父は、片田舎に埋もれた自分の代わりに、息子を四海に押し出した。でも、なぜ自分で広い世界に出て行こうとしなかったのか。

明治維新の時には、まだ二十一歳であり、職を辞した時でも四十三歳だった。東京でなくても、せめて福岡辺りでも、出て行く機会は、いくらでもあったはずだ。

それは父の自尊心かもしれないと、重光は思う。藩内随一と評された学者なのに、漢学では道が開けそうにない。中途半端なことになるくらいならと、故郷に埋もれる道を、選んだのではないか。

雪見障子のガラス窓に目をやった。別府湾の左奥には、国東半島が延びており、故郷の山々が連なる。あの山間《やまあい》の小さな村で、父は長い後半生を過ごしたのだ。

自分は父に似ていると、重光は思う。中途半端に松葉杖で外務省で内勤をするくらいなら、故郷の村に戻って、ひっそりと生きる方がましに思えた。

　でも、それでは妻や子に、貧乏を強《し》いることになる。それはできない。自分や妹たちと同じような情けない思いを、篤や華子に、させたくはなかった。重光の思考は、堂々めぐりを繰り返す。

　いつしか年が改まり、昭和八年（一九三三）が始まった。日に日に海の明るさが増し、波も穏やかになっていく。国東半島の山々も、やがて芽吹きの季節を迎える。

　そんなまばゆい景色を、重光は籐椅子に座り、小さな雪見窓のガラスを通して、ただ眺めていた。

　時おり絵筆を握った。篤は幼稚園に行っている時間で、その日は思い出すままに、亡き母の似顔絵を描いてみた。だが優しい笑顔が、うまく描けず、紙を何枚か無駄にした。

　その時、障子の向こうの庭先で、年配の女の声がした。

「蕨は、いらんかね」

　庭仕事をしていた別荘番が、応えるのも聞こえた。

「婆《ばあ》さん、こっちに来たら駄目だ。勝手口にまわってくれ」

「へえ」

女は腰をかがめて、立ち去ろうとした。

その姿が、一瞬、雪見窓の端をかすめた。手ぬぐいで姉さんかぶりをして、曲がった背中に籠《かご》を背負っている。その着物の柄に、重光は懐かしさを覚えた。よく母が着ていたような、色のあせた久留米絣の縞だった。

手元の絵を見た。そういえば母も、ああして籠を背負い、山で採ってきた山菜を、売り歩いたものだと思い出した。心惹《ひ》かれて、テーブルに置いてあった眼鏡をかけ、障子に手を伸ばして開けた。

外に首を出してのぞくと、ちょうど老女が建物の角を曲がって、勝手口に向かおうとしていた。その横顔に息を呑んだ。思いがけないほど、母に似ていたのだ。

他人の空似《そらに》とは思うものの、重光は、さっき描いた絵を振り返った。うまく描けなかった絵よりも、はるかに記憶の中の母に近い。

松葉杖に手を伸ばして立ち上がった。廊下に出て、できるだけ急いで勝手口に向かった。

台所では、喜恵が上がり框《かまち》に膝をつき、ちょうど老女が勝手口から出て行くのを、見送っているところだった。かたわらに華子が座って、老女に手を振っている。

喜恵は重光を振り返り、不審顔で聞いた。

「どうかなさいました？」

重光が台所に来ることなど滅多《めった》にない。もういちど喜恵は聞いた。

「何か？」

重光は言い淀《よど》んだ。死んだ母であるはずがない。そんな馬鹿なことは、ありえない。たまたま母の絵を描いていたので、錯覚《さっかく》したのだ。

そうしているうちに、勝手口の引き戸が閉じた。重光は松葉杖で立ったまま、ためらいがちに聞いた。

「今の人は、いつも来るのか」

地元の農家の女たちが、畑の野菜を売りに来るのは珍しくはない。たいがい決まった顔ぶれだ。喜恵は、かたわらに置いた笊《ざる》を示した。

「いいえ、初めて来た人でしたけれど。あなたに、山菜を食べさせてほしいって。お金を渡そうとしたんですけど、どうしても受け取らなくて」

笊には、たらの芽や蕨が、山盛りになっていた。春先になると、母が山で摘《つ》んで、売り歩いていた山菜と同じだった。

重光は追いかけようと思った。だが勝手口には大きな段差があって、降りられない。松葉杖を持ち直し、急いで玄関に向かった。

玄関の沓脱石《くつぬぎいし》で、左足に下駄《げた》を突っかけ、そのまま土間に降りた。そして玄関の引き戸を片手で開けた。大きな曇りガラスの入った引き戸は重く、なかなか開かない。

なんとか開ききるなり、夢中で外に出た。松葉杖で前庭の敷石を踏んで、やっと門までたどり着いた。

老女は、門の前を横切る幅広の道路を、向こう側に渡りきったところだった。それは母の後ろ姿、そのものだった。

重光は躊躇《ちゆうちよ》せずに叫んだ。

「母さんッ」

すると老女は立ち止まり、こちらを振り返った。笑顔だった。それも重光の記憶に刻まれた、母の優しい笑顔だ。

老女は山の方を指さしてから、小さく手招きをした。それから深くうなずくと、軽やかな足取りで、山に向かって歩き出した。

「母さん、待ってくれッ」

もういちど重光が叫んだ時、道路を一台の車が通りかかった。

老女の姿が車の陰に入る。そして車が行き過ぎた時には、もう姿はなかった。まるで、かき消えたかのように。

重光は呆然《ぼうぜん》と立ちすくんだ。どこを見まわしても、老女の姿はない。それほど早くいなくなるはずはないのに。幻を見たのかと目をこすった。

納得がいかないまま、松葉杖をつきながら家に戻った。すると門の前に、喜恵が華子を抱いて立っていた。不審顔で聞く。

「どうなさったのですか」

「何でもない」

重光は目を伏せて、玄関に向かおうとした。その時、華子が言った。

「パ、パ」

喜恵が笑顔になった。

「あら、あなたのことを呼んでいるみたい」

華子は何度も繰り返す。

「パ、パ、パパ」

娘が初めて口にした言葉だった。重光も心が和《なご》み、近づいて小さな手を取ろうとした。しかし華子は父親の手を振りほどき、しきりに山の方を指さす。

重光は、はっとした。そういえば、さっきの老女も山を指さして、手招きをしていた。その先には療養所がある。手招きしたということは、そこに行けという意味に違いなかった。

「パパ、パパ」

華子は機嫌よく繰り返し、やはり山を指さす。その時、重光は気づいた。亡き母と、幼い娘が、自分の背中を押しているのだと。

その日の夕食の膳には、老女が持って来た山菜が載っていた。蕨の煮つけの味は、少年の頃と同じように、ほろ苦かった。

かつて売れ残りの山菜を、重光も売りに行くと行った時、母は怖い顔で叱った。

「男の子が、そんなことをしてはならない。おまえは一生懸命、勉強して、立派な大人になりなさい。母さんは、それだけを楽しみにしているのだから」

外交官試験に合格し、大礼服を持って帰った時には、泣いて喜んでくれた。あの母の期待を、裏切るわけにはいかない。

食事の最中に、華子がはいはいで近づいてきた。そしてかたわらに座ると、黒目がちな目で父親を見つめ、両手を差し出して、抱っこをせがんだ。

「パパ、パパ」

重光は座ったまま、華子を抱き上げ、柔らかい髪に頰《ほお》ずりをした。

この娘が先々、誇れるような父親になろうと思った。もう母を喜ばすことはできない。ならば、せめて娘に誇りに思ってもらいたかった。

翌朝、起き出すと、喜恵に手伝わせて身支度を調《ととの》えてから、久しぶりに言った。

「車を頼む」

喜恵は何も聞かずに、急いで運転手を呼びに行った。

重光は松葉杖で玄関まで出て、ひとりで義足をつけた。頭痛はしない。ゆっくりと立ち上がり、玄関から出て、待っていた車に乗り込んで、ためらいなく行き先を告げた。

「療養所に行ってくれ」

「かしこまりました」

車は門を通り抜け、道路に走り出る。

重光は老女の姿を、もういちど見た。昨日、手招きしていた場所に立って、手を振っていたのだ。やはり幼い記憶に刻まれた、母の笑顔に間違いなかった。

車が速度を上げるにつれ、土埃《つちぼこり》が舞い上がり、老女の姿が離れていく。重光は車の後部ガラスに顔を押しつけて、その姿を見つめた。老女は、土埃の向こうに霞んで見えなくなるまで、手を振り続けていた。

重光は療養所に着くなり、義足歩行の訓練を再開した。必死に歩を進め、何度もよろけ、何度も転んだ。

翌日も翌々日も家で稽古し、三日後には療養所に出かけた。なんとか松葉杖を一本に減らし、さらに何週間もかけて杖に持ち替えた。

そして春の到来とともに、とうとう杖一本で、歩けるようになっていた。しっかりと義足を踏みしめて、前に進める。それが心の底から嬉しかった。

少し足は引きずるものの、ズボンを穿《は》いてしまえば、義足とはわからない。これなら海外でも働けそうな気がした。

重光は、あの老女は、まさしく母だったと確信した。立ち上がる気力を失った息子のために、亡き母が姿を現してくれたのだ。

おそらく華子にも、わかったのだ。あれが彼女にとって、会うことのなかった祖母だったことが。


昭和八年三月二十六日、重光は別府港から船に乗り込んだ。途中、神戸で喜恵の実家に寄り、四月五日に横浜に入港した。

船着場は黒山の人だかりだった。新聞記者は手帖を開き、写真班が何度もフラッシュを焚《た》く。

「重光公使、万歳、凱旋《がいせん》公使、万歳」

万歳三唱が繰り返される中、ひときわ大柄で、軍帽とマント姿の軍人が、前に出て迎えた。

忘れもしない野村吉三郎だ。一年前の上海の爆弾事件で、野村は右目を失明したものの、陸上勤務に替わり、つい先月、海軍中将《ちゅうじょう》から海軍大将に昇進した。

重光は義足を引きずりながら、野村に近づいた。野村の力強い印象の瞳《ひとみ》は、両眼とも以前と変わらずに澄んでいた。ただ、うっすらと涙が浮かんでいる。

たがいに片方の目と、片方の脚を失っただけではない。今日、ここに立つまでには、とてつもない数の爆弾片を、全身から取り除き、耐えがたい痛みに耐えてきたのだ。さらには諦めかけそうになる自分自身の心とも、懸命に戦ってきた。

双方、何も言わなくても、それがわかる。苦しみを理解し合える、唯一無二の仲間だった。

重光は喉元《のどもと》に込み上げるものを呑み込み、杖を左に持ち、野村に右手を差し出した。野村も、わずかに口元を下げた。

だが次の瞬間には、ふたりとも満面の笑顔に変わって、固い握手を交わした。写真のフラッシュが、立て続けに焚《た》かれる。

「凱旋大将、万歳。凱旋公使、万歳」

周囲から万歳が、怒濤《どとう》のように湧き起こる。

重光は思った。自分たちは上海事変から凱旋したのではない。生死の淵から這い上がり、今、ここに凱旋したのだと。

3章 ロンドン

重光《しげみつ》は、ドレープをたっぷり取った薄物のカーテンを持ち上げ、縦長窓から外を見た。

昭和十三年（一九三八）十一月、ロンドンの日本大使公邸の前庭は、やや盛りを過ぎた黄葉《こうよう》が、錦を敷き詰めたように、芝生《しばふ》を覆《おお》い隠す。

ただし日本の秋のように、空が晴れ渡ることはない。霧が立ちこめて、黄色の葉が、しっとりと濡れている。

玄関前に掲《かか》げられた日の丸が湿気を吸い、赤が、いっそう鮮やかに見える。前庭の芝生には、建物前の車寄せから石造りの門柱の間まで、石畳の道が延びて、さらに外の街路へと繋《つな》がっていた。

黒い鉄柵の塀の向こうには、グロブナー・スクエアという、ちょっとした公園がある。公邸の黄葉と、公園の黄葉とが重なって、奥行きのある眺めだ。

耳を澄ますと、遠くから馬の蹄《ひづめ》と車輪の音が聞こえた。それが少しずつ近づいてくる。重光はカーテンを手で持ち上げたままで、後ろを振り返った。

「来たようだな」

今日、バッキンガム宮殿で、重光の信任状奉呈式《ほうていしき》がある。新任の駐英日本大使として、イギリス国王に謁見《えつけん》し、日本政府から発行された信任状を国王に手渡すのだ。その迎えの馬車に違いなかった。

加瀬俊一《かせとしかず》という一等書記官が、腕時計を見て応《こた》えた。

「予定通りです」

加瀬俊一は外務省の入省では、重光の十四年後輩に当たる。父親が代議士で弁護士、さらには中央大学の副学長も務めるという家庭に育った。外務省に入ってからアメリカに国費留学し、ハーバード大学の大学院で学んだだけに、英語も上手《うま》い。

やや小柄ながら、いかにも育ちのよさそうな甘い顔立ちだ。性格も穏《おだ》やかで、笑顔を絶やさず、自己主張が強い外交官の中では、異色な存在だった。それでいて判断力や、事務処理能力は群を抜いている。

重光よりも先に、ロンドンに赴任《ふにん》しており、今日の準備も、ほとんどひとりで取り仕切った。今や重光の片腕といえる存在になっている。

バッキンガム宮殿には、加瀬はもちろん、ほかの大使館員たちも、規定通りの大《たい》礼服《れいふく》姿で随行《ずいこう》する。

軽やかな蹄の音が、ひときわ大きく聞こえ、板屋楓《いたやかえで》の枝の下に、美しい馬車が現れた。二頭立ての馬は、つややかな漆黒《しっこく》の毛並みで、馬具は、がっしりとした黒革製だ。御者《ぎょしゃ》はシルクハットにマント姿。馬車の後部にも、燕尾服《えんびふく》姿の従者が立っている。

馬車はコーチと呼ばれる箱型だ。全体が黒塗りで、窓枠や扉の枠に、鮮やかな赤い線が入っている。車輪の内側も、目の覚めるような赤だった。

それも一台だけでなく、何台も後に続いてくる。公邸の前庭からグロブナー・スクエアの周囲まで、たちまち馬車で一杯になる。

先頭の馬車は、公邸の車寄せまで進んで止まった。後部に立っていた従者が、燕尾服の裾《すそ》をひるがえして、軽やかに地面に飛び降りる。

そして客室の扉を開くと、中からイギリス人の式部官が、やはり大礼服姿で現れた。式部官は公邸の石段を昇ってくる。

重光が窓際を離れるのと、玄関ドアのノッカーがたたかれるのが同時だった。イギリス人の執事《しつじ》がドアを開くと、外から式部官の声が聞こえた。

——重光葵《まもる》大使ご一行を、お迎えに上がりました——

執事が羽根飾りのついた帽子を差し出す。重光は、それをかぶって外に出た。式部官が胸元に手を当てて、頭を下げて迎える。重光の後に、加瀬たちが続いた。

公邸は、ロンドン有数の広大な公園、ハイド・パークに近く、緑豊かな街区にある。近隣には日本大使公邸と同じように、前庭を持つ屋敷が建ち並び、いつもは人通りもまばらで、グロブナー・スクエアの広場も、ひっそりとしている。

だが今は、思いがけないほどたくさんのイギリス人が、公園や街角に立って、公邸を見つめていた。馬や馬車が、さほど珍しくはないロンドンでも、滅多《めった》に見ないような豪華さで、誰もが目を見張っている。

重光は、玄関に掲げられた日の丸を、一瞬、振り返った。今までも外交官として、日本を代表してきた。だが今日からは、世界に冠たる大英帝国を相手にするのだ。

改めて気を引き締め、杖をつきながら石段を降りた。そして衆目《しゅうもく》の中、式部官に導かれて、馬車に近づいた。

すでに御者も降りて、かたわらに控えている。客室扉は大きく開かれ、内装は、目の覚めるような深紅《しんく》一色の羅紗《らしゃ》張りだ。

扉の下に、ちょっとしたステップが出ていたが、地面からの高さが少しある。子供でも軽々と昇れる段差ではあるものの、重光には少し厄介《やっかい》だった。

先に杖を中に入れ、客室の壁につかまって、左足をステップに載せた。そして思い切って勢いをつけ、全身を持ち上げた。だが義足《ぎそく》が思うように中に入らない。

それでも、なんとか乗り切って、羅紗張りの座席に腰をおろした。式部官が乗り込むのを待って、重光は英語で言った。

――手間取って失敬。義足なので――

式部官は、ふたたび胸元に手を当てて、丁寧《ていねい》に詫《わ》びた。

――こちらこそ、存じ上げませんで、失礼いたしました――

扉が閉められ、ほかの馬車にも書記官たちが、次々と乗り込む。

前庭には日本人職員のみならず、イギリス人の使用人たちも総出で見送った。

二頭立ての馬が、軽やかな足取りで走り出す。自動車とは違う揺れを、むしろ心地《ここち》よく感じながら、重光は大礼服の胸元に、そっと手を触れた。

ジャケットの前面と袖口に、びっしりと唐草《からくさ》模様が、錦糸《きんし》で刺繡《ししゅう》されている。かつて母を喜ばせた大礼服ではない。もう何着も作り替え、そのたびに豪華さが増している。

この晴れがましい姿を、亡き母に見てもらいたかったと、久しぶりに故郷を思った。

別府《べっぷ》の和田別荘を後にして、東京に戻ったのが、昭和八年（一九三三）、四十五歳の時だった。あれから五年が経ち、こうしてロンドンに来るまでの歳月を、重光は改めて思い返した。

別府から東京に戻った後、重光は天皇皇后両陛下《へいか》に拝謁《はいえつ》し、陪食《ばいしょく》の栄《えい》にも浴した。

国内勤務で仕事に復帰し、外務次官に抜擢《ばってき》された。外務大臣に次ぐ立場で、大使と、ほぼ同格の地位だ。

私的な面では、皇居の西、三番町《さんばんちょう》に家を建てて、家族四人に、手伝いや書生たちも置き、賑《にぎ》やかに暮らした。

内堀の千鳥ケ淵《ちどりがふち》に近く、イギリス大使館の隣だった。そのためイギリスから赴任してきた大使や職員たちとも、親しく交流する機会が持てた。

三番町の自邸のほかに、湯河原《ゆがわら》に土地を求め、小さな茅葺《かやぶ》きの山荘を建てて、週末には足を運んだ。

いつまでも脚《あし》の痛みが残り、温泉が何より効いたのだ。湯河原は東京から近く、それでいて落ち着いた雰囲気《ふんいき》で、療養には最適だった。

ただ喜恵《きえ》は喘息《ぜんそく》の持病があり、湯河原の谷間の空気が、発作を引き起こした。そのため重光は篤《あつし》を伴って、湯河原に赴《おもむ》いた。

土曜日の午後になると、運転手の車で、小学校まで迎えに行き、親子ふたりで東京駅から東海道線に乗って、西に向かった。掃除《そうじ》や食事の世話は、地元の老夫婦に手伝いを頼んだ。

一方、公務は多難だった。重光が別府で、義足歩行の訓練に集中していた頃、すでに大きな国際問題が起きていた。

昭和八年二月、ジュネーブでの国際連盟の総会で、松岡洋右《ようすけ》が事実上、脱退の意志を表明したのだ。日本以外の各国代表が、満州国を独立国として認めず、それに抗議した形だった。

大勢の外国人が居並ぶ総会で、松岡は英語で堂々と宣言した。日本は総会の決定を受け入れないと。そして日本代表団を率《ひき》い、敢然《かんぜん》と会場を立ち去った。

その様子が新聞やラジオで報じられ、日本中が大喝采《だいかっさい》し、熱狂した。たとえ国際的に孤立したとしても、栄誉ある孤立だと、誰もが胸を張った。

重光にとっては信じがたい展開だった。栄誉ある孤立など、国際的には自己満足にすぎない。連盟は国際協調のための組織であり、そこから脱退するということは、イギリスやアメリカとの戦争にも発展しかねない。それは松岡が望むところでは、ないはずだった。

だが加瀬俊一が育ちのよさそうな笑顔を収め、松岡を弁護した。

「あの時の行動は、松岡さんの本意ではありませんでした」

加瀬はジュネーブへの日本代表団のひとりだった。松岡が、加瀬の穏やかな人柄を気に入り、総会への同行を命じたのだ。

重光は聞き返した。

「本意ではなかったとは、どういうことだ?」

「それは、本人にお聞きになる方が、よろしいかと思います」

加瀬に勧められ、重光は千駄ヶ谷《せんだがや》にある松岡の自邸に出かけ、率直《そっちょく》に聞いた。

「なぜ、あのような行動に出たのです？　あれは当初からの予定だったのですか」

松岡は不機嫌そうに、片方の三角眉《まゆ》を上げて応えた。

「当初の予定であるものか。僕は連盟に残るつもりで、ジュネーブに出かけたんだ。君の読み通り、イギリスもフランスもリットン報告書を取り上げず、当初は日本に好意的だった。連盟には残れるはずだったんだ」

だが、よりによって総会の真っ最中に、満州の日本軍が、新たな軍事行動を始めたという。満州国の国境を越えて南下し、中国領に進軍したのだ。

これが総会で大きな非難を招いた。その結果、多くの国が一転、リットン報告書を支持し始めたという。

「するとイギリスの代表団が、非公式に僕に提案してきたんだ。満州での日本の利権は認めるから、いちおうリットンの報告を汲《く》んで、顧問団を満州国に受け入れろと。顧問団には欧米人も入れるが、日本人を主体にするとまで、確約を取ったんだ」

現実的でイギリスらしい提案だった。

「僕は、ここまで世界の非難を浴びたからには、イギリスの言う通りにするしかないと覚悟《かくご》を決めた。それで東京に打電したんだ」

だが日本には、差し迫った総会の空気は伝わらなかった。イギリスの提案など取るに足らない、単なる口約束だと、一笑《いっしょう》に付《ふ》されてしまったという。

「僕は、もういちど打電した。このままでは、連盟による経済制裁が待っていると。だが返事は、連盟脱退の指示だったんだ」

国際連盟に留《とど》まっているからこそ、経済制裁を加えられる。ならば辞《や》めてしまえという理屈だった。

「国際連盟には、アメリカも加盟していない。だから脱退してもかまわんという思いも、あったのだろう」

黙って話を聞いていた加瀬が、重光とふたりになるのを待っていたかのように、帰りの車の中で言った。

「松岡さんは脱退を、深く悔《く》やんでいます。なのに本人の思いとは裏腹に、国民の人気は高い。複雑な思いだと思います」

その後、重光は外務次官として、本格的に仕事に取りかかった。外務大臣は廣田《ひろた》弘毅《こうき》といって、外務省では重光の五年先輩にあたる。廣田は、中国、イギリス、アメリカと、重光と似たような駐在先を経験していた。

重光は廣田と二人三脚で、外務省の対中国方針を、協和路線に切り替えた。事務手続きは加瀬が担《にな》った。南京《なんきん》の国民政府も、これに応じ、緊張は和《やわ》らぎ始めた。

さらに重光は、国際的な孤立を防ぐために、防共協定《ぼうきょうきょう》という案を捻《ひね》り出した。

ソ連の建国以来、欧米諸国は、自国の共産化を恐れている。中国でも、共産党が独自の軍を持ち、国民政府に激しく対抗している。こういった反共の機運を取りまとめることで、各国と手を結び、国際的な孤立から脱しようという考えだった。すぐさま内閣は、この案を採用し、欧米列国に向けて、防共協定への参加を呼びかけた。

重光が最重要視したのがイギリスだった。日露戦争時には、同盟を結んだ相手国であり、反共の意識も高い。イギリスを取り込めれば、フランスやアメリカも続くはずだった。

この最重要国に、吉田茂《しげる》が大使として派遣された。重光にとっては、外務省の五年先輩に当たり、パリ講和会議の随員でもあった。だが吉田の呼びかけに、イギリスは応じなかった。

一方、もっとも前向きだったのがドイツだった。日本が国際連盟を脱退した後、ドイツもそれに続いていた。ナチスの軍事行動が、連盟に批判された結果だった。

ただ重光は、ドイツ一国との協定には、絶対に反対だった。ドイツは欧米諸国に危険視されており、これと結ぶことは、さらに孤立を深めることになる。

重光は、ロンドンの吉田茂に激励《げきれい》の電報を打つと同時に、協定への参加国を増やすべく、東京に駐在する各国大使と交渉を続けた。

しかし外務次官になって三年になろうという昭和十一年（一九三六）二月、二・二六事件が起きた。重光が暮らす三番町周辺は、事件の主要舞台となり、山荘のある湯河原も、東京以外で唯一、政府要人が襲われた場所となった。

事件は反乱将校たちの処刑によって終結したものの、以来、軍部は発言力を強め、政府は弱体化を露《あら》わにした。

その後、重光は突然、駐ソ大使を命じられた。これは国外に追われたも同然だった。重光がドイツとの防共協定に反対するため、邪魔になったのだ。

篤は十歳、華子《はなこ》は四歳になっていた。ソ連の気候が、喜恵の喘息にいいとも思えず、篤の教育のためにも、重光は家族を東京に置いて、単身で赴任した。

よりによって重光がモスクワに着いた当日、日本は、ドイツとの間に防共協定を結んだ。やはり重光が日本を離れたとたんに、交渉が行われたに違いなかった。

防共協定を発案した当人が、大使としてソ連に赴任したのだ。以来、常に尾行《びこう》がつきまとい、当然、居心地《いごこち》はよくなかった。

赴任の翌年、近衛文麿《このえふみまろ》が総理に就任した。近衛は公家《くげ》の出身で、学習院から一高に進み、京都帝大を出た秀才だ。顔立ちも端正で、切れ長の目に、鼻筋が通っている。近衛もまた、重光や松岡、野村吉三郎《きちさぶろう》などと同様、パリ講和会議の仲間だった。

今や国民の人気が高く、若き総理としての期待は高かった。しかし、その人気も時勢の流れを止める力にはならなかった。近衛内閣になった翌月、盧溝橋《ろこうきょう》事件をきっかけに、北支《ほくし》事変が起きたのだ。

陸軍大臣の見込みでは、二ヶ月で片がつくという話だった。しかし、そう簡単には収まらなかった。満州事変や上海《しゃんはい》事変を超える規模に広がり、もはや事変と呼べるレベルではなく、日中戦争へと拡大した。

重光は遠いモスクワで、無念の思いを募《つの》らせた。それでも大使としての責任は、生真面目《きまじめ》に果たした。

特に朝鮮の北、張鼓峰《ちょうこほう》という地で、ソ連軍と日本軍が国境紛争を起こした際には、停戦に全力を尽くした。そして日本に有利に、日ソ停戦協定を結んだのだ。

だが、まもなく駐英大使を命じられた。いったん帰国したいと望んだが、許されず、直接、イギリスに向かった。

その頃、日本軍は中国各都市を攻撃し、次々と中国軍を撃破していた。だが、日本が勝ち進むほど、欧米列国は自分たちの利権が侵《おか》されるのではないかと、危機感を募らせた。そして日本に対する非難が、いよいよ高まっていった。

重光は楯《たて》にされていることを、自覚せざるをえなかった。日本は中国と戦争を続けるから、とりあえず、いちばんうるさいイギリスを黙らせておけという意図なのだ。

それでも命じられたからには、国の方針を遂行《すいこう》するのが、外交官の務めだった。

濃い霧の中、馬車は落ち葉を蹴散《けち》らしながら、石造りの街を軽やかに走り抜ける。

バッキンガム宮殿に近づくと、黒い鉄柵の門扉《もんぴ》が、左右に大きく開かれた。二頭の獅子《しし》が向かい合う、英国王室の紋章《もんしょう》がついた壮大な門だ。

宮殿は白い石造りで、左右対称の四、五階建てだった。前庭広場で近衛兵たちが待ち受ける。深紅の軍服に、黒い熊毛の大きな帽子を目深《まぶか》にかぶり、捧《ささ》げ銃《つつ》の姿勢だ。

馬車が宮殿の前で止まり、扉が開かれた。重光が外に出ようとすると、足元には、黒塗りの立派な踏み台が用意されていた。馬車の後ろに立って乗っていた従者が、素早く知らせたらしい。

重光は注意深く降りた。式部官がアーチの奥の大扉を示して言う。

――こちらが外国大使専用の入口です――

アンバサダーズ・ゲートといい、まさに各国大使の出入りだけのために開けられる玄関だという。

中は磨き抜かれた大理石の床に、深紅の絨毯《じゅうたん》が敷かれていた。天井には至る所に、金色のアーチが設けられている。いくつものアーチをくぐった先が、謁見の間だった。

柱にも梁《はり》にも天井全体にも、びっしりと彫刻が施《ほどこ》され、部屋中が装飾的だった。窓のカーテンは、幾重《いくえ》にもドレープが波うち、高い天井からは、華やかなシャンデリアが、いくつも下がっている。

いよいよ重光はジョージ六世に謁見した。二年前に王座に就《つ》いたばかりの若き国王は、海軍の軍服で一行を迎えた。

重光は式部官に促《うなが》されて、前に進み出て、国王と握手を交わし、挨拶を口にした。

――日本大使の重光葵です。イギリスと日本の間の和平を守るために、このたび赴任してまいりました――

そして日本から送られてきた信任状を差し出した。

ジョージ六世は受け取ってから、日本の皇族の安否《あんぴ》をたずねた。今の天皇は、皇太子時代に訪英しており、ジョージ六世も、よく覚えているという。

重光が天皇の息災《そくさい》を伝えると、それきり会話が途切れた。少し呆気《あっけ》ない気はしたものの、そのまま、加瀬や大使館員たちを紹介し、信任状の奉呈式は、無事に終わった。

それからひと月ほど経った年末のことだった。重光は大使館の執務室で、日本人の旅券更新の申請書に目を通していた。

重光の住まいである大使公邸はグロブナー・スクエア前だが、大使館もポートマン・スクエアという、似たような小公園に面している。場所も近い。

申請書の一枚に、ふと目が止まった。本名で提出されているが、かたわらに画名、牧野義雄《まきのよしお》とある。すぐに申請書を持って立ち上がり、加瀬俊一に聞いた。

「この牧野画伯《がはく》は、どうしている？　元気なのか？」

加瀬は、いつもの穏やかな笑顔を、不審顔に変えて聞き返した。

「牧野画伯とは、どなたですか」

「知らんのか。あの有名人を」

ほかの大使館員に聞いても、誰ひとりとして知らなかった。

「そうか。彼と会ったのは、もうかれこれ四半世紀も前のことだしな」

旅券を更新しているのだから、ロンドンで健在なのは確かだ。重光は懐かしさから、加瀬に頼んだ。

「それなら、この申請者が、新しい旅券を取りに来たら、教えてほしい」

初めて牧野義雄と出会ったのは、重光が二十七歳で、最初にロンドンに赴任した時だった。

当時、オクスフォード・サーカスという交差点近くに、「みやこ」という日本食の安食堂があった。重光は、そこの日本人店主が作る鰻飯《うなぎめし》が気に入って、よく通っているうちに、牧野と出会ったのだ。

仕立てのいい背広を着ており、店主によると、ロンドンでは有名な画家だという。重光も外交官らしく、きちんとした身なりで、安食堂には似合わぬ出《い》で立ちを、たがいに笑い合った。

話をしているうちに、牧野は重光よりも十七歳も上だとわかった。目元が優しげで、いかにも女にもてそうな容貌《ようぼう》のせいか、はるかに若く見えた。

もともと牧野は三河《みかわ》の士族の出で、父親は漢学者であり、文人《ぶんじん》画家でもあったという。重光も絵を描くし、同じ漢学者の息子という点でも、すぐに話が合った。

牧野は若い頃に西洋画を志して、単身でアメリカに渡った。サンフランシスコで美術学校に入ったが、金がなくて続かず、ひどい人種差別に遭《あ》って苦労したという。アメリカで四年間を過ごし、芽が出ないことから、イギリスに渡ってきた。

その頃、ちょうど日英同盟が結ばれ、日本海軍がイギリスの造船所に、戦艦や水《すい》雷艇《らいてい》を次々と発注していた。そのために日本から、専任の海軍武官が訪英してきており、牧野は通訳や事務を手伝って、糊口《ここう》をしのいだ。

その後、三十七歳で転機を迎えた。ロンドンの美術雑誌の編集長に、才能を見出されたのだ。そして「カラー・オブ・ロンドン」という画集を出版したところ、これがベストセラーになった。

牧野は霧に霞《かす》むロンドンを好んで描いた。白く薄ぼんやりとした中に、緑の木々や、石造りの建物が美しく浮かぶ。画用紙を水に浸《つ》けて湿らせてから、水彩で描くという独特の技法だった。

ロンドン子にとって霧は陰鬱《いんうつ》なものであり、それを美しい絵画にしたのは、牧野が最初だった。「霧のロンドン」という言葉も、彼の絵から始まったと言われている。

独特の文才もあって、絵が売れるだけでなく、エッセイ集もベストセラーになった。イギリスの紳士録にも名前が載った。

重光が最初にロンドンに赴任してきた頃が、牧野の絶頂期だった。「みやこ」で出会った後も、華やかなパーティで、何度か顔を合わせた。

牧野は気さくに声をかけてきたが、ろくに話もできなかった。立ち話をしていると、着飾ったイギリスの上流夫人や、堂々たる紳士たちが、次々と話しかけては、取り囲んでしまう。まさに社交界の寵児《ちようじ》だった。

そのため重光は時々、牧野を家に招いては、みずからすき焼きを振る舞った。年の差を感じさせないほど、牧野は若々しく、言葉遣いも対等で、無二の友人となった。

美しい女性連れで来ることも多かったが、そのつど相手が替わった。かならず女性の腰に手をまわし、ふたり寄り添って現れる。ただし離婚経験があり、もう再婚はしないと話していた。

だがイギリスが世界大戦に突入すると、上流社会の人々には、絵を買う余裕がなくなってしまった。

暇になった牧野は、イギリスの古典文学を片端から読破し始めた。さらにはラテン語やギリシャ語も、独学で読みこなしてしまった。驚くべき頭脳だった。

そうしているうちに世界大戦が終わり、重光はパリ講和会議に出向き、それきりロンドンには戻らなかった。

講和会議の日本人仲間たちに、牧野の話をすると、驚いたことに、野村吉三郎が知り合いだった。かつて日本海軍がイギリスの造船所に、戦艦三笠《みかさ》を発注した時、野村は海軍武官として引き取りに出向き、そこで通訳をしていた牧野と出会ったのだという。

だが重光も野村も、そのまま牧野とは音信不通になってしまった。

それにしても日本大使館の職員の誰一人として知らない存在になっていようと

は、さすがに思いもかけなかった。重光は気になって、申請書の文字を見つめては、再会を待ち望んだ。

牧野がやって来たのは、昭和十四年（一九三九）が明けてからだった。

「おお、久しぶりだな。立派になって」

牧野は両手を大きく広げて、満面の笑み《え》で執務室に姿を現した。重光は机で書き物をしていたが、すぐさま椅子《いす》から立ち上がり、笑顔と握手で迎えた。

「二十四年ぶりだ。君は老《ふ》けないな。いくつになったんだ」

「六十八だ。気分だけは、今も二十代だがな」

「そんな年か。とうてい見えないな」

「君こそ、いくつだ」

「五十一だ」

「いやはや、貫禄《かんろく》がついたな。あの頃は紅顔《こうがん》の美青年だった」

二十四年の歳月が、たちどころに吹き飛び、親しさが蘇《よみがえ》る。牧野は、重光の右脚に目を落として、いたわりを口にした。

「脚のことは聞いたよ。災難だったな」

「ああ、よく生きていたもんだと思う」

「俺だって、この年まで、よくロンドンで生きてきたもんさ」

「今も絵を？」

「ごくたまに、買ってくれる酔狂《すいきょう》がいるんでね」

話は尽きなかったが、とりあえず夕食に誘った。

「今夜、家に来ないか。また、すき焼きでも」

「いいね。邪魔するよ」

「場所はグロブナー・スクエアだ。玄関前に日の丸が出ているから、すぐわかる」

その夜、牧野は昔と変わらず、女性連れで現れた。ただし腰に手はまわしていなかった。女性は重光に握手して名乗った。

――ベティ・シェファードよ。よろしく――

若くはないが、知的な雰囲気で美しい女性だった。チュールレースのついた小ぶりの帽子を斜めにかぶり、毛皮のストールを肩に巻いている。その下は、へちまカラーの男仕立てのジャケットに、膝下《ひざした》までの細身のタイトスカート。足元は踵《かかと》の高いパンプスだ。

牧野が改めて紹介した。

――父親がタイムズの主筆をやってて、彼女も物書きだ。フリーランスで、新聞や雑誌に寄稿《きこう》している。女性では珍しく、軍関係の記事も書くんだ――

タイムズはイギリス最大の新聞だ。重光は牧野を肘《ひじ》で小突《こづ》くふりをした。

――美人で知性派の恋人だな――

イギリス人が会話に加わる時には、日本人同士も英語で話す。ベティは笑って首を横に振った。

――ただの友達よ。一緒に飲んだり食べたり。ふたりとも美味《おい》しいものが好きだから――

牧野も軽く肩をすくめた。

――さすがに恋って年じゃなくなった。でも美人は好きだけどな――

三人で笑った。イギリス人の執事が現れ、ストールや外套《がいとう》を受け取って、クロゼットに掛けに行く。

重光は背後のキッチンを、目で示した。

――美味《うま》いものが好きなら、ちょうどいい。今日は特に、いい肉が手に入ったんだ――

公邸にはイギリス人の料理人もいる。毎日の食事のほかに、午餐会《ごさんかい》やレセプションを開くことがあり、そのために雇っている。

だが和食は任せられない。特に、すき焼きは重光の好物で、得意料理でもある。客が来る前に、みずから俎板《まないた》の前に立ち、よく切れる包丁《ほうちょう》で、牛肉の塊《かたまり》を薄く削《そ》ぎ切りにする。

三人で軽く食前酒を楽しんでから、重光はキッチンに立った。日本から持参した鉄鍋を火にかけ、薄切り肉を焼いて、砂糖と、やはり日本から持ってきた醤油《しょうゆ》を注《そそ》ぐ。

鉄鍋ごとダイニングテーブルに移すと、ベティが歓声を上げた。

――まあ、いい匂《にお》い――

――生卵をソースにして食べるんだ――

卵を割って見せ、最初にベティの小鉢に、肉を取り分けた。ベティは器用に箸《はし》を操《あやつ》って口に運び、目を丸くした。

――美味しいわ――

牧野も満足そうに言う。

――美味いな――

取って置きの日本酒の封を切り、いっそう話が弾《はず》んだ。

――宮殿で国王と会ったんだろう。何か話したかい――

牧野の問いに、気軽に応えた。

――日本の皇族の安否を聞かれたんで、お応えした――

牧野とベティが顔を見合わす。

——それじゃ、だいぶ、よくなったのね——

——よくって？——

重光が不審顔で聞くと、牧野が応えた。

——吃音《きつおん》なんだ。以前は初対面の人とは、ひと言も話さなかった。並外れて厳しく育てられたせいらしい。かなり苦労して矯正《きょうせい》しているって噂《うわさ》だ——

——ジョージ六世が？　それは気の毒だな——

それで話が弾まなかったのかと、納得がいった。牧野は杯《さかずき》を手にして言う。

——前の世界大戦の時は、まだ先代の国王の時代だったが、今度、戦争が始まったら、ジョージ六世がマイクの前に立って、ラジオで国民に開戦を知らせなきゃならない。それが嫌で、平和主義者だってジョークもあるくらいだ——

重光は杯を置いて応えた。

——ジョークじゃなくて、本当に平和主義者なんだろう。人の上に立つ者で、平和を望まない者はいないさ。日本の天皇も、心から平和を望んでいる——

大使や公使は外国に赴任する前に、天皇に謁見する。その度《たび》に重光は、くれぐれも戦争を避けるようにと命じられる。

——そりゃ、わかってるさ。俺だって実際に会って、話をしたことがあるんだからな——

天皇が皇太子時代に訪英した際、歓迎のレセプションで、親しく言葉を交わしたという。牧野は肩をすくめ、不満顔で言った。

——でも、最近の日本人は、なぜ大声で「天皇陛下万歳」と叫ぶんだ。俺は、あれが嫌いだ。あの合い言葉で、下々《しもじも》に戦争で死んでもいいと思い込ませてるんだろう。天皇の名前が、戦意昂揚《こうよう》に利用されてる——

さらに苦々《にがにが》しげに言う。

——だいいち、こんな風になったのは、最近のことじゃないのか。俺が子供の頃は、日本一偉いのは天皇陛下じゃなくて、将軍だったぞ——

重光は、さすがに吹き出した。

——そりゃ三河だからだ。だいいち、比べる対象にならないだろう——

牧野の故郷の三河は、徳川家康の故郷でもある。そのために明治の初期には、まだ将軍家の威光が残っていたらしい。

——そうかな——

牧野は苦笑いして、ベティに説明した。

——天皇は何百年もの間、京都の宮殿の奥の、さらに御簾《みす》という竹のカーテンの向こうに、おわします存在だったんだ。わずか三代前まで、そうだった。それが明治維新という革命が起きると、東京に移り、軍服を着て馬に乗られた——

ベティは興味深そうに聞いた。

——そういう柔軟性があるからこそ、日本の天皇家は千年以上も、続いているのね——

——それは言えるな。だが今は、その柔軟性が逆手《さかて》に取られて、戦意昂揚に利用されているんだ。「天皇陛下万歳」なんて、厳《いか》つい怒鳴《どな》り声は、いちばん似合わないさ——

重光は、なるほどと思った。天皇の権威は、太古《たいこ》の昔から絶対的なものと思いがちだが、確かに時代によって、一様ではないかもしれなかった。特に幕末に、重光の父のような勤王家たちが現れるまで、天皇の存在は、今ほどは顧《かえり》みられなかったに違いない。

さらにベティは意外なことを言った。

——日本の戦意昂揚は、新聞が仕掛けているんじゃない？　新聞社は本来、戦争を歓迎するものよ——

重光が聞き返した。

——なぜだね——

——戦争になれば、驚異的に部数が伸びるから。前の世界大戦の時に、タイムズも、そうとう売れたわ——

息子や夫が出征している家庭では、彼らが戦っている状況を知りたがるし、そうでない家庭でも、これから自分たちの国が、どうなるのかを知りたがる。その情報源が新聞だという。

――でも、そのせいで、大勢の人が死ぬことになったんだから、新聞の責任は重いって気づいて、今は論調が慎重になったけど――

重光は、なるほどと思った。

――確かに日本の新聞は、戦争を煽《あお》るばかりだ。その方が、軍部も大衆も喜ぶしな――

ベティの視点は鋭く、重光はイギリス人の本音を聞いてみたくなった。

――イギリス人は植民地を、どう考えているんだ？　独立させる気は、あるのかい――

――そりゃ知識階級は、非人道的なことはやめて、独立させるべきだって言うけれど、利権を持っている人たちは、独立なんて、とんでもないって考えよ――

ベティは逆に質問を返してきた。

――日本は満州や朝鮮を、独立させる気はないの？――

――満州は、いちおう独立国の体裁《ていさい》を取っている。私の個人的な考えでは、満州人自身が充分な軍備を整えたら、日本人は治安維持から手を引くべきだと思う。ただ、今すぐ軍を引き上げるわけにはいかない。ソ連軍が侵攻《しんこう》してくる危険がある。私がモスクワにいたのは二年足らずだが、その間にも国境紛争があった――

重光は少し弁解めいた言い方をした。

――それに日本は人口問題を抱《かか》えているんだ。そのために海外に出ていかなければならないという事情もある――

もはや日本の人口は、七千万に近づこうとしている。明治初期から比べると、まさに倍増であり、本土の生産力だけでは、全国民が食べていけなくなっていた。

――非常に手前勝手な言い草ではあるが、それが現実であり、満州での利権は手放せない。それはイギリスと同じだ――

すると牧野が、からかい気味に言った。

――もしかしたら日本政府は、増えた人口を、戦争で減らそうとでも、思っているんじゃないか――

するとベティが気色《けしき》ばんだ。

――そんなひどいことを言って、あなた、自分の国を愛していないの?――

――愛してるさ。愛してるからこそ、もどかしいんだ。日本のやり方が――

ベティは眉を上げて、話を切り上げると、重光に向き直った。

――それで、朝鮮は?――

――朝鮮については、もう少し複雑だ。やはりロシアが関わっている――

重光は日本の外交史を説明した。

――サムライの時代には、日本は外国との関わりを最小限にして、鎖国《さこく》という方法で、平和を保っていたんだ。しかし江戸時代後期から、ロシア人が貂《てん》やミンクなどの小動物の毛皮を求めて、シベリアから南下し、問題が起き始めた。ヨーロッパの上流階級で、ゴージャスな毛皮のコートが流行した結果、ロシアと日本の国境争いが始まったというわけだ――

ベティは身を乗り出した。

――サムライの時代に？――

――その通り。そのうちアメリカからペリーという海軍提督《ていとく》が、艦隊を率いてやって来て、沖縄に兵を上陸させた。小笠原《おがさわら》という南の島も取られそうになった――

ロシア海軍も、北蝦夷《えぞ》や対馬《つしま》に基地を築こうとして、幕府と対立した。

――サムライたちは刀では負けると悟《さと》って、明治維新という革命を起こし、政治も軍備も文化も、一気に西洋式を取り入れたんだ――

――それで沖縄と小笠原は、どうなったの？――

――小笠原は外交交渉の末、一八七六年に日本の領土として認められた。明治維新の八年後だ。さらに、その三年後に、沖縄も日本の領土に組み入れられた。それまでは独立した王国だったが、軍備が充分でなかったために、放っておけばロシアかアメリカに取られてしまうと、明治初期の日本政府は案じたのだ――

その後、現実にハワイやフィリピンが、アメリカのものになった。

――それじゃ、朝鮮も、どこかに取られそうになったってわけね？――

――ごく単純化して言えば、そうだ。もとは中国の保護を受けていたが、中国は中華思想が災いして、軍備の西洋化が遅れた。それで日本とロシアとで、朝鮮半島の取り合いになったんだ――

日本は目と鼻の先の朝鮮半島が、ロシアのものになるのを、何より恐れた。そうなれば次に侵略されるのは、自分の国だという懸念《けねん》があったのだ。

――結局は、日露戦争で勝って、日本が半島を併呑《へいどん》したという形だ――

――沖縄や朝鮮に独立運動は？――

――正直なところ、沖縄の状況は、よく知らない。だが朝鮮には存在する。上海で爆弾を投げて、私の脚を失わせたのは、朝鮮の独立活動家だった――

ベティの顔色が変わった。そして眉をひそめて聞いた。

――その人を恨《うら》んでいるでしょう？――

――恨んでいないと言えば嘘だが、彼は独立を訴えるために、爆弾を投げたのだ。テロは容認できないが、彼のような者がいることを考えれば、いずれ朝鮮も独立すべきだとは思う。ただし日本軍の撤兵《てっぺい》が、今すぐではないことは、満州国と同じだ――

それまで黙って聞いていた牧野が、口を開いた。

――理屈としては筋が通っている。だが、いちばんの問題は、日本人の差別意識だ。日本人は中国や朝鮮の人々を見下《みくだ》している。それさえなければ、満州国だって、もっとうまくいってるはずだ――

牧野は言葉に力を込めた。

――差別を受けた側は、けっして忘れない。俺はアメリカで、ひどい人種差別を受けた。唾《つば》を吐《は》きかけられたり、石や煉瓦《れんが》を投げつけられたり――

イギリスに渡ってきて、何より驚いたのは、日本人蔑視《べっし》がなかったことだという。

――ちょうど日英同盟の頃で、社会全体が親日的だったこともあろうが、さすがにイギリスは紳士の国だと感心したものさ――

牧野の話は、松岡洋右の在米経験に通じるものがあった。

牧野もベティも、重光の周囲にいないタイプの人間であり、夜が更《ふ》けるまで話は尽きなかった。

――実に愉快だった。また時々、この三人で食事をしよう――

そう約束して、重光は、ふたりを公邸の玄関まで見送った。

ひとりになってから手帖《てちょう》を開き、父が書いてくれた小さな短冊《たんざく》を、また久しぶりに取り出して見た。そこには力強い筆文字で、志四海と書いてある。父の言葉が蘇る。

「日本は太古の昔から、中国から文化を取り入れ続けてきた。国力が逆転したのは、ここ三十年か、四十年に過ぎない。中国人にしてみれば、日本人に見下されるなど、とうてい納得できないだろう。江戸時代を通じて、中国はもとより、朝鮮も憧《あこが》れの国だったのだ」

あの時は少し抵抗を感じた。だが今になってみると、父の見識《けんしき》の高さに、改めて頭が下がる思いだった。


駐英大使として重光が命じられた最大の課題は、中国での日本とイギリスの衝《しょう》突《とつ》を避けることだった。そのためにイギリス外務省や議会に足繁《あししげ》く通い、主立った人物は公邸に招いて、日本への理解を求めた。

イギリス外務省は官庁街にあり、ビッグベンと呼ばれる時計塔のある議事堂や、ウェストミンスター寺院といった、ロンドン名所にも近かった。

重光の赴任は、イギリス側に歓迎された。上海事変の停戦の際に、世話になったイギリス公使が出世しており、何かと便宜《べんぎ》を図ってくれた。また、かつて東京のイギリス大使館に赴任して、隣家の重光と親しくしていた者たちも、ロンドンに戻っていた。

イギリスは今やドイツとの対立を深めており、一触即発《いっしょくそくはつ》の状態だった。一方、日本はドイツに接近している。

あれから防共協定にはイタリアも加わって、日独伊防共協定に拡大した。そのために、いよいよイギリスやフランス、アメリカからは危険視され、日英関係は悪化の一途をたどっている。

重光の交渉の結果、イギリスとしては満州国の承認問題には、当面、触れずにおく方向で話が進んだ。日本とドイツの接近は危険視されてはいるものの、イギリスも中国での利権を手放したくはないという弱みがあり、合意点が見出せたのだ。

また重光は、日本と中国との戦争終結を、すでに視野に入れていた。そのための仲介者《ちゅうかいしゃ》として、最適なのがイギリスだった。かつて上海事変の調停も、イギリス公使に頼んだ。

ドイツは中国に関わっていない。そのために、いくら日本がドイツに接近しても、中国問題は解決しない。中国に利権を持つイギリスだからこそ、逆に満州国も認める可能性があった。

一方、日本軍は満州から南下を続け、勝ちに乗じて、さらに戦線を拡大している。だが勝っている時こそ、有利に停戦交渉ができる。天皇の意志もはっきりしており、ここはイギリスを味方につけて、とにかく日中戦争に片をつけるべきだった。

しかし昭和十四年六月、重光のロンドン赴任から八ヶ月後のことだった。嫌な事件が、イギリスの新聞に報じられた。

日本軍が天津《てんしん》の外国人租界《そかい》を包囲し、そこに出入りする者をスパイと見なして、男女問わず脱衣検査をしているという。日本兵によって、イギリス女性が裸にされているというニュースは、対日感情を一挙に悪化させた。

だがイギリスはドイツとの開戦寸前だった。そのために日本とは事を起こせない事情もあり、不問に付された。ただイギリス国民には感情的なしこりが残り、日中戦争の仲介も棚上げとなった。

そして事件から二ヶ月後、ドイツ軍がポーランドに侵攻し、イギリスはフランスとともにドイツに宣戦布告した。とうとうヨーロッパに火がついたのだ。

そうしているうちに、牧野が助言してくれた。

「海軍大臣のチャーチルには、近づいておいた方がいい。彼は以前、俺の絵を気に入って、懇意《こんい》にしてくれていたが、かなり有能だ。いずれ首相になる。会う気があるなら紹介しよう」

チャーチルは母親がアメリカ人で、元来、親米派であり、新聞で読む限り、彼の日本に対する感情は厳しい。それを好転させるのは至難《しなん》の業《わざ》だが、あえて厳しい壁を突き崩してこそ、親日の風も吹く。

そのため重光は牧野に口を利《き》いてもらって、日本大使公邸の午餐会に、チャーチルを招待する約束を取りつけた。

日程は数ヶ月も先だったが、その日を待っている間に、ドイツがフランスに攻め入り、イギリスも追い込まれていった。

一方、チャーチルは、牧野の予測が当たり、首相に就任した。しかし前途は多難だった。フランス軍の敗北が続き、今まさにパリが降伏せんという土壇場《どたんば》に追い込まれたのだ。フランスという無二の盟友を失えば、共倒れになりかねない。

約束の午餐会当日、チャーチルは朝から飛行機でパリに飛んだ。フランスに降伏を撤回《てっかい》させ、戦争続行を促《うなが》すためだった。当然、午餐会の出席はキャンセルになるだろうと、重光は予測した。

だがチャーチルは時間通り、日本大使公邸に姿を現したのだ。蝶《ちょう》ネクタイに中折れ帽子、右手にステッキ、左手に葉巻という独特の出で立ちで、美しい夫人を伴っていた。

ふたりが公邸に入るなり、まず牧野が出迎え、親しげに握手した。すぐにチャーチルは、玄関ホールの壁に掛かっていた牧野の絵に気づいた。

——新作かね。とても、いい。ロンドンの霧を、こんなに美しいものとして描けるのは、日本人だからだろう——

牧野は照れもせず、卑屈《ひくつ》にもならず、にこやかに礼を言った。

——ありがとうございます——

そして重光を紹介した。

——重光葵大使です。私の信頼する友人です——

チャーチルは重光に握手を求めた。

イギリスの上流階級は、紹介がものを言う。まったく伝手《つて》のない者は、誰からも相手にされない。その点、重光が牧野という強力な味方を得たのは幸運だった。

重光はチャーチルに向かって、ありのままを口にした。

——首相に会っておく方がいいと、最初に私に助言してくれたのは、この牧野でした。かならず首相になるからと——

チャーチルは頰をゆるめ、牧野を目で示して言った。

——そうか。彼とは、ずいぶん前から親しくしているが、とても面白い人物だ。イギリス人には、いないタイプで、誰もが魅了される——

それから牧野や加瀬も含めて、ダイニングテーブルを囲んだ。真っ白いテーブルクロスの中央に、低くアレンジされた薔薇《ばら》が飾られ、各人の席の前にはウェッジウッドの皿と、磨《みが》き抜かれた銀器、それにワイングラスが並ぶ。

完璧《かんぺき》なテーブルセッティングだったが、それが、かえって張り詰めた空気を生んだ。さっきの牧野を交えた気さくな挨拶が、いつのまにか冷えている。

チャーチルは黙って葉巻を取り出して指に挟《はさ》み、またテーブルの上に戻しては、また指に挟む。それを何度も繰り返していた。フランスの敗戦が決まろうという今、さすがに心穏やかではいられないらしい。

イギリス人の料理人は、淡々《たんたん》とローストビーフを切り分け、好みでマッシュポテトとともにグレービーソースをかけまわし、あとは人参《にんじん》、莢隠元《さやいんげん》の温野菜、それにライ麦のパンを添えた。赤ワインがグラスに注《そそ》がれる。

チャーチルは緊張を破るようにワインを半分ほど飲み、それからは銀のナイフとフォークを使いながら話した。

――私が、まだ若い頃の話だが、日英同盟を結ぶかどうかの案件が、議会に上ったことがあった。正直なところ、遠い東洋の国と、対等な同盟が必要かという意見も多かったが、私は同盟賛成を熱烈に主張した――

政治家としては、まだまだ駆け出しだったが、日英同盟は、なんとしても成立させるべきだと確信していたという。

――だから日露戦争の折には、日本の活躍に心躍《こころおど》らせたものだ。そんな歴史を持つ日英両国にとって、今日の関係悪化は、非常に憂《うれ》うべきことだ――

新聞に発表されてきた反日路線が、百八十度転換していた。重光はチャーチルの腹の内を読んだ。

おそらくフランスとの交渉は、うまくいかなかったに違いなかった。もはやフランスの降伏は避けられない。そうなるとイギリスとしては、とにかく今はアジアでの憂いをなくし、ドイツとの戦争に集中したいのだ。

だが親日路線は歓迎すべきであり、重光はフォークとナイフの手を止めて、言葉に力を込めて賛同した。

――まったく、その通りです。日本とイギリスは直接対立する問題を抱えていません。イギリスの首相と、日本大使の私が、融和を確認し合うのですから、かならず対立は避けられます――

内心、この午餐会が、パリ陥落の直前で幸運だったと思った。そうでなければチャーチルは、もっと高圧的な態度に出たかもしれなかった。

重光はローストビーフを残し、ナイフとフォークを皿の上に並べて置いた。話が佳境《かきょう》に入った今、食べている時間が惜《お》しかった。そして身を乗り出して、日本国内の状況を伝えた。

――ここ数年は軍部が力を強めていますが、天皇はファシズムを嫌い、イギリス王室には親近感を抱《いだ》いておいでです――

牧野が、かたわらから口を挟んだ。

――天皇が皇太子時代に訪英された際に、私もレセプションで、お目にかかりましたが、何より国際平和に心を砕いておいででした。天皇のお人柄は、ジョージ六世も、よくご存じだと思います――

いつもの牧野とは別人のような発言で、効果的な援護となった。

チャーチルは何度も深くうなずく。ドイツと日本の両国を敵にまわさずにすみそうで、ひとまず安堵《あんど》している様子だった。

食事の終わりに、紅茶とプディングが出た。チャーチルは香り高い紅茶を、ゆっくりと口に含んだ。それから葉巻に火をつけ、溜息《ためいき》のように大きくはき出すと、意外なことを言った。

――実はフランスのことだが、ドイツへの降伏は避けられない。わが国は難しい立場に置かれることになる――

重光は、そこまで手の内を明かすかと驚いた。するとチャーチルは、重光の心を読み取ったかのように言った。

――今さら隠しても仕方ない。いずれ、わかることだ。だが――

そして片手で葉巻を手にしたまま、ティーカップをソーサーに戻し、重光の目を見て言った。

――わが国はドイツには負けない。それも、いずれ、わかることだ――

意外なほど力強い言葉だった。そして短くなった葉巻を、灰皿の上で丁寧にもみ消してから、紅茶を飲み干した。さらに白いナフキンで口元をぬぐい、テーブルの上に戻した。

――今日は、いい午餐会だった。パリから急いで戻ってきた価値はあった――

夫人を促して立ち上がり、改めて重光に向かって言った。

――私が、それほど日本との関係を大事にしていることを、理解してもらえると、たいへんありがたい――

心からの言葉に思え、重光も誠意をもって応えた。

――お忙しい中、お話ができて、とても有意義でした。私も、なんとしてもイギリスとの友好関係を築きたいと思っています。力を合わせましょう――

チャーチルは帰りがけには、ステッキを小脇にはさみ、両手で握手を求めた。

――君は信頼の置ける大使だ。個人的にも友情を築きたい。また、お目にかかろう――

重光は固く手を握り返した。

――こちらこそ、ぜひに――

夫人も、ほっそりとした手を差し出し、にこやかに言った。

――素晴らしい日本大使で、私も嬉《うれ》しいですわ。今日、主人はパリから戻ってくるなり、ひどく不機嫌でしたの。あなたのおかげで機嫌が直りましたわ――

――少しでも、お役に立てたのなら、何よりです――

重光は夫人とも握手し、杖をつきながら玄関から出て、夫妻が乗り込んだ車を見送った。そして車が走り去るなり、牧野に礼を言った。

「今日は恩に着る。紹介してもらって、本当によかった」

「なかなか、うまいことも言っただろう」

「まったくだ。君の台詞《せりふ》とは思えなかった」

「俺だって、役に立つ時はあるのさ」

たがいに背中をたたき合って笑った。

それから重光は加瀬俊一と、ふたりきりになるのを待ち、一転、声を低めて聞いた。

「チャーチルの自信を、どう思う？」

加瀬は少し首を傾げて応えた。

「どの国でも、勝利を口にしない指導者はいません。チャーチルがドイツに負けないと宣言するなら、ヒトラーもイギリスなど、ひと捻りだと豪語しているでしょう。ただ私の印象では、あの自信には、別の裏付けがあるように思えます」

「私も、そう思った。おそらくアメリカの支援が期待できるのだろう」

「その点、私も同感です。アメリカは直接、銃を取って戦わないかもしれませんが、武器や食料の支援くらいは、話が進んでいると見た方がいいでしょう」

アメリカは先の世界大戦で、ヨーロッパの対立に巻き込まれるようにして参戦した。その結果、戦勝国になりはしたが、犠牲《ぎせい》ばかりが大きく、得るものは少なかった。そのために今回は慎重に中立を保っている。

だがチャーチルは母親がアメリカ人だけに、アメリカ国民の気持ちを摑《つか》みやすい立場にいる。大国アメリカが武器などの供給で支援したら、イギリスは戦況を逆転できるに違いなかった。

「ここはアメリカの出方次第か」

重光は、そうつぶやいて、別の懸念を口にした。

「ただフランスの敗戦が、ほぼ決まりの状況だけに、チャーチルの虚勢ということも考えられるな」

外交は誠心誠意が基本だが、なにぶんにも初対面だけに、裏の裏まで読んでおかなければならない。加瀬も、うなずいて言った。

「いずれにせよ、日英融和路線は守れそうですし、しばらく様子を見てもいいかと思います」

　そして笑顔になって続けた。

「とにかく今日は、最高のタイミングでした。チャーチルが、ここまで親日的に出ようとは、思いもかけませんでした」

「そうだな。フランスの降伏は気の毒だが、日本としてはラッキーだった」

　重光も今日の成果には充分に満足していた。


　その後、フランスはドイツに降伏し、イギリスは予想通り、さらに苦しい立場に追い込まれた。

　すると重光は、ハリファクスという外務大臣から、緊急に呼び出された。加瀬を連れて、ウェストミンスター寺院近くの外務省に赴いた。

　ハリファクスは親日派で、今までチャーチルとともに重光を理解し、日英融和路線をとっていた。しかし、この日は、いつにない険《けわ》しい表情で、大臣室に重光たちを迎え入れ、一通の国際電報を見せて言った。

「——東京のイギリス大使館から連絡があった。大使館付の陸軍武官が、日本の参謀本部に呼び出されて、聞き捨てならないことを言い渡されたそうだ――

聞き捨てならないこととは、蔣介石《しょうかいせき》支援ルートの閉鎖要求だった。

かつて重光が上海で片脚を失った頃、日本は南京を拠点とする国民政府と、国交を持っていた。

その後、日本軍の攻撃を受けて、指導者の蔣介石が南京を追われ、内陸部の重《じゅう》慶《けい》に国民政府を移した。以来、中国共産党とも手を握って、日本に激しく抵抗し続けている。

しかし一部の親日派が重慶から離反《りはん》し、ふたたび南京に国民政府を開いた。そのために中国は南京と重慶に、ふたつの国民政府が存在することになった。

日本は以前と同様、南京の国民政府を唯一の中国政府と見なし、蔣介石が率いる軍と戦っている。

だがイギリスとアメリカは、蔣介石の重慶政府を支援し、イギリス領であるビルマと香港《ほんこん》から、大量の武器や物資を、重慶に送り込んでいた。

この支援経路を蔣介石を援護するという意味で、援蔣ルートと呼ぶ。これを閉鎖せよと、日本の参謀本部の主任官が、イギリス大使館の武官を呼びつけて、高圧的に言い渡したのだという。

そのうえ参謀本部では、とんでもない暴言を放っていた。すでにイギリスなど滅亡に瀕《ひん》しており、それに気づかぬ日本の外務省は、もはや日本の代表ではない。日本を左右する実質的な勢力は陸軍だというのだ。

ハリファクスは電文を手に、怒りにふるえていたが、重光も参謀本部に対して、猛烈に腹が立った。だが怒りを隠し、ハリファクスに向かって冷静に聞いた。

――まず、それが誰の報告なのかを、もういちど伺《うかが》いたい――

――今も言った通り、東京にいるイギリス陸軍武官の報告を、駐日イギリス大使が打電してきたものだ――

――なるほど――

重光は反論を開始した。

――日本の参謀本部が何と言おうと、彼らに外交交渉の権限などない。イギリス大使館付の武官は、そんな権限のない相手と交渉し、それを本国に報告する立場にあるのですか。さらに、そのような報告を、イギリス外務省が正式に取り上げる理由を伺いたい――

――しかし、これは日本で力を持つ参謀本部が、わざわざ、わが国の武官を呼びつけて言い渡した通告だ。無視するわけにはいかない――

――ご存じの通り、日本の対外交渉の責任者は、東京では外務大臣、当地では私です。それ以外の機関には何の権限もない。だから参謀本部が何を言おうとも、それは日本政府を代表する意見ではない――

理詰めの反論に、ハリファクスは、ようやく落ち着きを取り戻した。そして穏やかな口調に変わって聞いた。

――では、どういう事情で、こんな話になったのだろうか――

重光も口調を改めて応えた。

――軍人の感情表現が、時として粗暴《そぼう》になることは、よくあることです。ただ援蔣ルートについては、軍人に限らず、日本人の中に、腹立たしい思いがあるのも事実です。日英融和のためには、やはり閉鎖を検討する必要も、あるでしょう――

釘を刺した形で、その日は別れた。

ただ重光としては参謀本部の主任官が、イギリスが滅亡に瀕していると言った点が、気になっていた。彼らは現状だけを見て、ドイツを過大評価している。アメリカの出方が定まらないうちに、結論づけるのは、きわめて危険だった。

数日後、東京で、外務大臣から駐日イギリス大使に、正式に援蔣ルートの閉鎖が申し入れられ、交渉が始まった。

陸軍が外務省を動かしたのか、それとも外務省が動く前の布石《ふせき》として、あえて陸軍が悪役を買って出て、情報をもらしたのかは、わからなかった。

ともあれハリファクス外相としては、すでに重光から釘を刺されていたために、これを柔軟に受け止めた。そして香港からの支援ルートは、即座に閉鎖した。

さらにビルマからのルートについては、重光が二度にわたって、ハリファクスのもとに説明に出向き、閉鎖が和平の鍵《かぎ》になると力説した。

チャーチルはビルマルートの閉鎖を、正式に議会に諮《はか》った。三ヶ月限定の閉鎖提案ではあったが、その間に、日中間の和平交渉が進むことを希望すると演説し、十月からの閉鎖が承認された。

これは大きな路線転換だった。チャーチルは今までの蔣介石への支援を凍結し、新たに、日本に有利な状況を提供してくれたのだ。

重光は、今こそ日中停戦のための最大の好機と捉えた。ルート閉鎖中にイギリスに仲介を頼み、停戦を成立させようと考え、日本の外務省の承認も得た。

だが、ふたたび日本で思いがけないことが起きた。陸軍がストライキを起こし、内閣が総辞職に追い込まれたのだ。

続いて総理を務めたのは近衛文麿だった。二度目の総理就任であり、第一次の近衛内閣では、発足ほどなくして北支事変が起き、以来、日中戦争に拡大してしまっている。

今度の外務大臣には、松岡洋右が就任した。久しぶりの外交復帰で、どういう政策に出るか、見当がつかなかった。

しかし蓋《ふた》を開けてみると、松岡の路線は反英だった。日本にいるイギリス人が、片端からスパイ容疑をかけられて、憲兵に逮捕された。だが調べてみれば証拠はなく、単なる嫌がらせに近かった。

さらに松岡は外交の現場において、独裁体制を敷いた。外務省の人事刷新《さっしん》と称して、各国に駐在していた大使や公使の首を、次々とすげ替え始めたのだ。そして自分の息のかかった代議士や軍人を、日本の代表として各国に派遣した。

松岡が国際連盟から脱退して以来、六年が経つ。重光がモスクワに向かって、日本を出てからでも、もう三年の歳月が過ぎた。その間、いちども帰国はしておらず、たがいに会う機会もない。重光は、かつての同志との間に、深い溝ができたことを感じた。

イギリスはドイツ相手に苦戦を続けた。それでも週末に霧が晴れると、人々は家族や恋人同士で、公園に出かける。

ロンドンの霧は、工場や住宅の煙突《えんとつ》から吐き出される石炭の煤煙《ばいえん》で生じる。だから工場が休む週末や、まだ住宅の暖炉に火が入らない季節には、青空が望める。

重光も牧野やベティとともに、ハイド・パークに散歩に出かけた。公邸から二街区ほどの距離だが、ロンドン有数の広大な公園だ。

サーペンタイン・レイクという美しい池もある。大きさは池だが、水辺に砂浜が広がり、レイクという名の通り、湖のような印象がある。

牧野は、折りたたみ式の椅子を持ち歩き、気に入った場所に広げては、腰掛けて、持参のスケッチブックに鉛筆を走らせる。重光は、その後ろのベンチに、ベティと並んで腰を下ろした。

いっせいに水鳥が飛び立ち、翼が引きずる水しぶきが、秋の午後の日差しにきらめく。水鳥たちは青空の彼方《かなた》に飛んでいき、また別の集団が水面《みなも》に降りては、岸辺で羽を休める。穏やかな風景に、戦争の影は遠く感じられた。

重光は思い切って言った。

――帰国命令が下るかもしれない――

ベティは驚いて聞き返した。

――いつ頃？――

重光はベンチの背に寄りかかり、前を向いたままで応えた。

――たぶん十月以降になるだろう――

各国大使が次々と帰国を命じられる中、重光も自身の更迭《こうてつ》を覚悟していた。

ただしビルマルートの閉鎖予定は、重光の努力で、いまだ撤回《てっかい》はされていない。

松岡としては、閉鎖が始まる十月までは、重光をロンドンで働かせるに違いなかった。

——でも、あなたを帰国させてしまったら、イギリスと手切れになるのがわかってるから、きっと十月が過ぎても、帰ってこいとは言わないでしょう——

——それはどうかな。なにしろ今度の外務大臣の考えが読めないんだ——

ベティは形のいい眉を寄せて言った。

——なぜ日本は、ドイツなんかと仲良くするのかしら——

——ドイツを過大評価しているのさ。フランスが負けたし、ヨーロッパ中がドイツのものになると思っているんだ——

するとベティは、思いがけないほど強い口調で言った。

——イギリスはドイツなんかに負けないわ——

——なぜ、そう思う？——

——ドイツは陸軍兵を、この国に上陸させられないもの——

イギリスは島国であり、過去も現在も、世界に冠たる海軍力を誇っている。世界中に植民地を増やしたのも、強大な海軍のおかげだった。

一方、ドイツの誇るべきは陸軍であり、海軍力ではイギリスに及ばない。そのために自慢の陸軍を上陸させられないという。

重光は少し意地悪く聞いた。

――でも、空からの攻撃はある――

九月に入ってから、ドイツ空軍によるロンドン空爆が始まっていた。

――それは、あるわね。でもチャーチルは今、空軍の増強に懸命だから、すぐドイツを追い越すわ――

ベティは自信ありげに言った。

――それにデモクラシーはファシズムに、けっして負けはしないから――

そして唐突に話題を変えた。

――この間、私、空軍の若いパイロットたちを取材したのよ――

新聞に寄稿するために、インタビューに行ったという。

――私と話をしていた時に、ちょうど出撃命令が下ったの。そしたら彼らは、まるで隣の家に紅茶でも飲みに行くみたいな気軽さで、小さな飛行機に乗り込んで行くのよ。そこには「ハイル・ヒトラー」も「天皇陛下万歳」も、ないの――

イギリス国王陛下のためでもなく、ましてチャーチルのためでもない。ただ自分の意志で、命をかけて敵に挑《いど》むのだという。

――日本のことは、よくわからないけれど、ドイツなんて、ヒトラーが死んだら終わりよ。ドイツ人はファシズムの呪縛《じゅばく》から、かならず目覚める時が来る。でもイギリス人は違う。みんな自分自身の意志で、戦っているのだから。それも脅《おど》されてるわけじゃないし、集団の熱に流されてるわけでもない。それぞれが自分で、正しいと思う方向を見極めているの。それがデモクラシーの強さよ――

ベティは重光に向き直って聞いた。

――日本は議会政治の国なんでしょう。なのに、どうしてデモクラシーの強さを信じないの？――

重光は少し考えてから応えた。

――それは多分、日本人がデモクラシーの本質を、誤解しているからだろう――

日本では大正年間に、デモクラシーの意識が広がった。自由な感覚をもとに、文学や芸術や演劇などの文化も花開いた。だが昭和に入って、中国との対立が深まるにつれ、デモクラシーは軟弱なものと見なされ始めたのだ。

代わって手本となったのがドイツだった。ドイツはパリ講和会議によって、膨大《ぼうだい》な賠償金を背負いながらも、ヒトラーの強い指導力で、目覚ましい復興を成し遂げた。

ドイツの台頭によって、もはや日本人にとってデモクラシーは過去のもの、時代遅れのものになってしまっていた。

――そんな状況で、日本人はフランスの敗戦を知ったから、いよいよドイツを過大評価したのさ――

説明しながら、重光は不思議な気がした。ベティは思いもかけない問いかけをする。それに応えているうちに、自分でも意識していなかったことが、はっきりと筋道立てられていく。それがベティとの会話の面白さだった。重光は、さらに自分の考えを話した。

――いかなる戦争も肯定《こうてい》すべきではない。全力を挙げて止めるべきだが、それでも開戦に至ってしまったら、できるだけ早期に終わらせることが大事だ。もちろん、イギリスもだ。今後、アメリカの支援を取りつけ次第、ドイツとの停戦に向かうべきだ。立場が好転した時こそ、いい条件で停戦できる――

重光は右脚を失った時の上海事変でも、最初から、いかに停戦に持っていくかを視野に入れて、日本軍に出兵を要請した。

戦争を起こさないための楯になり、それでも起きてしまった場合は、早期終結に努める。それこそが自分に課せられた役目だと、明確に意識し始めていた。

重光がベティと話していると、牧野がスケッチを終えて立ち上がり、折りたたみ椅子を抱えて近づいてきた。

――ベティ、ひとつ忠告しておくが、こいつには惚《ほ》れても無駄だぞ。言うことは正論だし、欠点がないところが欠点みたいな奴だ。堅物《かたぶつ》で女にもなびかない。若い頃、アメリカで、フランス女に惚れられたのに、キスもしないで別れたそうだ――

ジュジュとのいきさつは、たまたま牧野とふたりで飲み食いした際に、酒の勢いで口が滑《すべ》った話だった。重光は苦笑して否定した。

──惚れられたわけじゃないさ。だいいち、彼女には夫がいた──

──でも別れ際に泣かれたんだろう──

──そりゃ、親しくしていれば、友人だって別れ際に泣くことくらい、あるだろう──

ベティまでもが、からかい気味に言う。

──ああ、それは恋ね。この人は、女性に惚れられるタイプだし──

牧野が不満そうに応じた。

──惚れられるって？　この堅物が？──

──堅物だから、いいのよ。誠実そうで──

重光が何とも困ってしまった時だった。遠くからサイレンが聞こえた。空襲警報だ。別の方向からも、また別の方向からも聞こえ、たちまち音が重なって、公園中に鳴り響く。

牧野もベティも不安顔だ。重光は上海での経験から、とっさに判断した。

──公園に爆弾が落ちたら、爆風をさえぎるものがなくて危険だ──

ロンドンでは十七世紀に、街中を焼き尽くす大火災が起き、以来、木造の建物は禁止で、煉瓦か石造りと定められている。そのため爆撃を受けても延焼の危険はない。むしろ屋外の方が危険だった。

——とりあえず地下鉄駅に——

空襲の際には、地下鉄駅が避難場所に指定されていた。警報が出たら、すべての地下鉄は運転を停止し、チューブと呼ばれる巨大な管状の地下軌道《きどう》に、逃げ込めることになっている。

三人は、公園の北東角に位置するマーブルアーチ駅を目指した。

さっきまでくつろいでいた人々が、森を抜け、広大な芝生を突っ切って、全力で走る。子供連れの一家は、幼子《おさなご》を抱き、あるいは手を引いて逃げ惑《まど》う。

その時、南の上空から轟音《ごうおん》が聞こえた。重光は空を仰《あお》ぎ見て、ぎょっとした。プラタナスの梢《こずえ》の先に、数機の爆撃機が見えたのだ。そこから米粒のようなものが、ばらばらと落ちてくる。

次の瞬間、南の方向から、立て続けに爆発音が響いた。重光はベティと牧野に向かって叫んだ。

——先に逃げてくれッ。私は後から行く——

いくら義足に馴《な》れていても、走るのは遅い。ふたりの足手まといになるのは嫌だった。だがベティが重光の腕をつかんで、耳元でささやいた。

重光は、はっとした。だがベティは、そんな戸惑いにかまわず、自分の足元を示した。

――私だって、こんなハイヒールだもの、走れやしないわ――

牧野も折りたたみ椅子を持ち上げて言った。

――俺だって、この荷物だ。それに爆弾が落ちたら、どこにいたって一緒さ――

だが背後の爆発音は、激しさを増すばかりだ。空一面に爆撃機が散らばり、雨のように爆弾が降り注ぐ。

嫌な風切り音が、あちこちから聞こえた。上海の式台の上で聞いたのと同じく、甲高《かんだか》い笛のような音だ。あの時よりも、ずっと遠いのに、はっきりと聞こえる。

一発が池に落ちたらしく、爆音とともに高々と水柱が上がった。さらに近くで、耳をつんざく爆発音が響いた。振り向くと、木立の向こうから、灰色の土煙が、こちらに襲い来る。

重光は風上に立ち、激しい爆風からベティを守った。おびただしい数の小石が飛んで、背中に当たる。それでも痛みは感じなかった。ただベティに当たらぬようにと願った。

風が収まると、ベティが顔を上げた。息づかいが感じられるほど間近に、形のいいくちびるがある。こんな時にとは思うものの、たまらなく心惹《ひ》かれた。死ぬ時は一緒よという言葉も、耳の奥に残る。

だが甘い思いを、次の爆音が吹き飛ばした。重光は、もういちど爆風からベティを守り切ると、風が収まるのを待って、ふたたび三人で地下鉄駅に走った。

だが公園の端までたどり着いてみると、そこは人で一杯だった。群衆が押し合いへし合いして、地下鉄駅の入口に殺到している。

大混乱の中、巡査の吹く警笛が鳴り響き、怒声《どせい》が交わされ、女性の悲鳴や子供の泣き声が上がる。

牧野が動転した様子で、つぶやいた。

――これじゃ、とても駅には入れないな――

狭い階段に人が殺到して、地下に入るどころではないのだ。重光は、とっさに公邸の方向を示した。

――それなら、うちに。公邸なら地下室もある――

建物の中にいて、空襲警報を聞いたなら、地下室に逃げ込めと言われている。もし爆弾の直撃を受けたら、そのまま瓦礫《がれき》の下敷きになるが、それでも外より安全だとされていた。

なおも周囲で爆発音が鳴り響く。そのうえ市内各地に据えられた高射砲が、敵機めがけて火を噴き始め、すさまじい砲音が繰り返された。

公園から出たとたん、街中には土埃《つちぼこり》が立ちこめていた。街路の先が霞んで見通せない。逃げ惑う人々が激しく咳《せ》き込む。

ベティも咳き込み始めた。重光は背中をさすってやりながら、街路の先に目を凝《こ》らし、ぎょっとした。

いつもなら突き当たりに、五階建ての煉瓦造りの建物が見えるはずだった。それが完全に消えていた。左右の建物も半壊し、その間に、巨大な瓦礫の谷ができている。残った建物の窓ガラスが割れて、きらめきながら地面に落ちていくのが見えた。

重光は急いで別の道を示した。

――こっちへ――

だが街角を曲がったとたん、今度は、ものの焼ける匂いが鼻を突いた。風に乗って煙も流れてくる。

視界が霞んでいるが、さっきの土埃とは明らかに違う。近くで火災が起きているに違いなかった。遠くから消防車の、けたたましい鐘が聞こえた。人々が向こうから逃げてくる。

公邸は、もう目と鼻の先だ。重光はベティの手をつかんで歩き出した。だが匂いは、いよいよ強くなる。

ひとつ目の街区を過ぎ、街角に差しかかった時だった。交差する街路から、突然、熱風が吹きつけた。

そちらに顔を向けて、ベティが悲鳴を上げた。石造りの五階建ての、窓という窓から、朱色の炎が噴き出していたのだ。屋根から爆弾が突き抜けて、屋内で爆発し、内装に火がついたらしい。

一棟の建物全体が、巨大な炉《ろ》のように燃えさかる。床が焼け落ちたのか、激しい崩落音《ほうらくおん》が起き、火の粉《こ》が猛烈な勢いで、窓や穴の開いた屋根から噴き出した。

三人は急いで火事場から離れた。そして懸命に公邸に向かって走り、なんとか門に駆け込んだ。

その時、上空からエンジン音が聞こえた。

――見て。味方の迎撃機《げいげきき》よッ――

ベティに言われて見上げると、敵機より低空で、飛行機の集団が北から南に向かっていた。イギリス空軍が迎撃に出たのだ。

重光は額の汗をぬぐい、翼を見上げて思った。また若いパイロットたちが、隣家に紅茶を飲みに行くような気軽さで、飛び立っていったのだろうかと。自分たちの意志で、自分たちの首都を守るために。

そして視線をベティの横顔に戻した。髪は埃まみれで、白い頬も形のいい鼻も、煤《すす》や土埃で汚れている。だが瞳を輝かせて、上空を見上げる様子が、いっそう重光の心を捉えた。

その後もロンドンへの空襲は続き、ドイツ機は夜間も爆撃を繰り返すようになった。

牧野は借りていた部屋の天井に、爆弾の大きな破片が突き抜けて穴が開き、住めなくなったからと言って重光の公邸に移ってきた。現れた時には、全身、埃まみれだった。

すぐ目の前のグロブナー・スクエアには、対空高射砲が据えられ、夜な夜な、大地を揺るがすような轟音が繰り返された。

近隣の建物が被弾して全壊し、大使館も公邸も一部が壊れ、窓ガラスが爆風で飛《ひ》散《さん》した。重光の執務室や、大使館員の部屋が直撃を受けないのは、もはや幸運でしかなかった。

だが九月十八日を最後に、ドイツ爆撃機の姿を見ることはなくなった。空襲は七日に始まったが、わずか十二日間で、ヒトラーに空からの攻撃を諦《あきら》めさせたのだ。イギリス国民の士気は一気に高まった。

一方、日本軍は、新たな軍事行動に出た。中国大陸から一転、戦線を一挙に南方に拡大し、仏印《ふついん》に進出したのだ。

東南アジアの中央部は、南シナ海に北から南に向かって突き出すインドシナ半島だ。イギリス領のビルマは、半島の西側に位置する。逆の東側にあるベトナム、ラオス、カンボジアは、長くフランスが植民地にしており、ここが日本では仏印と呼ばれていた。

重慶向けの支援は、半島西側のビルマからだけでなく、東側の仏印からも送られており、援蔣ルートのひとつになっていた。

だがドイツへの降伏により、フランスが仏印支配から手を引いた。日本軍は、それを見計らい、仏印ルートを断《た》つべく出兵したのだった。しかし、この動きには、アメリカからの猛反発が予想された。

そもそもアメリカは、中国に独自の租界を持っていない。共同租界や民間企業の進出はあるものの、本来、日本と衝突するような利害関係はない。あくまでも正義感で、日本の満州進出を非難し、日本の敵である重慶の蔣介石を支援してきたのだ。

同じ理屈で、アメリカはドイツのヨーロッパ侵略も許さない。それでいて実は、自身が太平洋に触手を伸ばし、フィリピンを獲得している。

ただアメリカとしては、この状況下で、日本の仏印進出は、なおさら放置できないはずだった。日本の手が仏印からフィリピンへと伸びれば、日米の直接衝突が予想されるからだ。さらに太平洋上の島々や、ハワイの取り合いもありうる。

その仏印進出から、わずか四日後の九月二十七日だった。重光が懸念していたことが起きた。日独伊三国同盟が締結《ていけつ》されたのだ。

ドイツとの交渉は東京において、松岡と駐日ドイツ公使との間で行われたという。そして閣議を経て、すぐに調印に至った。

それまでの防共協定から、大きく踏み込んで軍事同盟に拡大したのだ。しかしドイツとの同盟は、イギリスだけでなく、いっそうアメリカを刺激する。

その影響で、十月からのビルマルートの閉鎖は、開始寸前で見送られた。重光の努力は水泡《すいほう》に帰《き》したのだ。

以前から重光は、松岡宛に電報で、ドイツへの接近を諌《いさ》め、日中停戦を訴え続けてきた。しかし意見は顧みられなかった。

いよいよ重光は帰国を意識した。もはや各国の大使クラスだけでなく、有能な大使館員たちも、松岡から帰国を命じられている。

それだけでなく外務省は、重要な外交情報すら、ロンドンに知らせてこなくなってしまった。駐英日本大使館は本国から見捨てられ、孤立したも同然だった。

帰国はベティとの別れをもたらす。愛《いと》しさは募るが、このままでは誤った道に足を踏み入れそうだった。いっそ帰国命令が下れば、思いを断ち切ることもできる。

そして、とうとう加瀬俊一も帰国を命じられた。穏やかな性格の加瀬は、松岡にも気に入られており、日本に帰っても、力を発揮する場は、いくらでもありそうだった。しかし重光にとって最も信頼できる部下だけに、まさに片腕をもがれる思いがした。

加瀬がロンドンを離れる際に、重光は松岡宛《あて》の手紙を託した。もしも外務省の人事刷新に必要ならば、いつでも自分は駐英日本大使の座を、明け渡すと綴《つづ》った。

かつて父から喩《さと》された。

「自分の役目が果たせないと思った時には、すみやかに人に道を譲れ」

まさに、それを実行する時に思えた。

加瀬は深々と頭を下げて、帰国の途についた。

「重光大使の思いは、松岡大臣に、しかと伝えます」

しかし、いつまで経っても、重光の帰国命令は届かなかった。重光ひとりが取り残された形だ。

以前、ベティが言った。

——あなたを帰国させてしまったら、イギリスと手切れになるのがわかってるから、きっと十月が過ぎても、帰ってこいとは言わないでしょう——

重光自身、そう感じることがある。

松岡の狙いは、満州の利権や仏印進出を、アメリカに認めさせることだ。そのために、まず重光を、イギリスに向けた捨て石にするつもりなのだ。

その一方でドイツを後ろ盾《だて》に据え、アメリカと対等の立場に立って、交渉しようという目論《もくろ》みに違いなかった。開戦をちらつかせ、土壇場で交渉するという、松岡らしいやり方だ。

さらに松岡は、重光ならイギリスを押し留めて、日英開戦を避けることができると、高《たか》をくっている。だからこそ帰国を許さないのだ。

重光は不快感を押し殺し、大使館員に告げた。

「火が降ろうと、槍が降ろうと、駐英日本大使館は通常通り、冷静に責務を果たす」

そして日常的な情報収集から、帰国する日本人の世話、さらには空襲で壊れた建物の修復まで、業務を淡々とこなし続けた。

しかし親日派だったハリファクスが、年末に外相を辞任した。日本の三国同盟締結について、イギリス国民から大きな批判を浴びた結果だった。

それでもイギリス外務省の担当官は、重光を信頼し、むしろ帰国してしまわないかと、しきりに案じていた。

昭和十六年（一九四一）に年が改まると、重光は、新しいイギリス外相と交渉を始め、捨て石なりの努力を続けた。そのための理論武装として、イギリスの落ち度を衝《つ》いた。

イギリスは日本と同様、中国に進出しており、たがいの利権は侵さないという暗《あん》黙《もく》の了解で、以前から合意している。これはアメリカと大きく違う点だ。重光は、この点を確認した上で、まずは重慶政府への支援を非難した。

――日本が敵対している蔣介石に、イギリスは武器や物資を提供している。この事実は、日英間の融和に大きな障害となる。一方、日本はドイツと同盟を結びはしたが、ドイツの戦争には協力していない。日本はイギリスの不利になるようなことは、何もしていない――

その違いを強調した。

仏印進出については、アメリカを引き合いに出した。アメリカがフィリピンを手にし、太平洋で勢力を伸ばしていることに、イギリスは何ら抗議していない。それでいて、なぜ日本の行動だけを非難するのか。

さらには三国同盟成立の責任を、イギリスに転《てん》嫁《か》した。日本が英米に背を向けて、ドイツに近づいたのは、仏印進出を非難されたことが原因であり、この上、日本を追い詰めて開戦に至らせるのは、イギリスにとっても得策ではないと、重光は強く主張した。

苦し紛《まぎ》れの開き直りに近かったが、イギリス側は現実問題として理解を示した。

そして二月二十四日の午後、チャーチルとの二度目の会見が設けられた。場所は首相官邸で、今度は、こちらから出向くことになった。

チャーチルは以前と同じく、トレードマークの蝶ネクタイに、片手に葉巻というスタイルで、重光を迎えた。最初の会談よりも、ずっと落ち着いている。

――よく来てくださった。前回は、そちらでランチを頂いたので、こちらも食事でもと思ったが、なかなか時間が取れず、いつになるかわからない。私たちの話は、そうのんびりしていられないし、とりあえず今日はサンルームでアフタヌーンティーを差し上げよう――

応接室を通り抜け、サンルームのテーブルに導かれた。小さく仕切られたガラス窓を通して、早春の穏やかな日が差す。外は、いまだ冬枯れの庭だが、中は暖かい。

小ぶりのテーブルを挟んで、重光はチャーチルと向かい合わせに座った。すぐにメイドたちが銀の盆に、紅茶と軽食を載せて運んでくる。

平皿が三枚、専用の銀器で縦に重ねられ、テーブルの真ん中に置かれた。いちばん上はクッキーと小さなケーキが並び、二段目はスコーンとジャムとクロテッドクリーム。いちばん下が、ひと口で食べられるサンドウィッチ。典型的なアフタヌーンティーのスタイルだ。

イギリス人は食べ物にこだわるのは、いやしいと考えており、美食には縁がない。ただアフタヌーンティーだけは、盛りつけも華やかで凝っている。

重光は白いナフキンを膝に広げ、ソーサーごとティーカップを引き寄せて、小さなサンドウィッチを口にした。

チャーチルは太い指でスコーンをふたつに割り、バターナイフで、たっぷりとクリームをすくうと、片方に載せて頰張《ほお》った。それを紅茶で流し込むなり、身を乗り出し、さっそく日英融和《ゆうわ》を力説した。

——イギリスと日本は、相互の利害を侵すつもりはないし、地理的にも離れていて、戦争をする理由は何もない——

——まさに、その通りです——

重光は、指先に残ったパンくずを、取り皿の上で軽く払って応えた。

——アジアでの日本と中国の戦争と、ヨーロッパでのイギリスとドイツの戦争とは、遠く離れた場所で起きています。ただし、ふたつの戦争は双方、微妙に関わりを持っており、ややもすれば、ふたつがひとつになって、第二の世界大戦に発展しかねません――

チャーチルは残りのスコーンに、今度はジャムを塗りながら言った。

――その通りだ。ふたつの戦争は、遠く離れたままにしておくべきだ――

――でもイギリスも日本も、世論《よろん》は厳しくなっています。首相として、それを抑えるのは、さぞ、ご苦労でしょう――

チャーチルはナイフの手を止めた。

――確かに、ハリファクス外相が辞任したように、下手《へた》をすれば私も追い込まれるかもしれない。だが私自身が世論の防波堤となって、なんとしても日英開戦を避けるつもりだ――

スコーンを取り皿に置いて、言葉を続けた。

――その点は、重光大使、貴殿《きでん》も同じだろう。日本の軍部の怒声や、好戦的な世論は、容赦《ようしや》なくロンドンの大使館まで押し寄せる。外交は外国とのやり取りよりも、国内との戦いの方が、厄介なことがある――

――確かに、苦しい立場は、首相と同じです――

一国の首相と大使とでは地位こそ違うが、自国に対する責任の重さは同等だった。チャーチルは、にやりと笑った。

――そういう意味で、私たちは同志だ。そうではないかね――

重光も頬を緩めた。

――まさに、同志です――

チャーチルは紅茶をひとすすりすると、もうスコーンには手をつけず、椅子に深く座り直した。

――援蔣ルートを閉鎖できなかったのは、残念だったが、あの状況では仕方なかった――

その点に関しては、重光も反論の余地はない。テーブルの上で両手を組み合わせて言った。

――私も、とても残念に思っています。三ヶ月間のルート閉鎖の間に、日本は戦争を終える機会が、あったはずでした――

――ただ、これだけは断っておきたいが、わが国は日本に対して、今までも、そして今後も、何ら攻撃的な施策《しさく》は取らない――

――その点は日本も同じです――

重光が同意すると、チャーチルはティーカップを押しのけ、代わりに銀の灰皿を手元に近づけて、いつものようにマッチで葉巻に火をつけた。

――今日は何もかも、包み隠さずに話そう――

煙を吐き出し、おもむろに灰を灰皿に落とした。

——貴殿なら、もう、おわかりだろうが、わが国には日本とアメリカの開戦を、心待ちにする者がいる。その理由も、充分に、ご承知だろう——

重光はうなずきながらも、内心、意外に思った。

日独伊三国同盟は、三国のどこかが新たに別の国から攻撃を受けたら、残る二国は、その支援にまわることになっている。そのため、もし日米開戦に至れば、ドイツは日本に味方し、自動的にアメリカとは敵対する。

そうなればイギリスは、堂々とアメリカを味方につけられるのだ。だからイギリスの一般大衆は日独伊三国同盟を批判するが、先が読める者であれば三国同盟は大歓迎に違いなかった。

だが重光としては、そこまでチャーチルが手の内を明かすとは、思ってもいなかった。チャーチルは、もういちど葉巻を深々と吸ってから言った。

——私としては正直なところ、日米開戦を期待したい思いもある。アメリカが味方についてくれれば、わが国は楽に勝利できる——

重光は即座に指摘した。

——そうなると第二の世界大戦になります——

チャーチルは葉巻の火を見つめたまま黙っている。重光は、さらに考えを口にした。

——今や新型兵器の開発が進み、今度、世界規模の戦争が起きれば、前の大戦とは比べものにならないほど、とてつもない数の人が死ぬでしょう——

ここのところ軍事技術の進歩には、目覚ましいものがある。戦争は兵士たちが戦う前に、双方の国の工場で勝負が決まりかねない。一度に殺せる人数は、桁違《けたちが》いに増えている。

——今や各国とも、人道に反する兵器の研究を、内々に進めているのが現状でしょう。爆発物だけでなく、毒ガスや、伝染病を蔓延《まんえん》させる生物兵器まで、現実に使用されれば、兵士以外も無差別に狙われ、むしろ弱者である子供や年寄りが、真っ先に命を落とします——

重光は義足の膝をつかんで、身を乗り出した。

——イギリスも日本も、その引き金を引いては、なりません——

チャーチルは、きっぱりと言い切った。

——もちろん引き金を引く気はない——

だが、すぐに目を伏せた。

——日米を戦わせ、アメリカをわが国の味方に引き入れろというのは、悪魔の誘いだ。誘いに乗れば、貴殿の言う通り、第二の世界大戦が起きて、とてつもない数の死者が出る——

眉を寄せ、苦しげな表情で繰り返した。

——私は、引き金を引きはしない——

重光は、その言葉を信じようと思った。そして、さらなる期待を口にした。

——では悪魔の誘いを退けるために、骨折りをお願いしたい。悲惨な大戦を避けるか否《いな》かの鍵は、イギリスが握っていると言っても、差し支えないでしょう——

チャーチルは目を上げて聞いた。

——具体的に、何を期待しておいでだ？——

——日中戦争の停戦の仲介を、申し出て頂きたい。世界のあちこちで、もつれてしまった糸を、まずは中国から、ほどくのです。正直なところ、日本政府も国民も、中国との戦争には疲れており、手を引きたがっています。貴国の仲介を、喜んで受け入れるでしょう。ただし——

——ただし？——

重光は語気を強めた。

——ただし貴国が重慶政府への支援を止め、中立の立場に立ってからでなければ、日本人は納得しません——

いったん流れた援蔣ルートの閉鎖を、もういちど議会にかける難しさは、重々、理解している。だが、そこを聞き入れてもらわなければ、日本としては前に進めない。

案の定《じょう》、チャーチルは黙り込んでしまった。葉巻の煙が部屋に漂《ただよ》い、ティーカップに残った紅茶は、すっかり冷めている。

重光は思い切って、奥の手を出した。

――日本としては、アメリカと戦争するくらいなら、今、本気でドイツに手を貸して、一気にイギリスをたたきのめしてしまうという方法も、ないわけではない。それは、ご承知でしょう――

実際のところ、松岡は外務大臣として、そこまで望んではいない。だいいち戦争の拡大は、天皇の意志に反する。重光の役目は、日米の対立を収めることに尽きるのだ。だが駆け引きは別だった。

チャーチルは両拳《りょうこぶし》をテーブルの上に載せて応えた。

――充分に、わかっている。それを避けるために、私は、こうして貴殿と話をしているのだ――

早口で続けた。

――日本軍が、どれほど優秀かは、日露戦争の時点で証明されている。直接の敵にまわしたら、ドイツよりも厄介かもしれない――

重光は冷めた紅茶に目を落とし、穏やかな口調で言った。

——もしも首相が——

ゆっくりと視線を上げ、チャーチルの反応を見ながら続けた。

——二度目の世界大戦を回避したいと、本気で望まれるのなら——

——もちろん、本気で望む——

——ならば日本は、ドイツに手を貸しはしません——

チャーチルは短くなった葉巻の火を消し、表情を引き締めた。

——私は本気だ。なんとしても戦争を世界に広げるべきではない——

そして強気に転じた。

——いや、世界を戦争に巻き込んだりしなくても、わが国はドイツに勝利できる。それは確かだ——

——アメリカから物資の支援が、期待できるのですか——

するとチャーチルは重光から視線を外さずに、ゆっくりと応えた。

——それは、まもなくわかることだ——

支援の約束が、かなり固まっているのか、虚勢なのかは定かではない。ただ、その言い方に、重光は妙に真実味を感じて、釘を刺した。

——アメリカを戦争に巻き込むのは、おたがいに止めましょう——

チャーチルは深くうなずいた。

――わかっている。日本がドイツに手を貸さなければ、わが国も、アメリカを戦争に引きずり込まない。たとえ物質的な支援を受けたとしても、それ以上のことはない――

支援は、もはや確実らしい。チャーチルは、さらに真剣な眼差《まなざ》しで、人差し指を立てた。

――もうひとつ約束しよう。イギリスは悪魔の誘いには乗らない。だから日本とアメリカの戦争を、焚《た》きつけるような真似《まね》もしない――

その表情には、有無《うむ》を言わさぬものがあった。重光は、もういちど依頼を繰り返した。

――イギリスは、中国やアメリカを説得するために、とても都合のいい立場にいます。その立場を、さらに中立に戻して、日中戦争の仲介を、お願いしたい。それが第二の世界大戦を避ける、第一歩になります――

チャーチルは今度はうなずいた。ただし言葉にはしなかった。そしてガラス窓を通して、冬枯れの庭に視線を移した。

――こうして話している場所は暖かいが、外は、まだ芽吹きには遠い。だが、かならず春は来る。いや、来るのを待つのではなく、私たちが春を呼び寄せよう――

重光はナフキンをテーブルに戻し、腕時計を見た。約束の時間は二十分も過ぎていた。三段重ねの皿は、ほとんど手つかずで、サンドウィッチのパンが乾いて、角が反《そ》っくり返っていた。

チャーチルは首相官邸の玄関まで見送りに出た。

――今日は、とてもいい話ができた。なかなか際どいやり取りもあったが、だからこそ本音で話し合えた。私は貴殿を信頼する。また、いつでも、お会いしよう。遠慮なく言ってくれたまえ――

重光も信頼関係が築けたと感じた。確かに同志だった。そして、たがいに穏やかな笑みと、固い握手を交わして別れた。

しかし表に出てみると、暖まっていた身体に、ことのほか早春の風が冷たく吹きつけた。厚手のオーバーコートを着ているのに、たちまち体温が奪われていく。松岡の独善的な外交策を思い出し、重光は高ぶっていた気持ちが、沈んでいくのを感じた。

二度目の会見から、ひと月も経たない三月十一日、予想通り、チャーチルはアメリカの支援を獲得した。アメリカが武器輸出に応じることになったのだ。

イギリス国内では、これを好機と見て、いよいよ日本との開戦を望む声が高まった。

だがイギリス外務省は、チャーチルの意向として、日英融和路線に変更がないことを、改めて重光に伝えてきた。日本が反英的であり、イギリス国民が反日的であるという厳しい現実の中で、たがいに友好関係を確認し続けた。

その後、松岡から電報が届いた。シベリア経由で訪欧するという。

さらにモスクワ到着後に、もういちど電報が来た。ヨーロッパのどこかで会って、重光と話がしたいという。

松岡は加瀬俊一も同行していた。かつてジュネーブで国際連盟を脱退した時と同じく、事務官として連れてきたのだ。

戦争中のヨーロッパを旅するのは、容易ではないが、すぐに重光はジュネーブを指定し、松岡からも承諾の返電があった。スイスは中立国であり、ふたりの会見には最適の場所だった。

チャーチルもイギリス外務省も、重光のスイス渡航に期待し、専用飛行機を用意するなど、協力を惜しまなかった。

一方、松岡はドイツとイタリアに赴き、大歓迎を受けていた。ラジオで得意の演説を放送し、英米攻撃声明まで発表してしまった。

挙げ句の果てに、重光は驚くべき電報を受け取った。モスクワに戻る予定が迫っており、ジュネーブまで行く余裕がなくなったから、ベルリンに来いという。

重光は、電報を引き裂きたい衝動に駆られた。自分がロンドンで、どんな瀬戸際外交を続けているか、松岡は考えもしないのか。精一杯、楯としての役目を果たしている自分に、イギリスの敵国に足を運べなどとは、言語道断だった。

もしも今、駐英大使の重光がベルリンに姿を現せば、ヒトラーは大喜びだ。だが、それはイギリスの信頼を、完全に裏切ることになる。そうなれば、もはや駐英大使としての役目も果たせなくなる。

重光は腹立ちを抑え、冷静になって考えた。日本の外務大臣の口から、英米攻撃声明まで飛び出したからには、日英は手切れも同然だ。ならば自分の駐英大使としての役目は、すでに終わっているのではないか。この状態では、ベルリンに行っても行かなくても同じことだ。それなら松岡の希望を受け入れて、出かけるべきなのか。

だが重光は首を横に振った。同じことなら、むしろ行くべきではない。自分は日本を代表する立場だ。ここで、もしイギリス側の信頼を裏切れば、それはすなわち日本という国が裏切ることになる。

それにヨーロッパのどこかで会いたいと、最初に打電してきたのは、おそらく加瀬の進言があってのことだ。加瀬は松岡と重光の歩調を、合わせようとしたに違いなかった。

しかし、いざとなって松岡に押し切られたのだろう。もはや松岡は、重光など眼中にないのだ。重光は熟考の末、ベルリンの松岡宛に、断りの旨《むね》を打電した。

かつて松岡は、ジュネーブで国際連盟の総会に出席した際、日本政府の理解を得られずに、断腸《だんちょう》の思いで連盟脱退に至った。本国の理解を得られないことが、どれほど辛い立場か、松岡は嫌というほど知っているはずだった。

奇《く》しくも同じジュネーブで、重光と松岡は会う機会を逸《いっ》したのだ。それも加瀬という共通の腹心《ふくしん》が、介在《かいざい》しながらも。

その後、松岡一行はモスクワに戻り、スターリンと会見して、日ソ中立条約を結んだ。そしてスターリンと腕まで組んで、得意顔を写真に撮《と》らせた。

二年前、ドイツはソ連との間に、不可侵《ふかしん》条約を結んだ。この締結によって、ドイツは後顧《こうこ》の憂いなく、ヨーロッパ各国への侵攻を開始した。

日本もまた日ソ中立条約によって、ソ連に満州を侵略される懸念から、解き放たれた。その結果、東南アジアや太平洋の島々など、いわゆる南方に、思う存分、出ていくことが可能になったのだ。

南方は石油などの資源が豊富だ。日本国内で自給できないだけに、この資源の獲得には、大きな期待がかかっていた。

それから、ひと月あまり後、重光は、空襲以来、公邸に同居している牧野に言った。

「今週末、ベティを呼んで、また三人で食事をしよう」

改まった言い方に、牧野は普通でないものを察したらしい。

「特別な話でも？」

「そうだな。君とベティに、言っておくことがある」

「いよいよ帰国か」

見透かされて、重光はうなずいた。

「ひと月、考えて、結論を出した。これ以上、ロンドンにいても意味がない」

もはや日英外交は行き詰まってしまった。今の重光には、なすべき使命はない。

それに、ここまで来たら、問題はアメリカだった。すでにアメリカは武器の提供で、イギリスを支援し始めている。

松岡もイギリスだけでなく、アメリカへの攻撃を公言した。このままでは日本は対米戦争に突き進む。日米開戦に至れば、イギリスとも手切れになり、日本は、中国との戦争を終える手掛かりを失う。

重光は日本の外務省に戻って、世界の情勢を説き、なんとしても対米戦争を押し留めたかった。そのために何度も帰国願いを打電し、ようやく許可の返電が届いたのだ。

重光は牧野の身の振り方も示した。

「もし日英開戦になったら、大使館員が全員、引き上げる。在留日本人も同行できるから、君も帰国してくれ」

開戦と同時に国交は断たれ、相互の国に外交官が取り残されてしまう。そのために帰国用の専用船が運航されるはずだった。

牧野は表情を曇《くも》らせて言った。

「日本か。かれこれ四十年も帰ってないな。今さら帰っても、浦島太郎だ」

「だが日本が敵国になったら、いよいよ絵の買い手はなくなるぞ。君ひとりくらい、うちで面倒を見るから、帰ってくればいい」

牧野は、あいまいにうなずいて、話を戻した。

「帰国の件、ベティには、一対一で伝える方が、いいんじゃないか。だって、あいつは、おまえのことを」

言葉を途中でさえぎるようにして、重光は首を横に振った。

「いや、三人で話そう」

牧野は怪訝《けげん》そうに言った。

「前にも言ったが、俺とベティは何でもない。俺は若く見えても、女関係は、実は年相応なんだ。だから別れる前に、おまえが口説《くど》いたって、かまわないし、ベティも、それを望むだろう」

重光は応えなかったが、牧野はかまわずに言った。

「おたがいに、十九、二十歳ってわけじゃ、ないんだし。ベティに思い出くらい、残してってやれよ」

確かにベティには心惹かれ続けている。かつてジュジュに憧《あこが》れた時は、夫のいる女性だということが、抑制《よくせい》にもなり、同時に危険な魅力でもあった。

ベティには、もっと自然体で近づける。会話から刺激を受ける一方で、そばにいても気負わず、気持ちが落ち着く。もしも自分に家族がいなかったら、ベティを妻に迎えたかったに違いない。

だが、もしもなどという仮定には意味はない。もう自分は帰国するのだ。そう決めたのに、かえって未練が生じ、今は、ふたりきりで会うのさえ苦しかった。

当日はいつも通り、三人ですき焼きを囲み、酒も飲んだ。やはり会えば楽しい。もっと、こんな時間を続けたかった。

鍋が空になり、マホガニーの食卓から、暖炉前のソファに移ろうとすると、牧野が上階の自分の部屋を指さした。

――今夜は先に失礼させてもらうよ。珍しく急ぎの絵の注文が来てね。明日までに仕上げなきゃならないんだ――

今時、急ぎの絵の注文など、あるはずがない。明らかにベティと、ふたりきりにしようという気遣いだ。

――待てよ――

重光が慌《あわ》てると、牧野は肩をすくめた。

――仕事だ。悪いな――

ベティは何も疑わない。

――仕事があるなら、お酒なんか飲まなければいいのに。今時、絵を買ってくれるなんて、大事なお客でしょ――

牧野は笑顔で片手を挙げ、軽い足取りで、螺旋《らせん》階段を昇っていった。

重光は気詰まりになって、松葉杖をついて立ち上がった。そして窓に近づき、上げ下げ窓を開けた。初夏の夜風が部屋に流れ込み、すき焼きの匂いをさらっていく。

ベティと差し向かいのソファに戻り、重光は義足の膝の上で両手を組んで、話を切り出した。

――実は今度こそ、日本に帰ることになったんだ――

ベティは、かすかに眉をひそめた。

――もう帰国命令は届いたの？――

――届いた。もういちどチャーチル首相に会ってから、イギリスを離れようと思う――

――帰ったら、もう戻っては、来ないのね――

重光は言い淀んだ。帰国は一時的なものとして、イギリス側に伝えるつもりだった。そうでなければ手切れが、あまりにあからさますぎる。だがベティには嘘はつけない。

――君だから言うが、もう戻ることはないだろう――

――そう――

ベティは目を伏せ、それから明るい声になって言った。

――日本に帰ったら、いよいよ外務大臣ね――

重光は首を横に振った。

――いや、歓迎などされない。おそらく孤立無援だ――

――でも近いうちに、きっと外務大臣になるわ。あなたがならなきゃ、日本は破滅するもの――

ベティは少し言葉を詰まらせてから、ふたたび口を開いた。

——あなたが日本の外務大臣になったら、イギリスの新聞は大喜びで書き立てるでしょうね。日本に親英派の外務大臣誕生って。その記事を、私、きっと読むわ。この街で、かならず読むから——

言葉尻が潤《うる》んでいた。形のいい鼻先が、少し赤く染まる。それが愛おしくて、重光は抱き寄せたい衝動に駆られた。

だがその時、開け放った窓から、かすかに鐘の音が聞こえた。ベティは指先で目元をぬぐい、窓に顔を向けてつぶやいた。

——ビッグベンの鐘、こんなところまで聞こえるのね——

——風向きがよければ、よく聞こえる——

ビッグベンとは、テムズ河畔《かはん》の議事堂の時計塔だ。その時報は、馴染《なじ》み深い旋律《せんりつ》で奏《かな》でられる。

重光は腕時計を見た。十時だった。いつもならベティが帰る時間だ。できることなら十一時でも十二時でも、さらには朝の鐘までも、ふたりで一緒に聞きたい。

窓から夜風が流れ込み、カーテンのドレープが揺れる。重光は別れがたい思いを振り切って言った。

——そろそろ運転手に送らせよう——

ここのところベティの帰宅には、公邸の車で送るのが常だった。もうベティの顔は見ずに、執事を呼び、車の用意を頼んだ。

執事が立ち去っても、重光はベティに視線を合わせず、目を伏せて言った。

――もし万が一、おたがいの国が敵対しても、いつか和解できる。その日のために、私は日本で全力を尽くす――

ベティは穏やかな口調で応えた。

――きっと、ね――

――ああ――

その時、玄関のドアが外から開いた。イギリス人の運転手だった。

――車の用意ができました――

ベティはハンドバッグを引き寄せると、そのまま立ち上がり、一瞬、何か言いたげな表情を見せた。だが結局、いつも通り、ハイヒールの靴音《くつおと》を立てて、玄関に向かった。

重光も玄関から外に出た。五段ほどの石段を降りた先に、公邸の車が停まっている。シルバーレイスという型のロールスロイスだ。

運転手が後部座席のドアを開ける。ベティは、もういちど振り返り、重光に向かって微笑《ほほえ》んでから、座席に吸い込まれた。

運転手が前の座席に向かう間に、窓を開け、その枠に細い指をかけた。ベティが、もういちど何か言いかけた時、シルバーレイスが発進した。

　重光は杖をつきながら、一歩、二歩と後を追った。だが車は公邸の前庭から、たちまち門を通り抜け、テールランプの残像を残して、闇の中に呑まれていった。

　重光は、その場に立ち尽くした。もう二度と会えないのに、愛しさも伝えないままで、別れてしまったことが悔やまれた。

　その時、背後から声がした。

「なんで帰したんだ？」

　振り返ると、牧野だった。開け放ったドアのところで、腕を組んで立っている。玄関灯の明かりで、いかにも不機嫌そうな顔が見えた。

「泊《と》めてやれば、よかったじゃないか。なんで帰したんだ」

　重光は目を伏せて応えた。

「つまらん理由さ」

「なんだよ。邪魔だと思って、消えてやったのに。とことん堅物だな。駐英日本公使の看板に、傷がつくとでも思ったのか」

　煽り立てるように言われ、言い訳するのが面倒になって、ありのままに応えた。

「脚を、見られたくなかったんだ。ただ、それだけさ」

　牧野の顔がこわばった。重光は少し混ぜっ返したくなって言った。

「まあ、つまらん見栄《みえ》みたいなもんだ」

それは正直な気持ちだった。妻の喜恵には何でもないことなのに、ベティには隠しておきたい。だが気にしても仕方ないことを、今もって引きずっている自分が情けない。こんな感情を気づかれるのさえ嫌だった。

片方の脚を失った事実は、とっくに受け入れたはずなのに、時折、こんなふうに心の奥から顔を出して、重光を苦しめる。

するとと牧野は肩で、ひとつ大きく息をついた。

「そうか。見栄か」

それから上を向いて、つぶやいた。

「ベティには、わからんだろうな。そんな繊細な男心は」


六月十二日、重光はチャーチルと最後の会見をした。一時帰国と伝えたものの、チャーチルは、もう重光が帰ってこないことを、充分、承知していた。そして涙を浮かべて言った。

――中国との停戦の仲介をして差し上げられず、申し訳なかった――

重光にはチャーチルの思いが理解できた。もはや二度目の世界大戦の幕が開く。とてつもない数の人が死ぬ。世界の一等国の首相でありながら、それを避けられなかった悔いがあるのだ。

会見の四日後の昭和十六年六月十六日、重光はロンドンを後にした。大英帝国の誇り高き都は、空襲で櫛《くし》の歯が欠けたように、無残《むざん》な街並みになっていた。

4章 東京

大西洋を飛行機で渡り、ニューヨークに着いた。そこで重光《しげみつ》は、ドイツとソ連が戦争に突入したというニュースを聞いた。

両国は、二年前に不可侵《ふかしん》条約を結んでいたはずだったが、それが破棄《はき》されたのだ。開戦は六月二十二日、ヨーロッパの戦争は拡大していく一方だった。

かつて松岡洋右《ようすけ》はドイツと三国同盟を結び、さらに、このたびソ連と中立条約を結んだ。だが、その両国が敵対したということで、日本は微妙な立場に陥《おちい》った。

ソ連としては、ドイツとの手切れが予想できていたはずなのに、それを隠して、日本と中立条約を結んだのだ。きわめて不誠実な外交だった。

だいいち独ソ不可侵条約が破棄されたのだから、日本との中立条約も、どこまで信用できるのか、きわめて心許《こころもと》なかった。

重光は七月一日には、ニューヨークからワシントンに赴《おもむ》いた。そこで久しぶりに野村吉三郎《きちさぶろう》と再会した。

野村は上海《しゃんはい》で片方の目を失ったことで、軍人としての道を断たれたが、海軍時代から国際法の専門家だっただけに、その後、外務大臣に抜擢《ばつてき》された。ただ時の内閣が短命で、在任期間は三ヶ月半だった。

今年に入ってからは、駐米日本大使としてワシントンに赴任《ふにん》している。野村は駐米大使公邸で、ひとしきり重光との再会を喜ぶと、一転、肩を落として言った。

「しばらく前に、ハルというアメリカの国務長官と交渉して、戦争を回避できることになったんだ。それが松岡外相のせいで、すべて台無しになった」

重光は耳を疑った。日米交渉があったなど、ロンドンの大使館には、まったく知らされていない。まして今まで、開戦回避のために、正式にアメリカと話し合ったことはなく、初めての外交交渉だったはずだ。

「しばらく前って、いつの話です？」

「四月十六日に交渉を始めて、話は、とんとん拍子《びょうし》に進んで、十八日には諒解案《りょうかいあん》ができた。だが、その月のうちに撤回《てっかい》さ」

四月十六日といえば、松岡がモスクワで日ソ中立条約を結んだ三日後のことだ。

「なぜ教えてくれなかったんです？　アメリカと交渉したのなら、イギリスから後押しする手もあったのに」

「教えなかったのは悪かった。だが私の交渉は松岡外相の命令ではなく、近衛《このえ》首相から直接、命じられていたのだ」

日米交渉は松岡には秘匿《ひとく》され、彼が日本を留守にした時期を狙って行われたという。松岡はヨーロッパで、重光と会う可能性があり、そのために重光にも秘密にされたというのだ。

「で、諒解案の内容は？」

重光が不快感を抑えて聞くと、野村は悔《くや》しそうに拳《こぶし》を握りしめた。

「ハル国務長官は、日本軍が中国から撤退《てったい》するなら、満州国も承認するし、日本が南方で資源を獲得できるように、アメリカが協力しようと言ってくれたのだ」

アメリカの姿勢は思ったよりも柔軟で、この内容を日本に伝えると、軍部も歓迎したという。

「だが松岡がヨーロッパから戻るなり、この諒解案に猛反対したんだ」

重光は信じがたい思いで聞いた。

「何が気に入らなかったんです？」

「アメリカは、日本が三国同盟から脱退することを期待していた。その前提での諒解案だった。しかし松岡君は、三国同盟に固執《こしつ》したんだ」

「三国同盟に固執するのも問題だが、それよりも、なぜ外務大臣を蚊帳《かや》の外に置いて、外交交渉ができると思ったんですか」

「松岡君が帰国したら、近衛首相が説得するという話だった。要するに、近衛さんには、それが、できなかったということだ」

近衛の読みの甘さに腹が立った。

松岡の帰国は、おそらく熱狂的に迎えられたに違いない。日ソ中立条約の締結《ていけつ》は、南方に進出するための鍵《かぎ》であり、国民が喜ばないわけがない。その人気の前に、近衛の説得など、とうてい及ばなかったのだ。

「これから、どうするのですか」

重光の質問に、野村は首を傾《かし》げた。

「今は、近衛首相の判断待ちというところだ」

しかし、すぐに顔を上げ、元軍人らしい力強さで言葉を続けた。

「とにかく私は最後まで、日米開戦の回避に努力する。かならず日米交渉は続行させる」

野村もまた楯《たて》になる覚悟ではあったが、日米関係は、重光の予想以上に瀬戸際《せとぎわ》にきていた。


翌日、ワシントンから飛行機を乗り継いでアメリカ大陸を横断し、重光は西海岸に向かった。

サンフランシスコに到着してからは、現地の日本総領事館の手配で、フェアモント・ホテルに入った。高台にある瀟洒《しょうしゃ》なホテルだ。

領事館の職員が、領事館気付で届いていた数通の手紙を、手渡してくれた。その中に見覚えのある英文の筆記体があった。

重光は封筒を裏返し、差出人の名を見て息を呑《の》んだ。ジュジュとある。かつてポートランドでフランス語を教えてもらった女性だ。急いで封を切り、懐かしい文字を目で追った。

ジュジュは今はポートランドではなく、同じ西海岸のロサンゼルスに住んでいるという。新聞で重光がサンフランシスコに立ち寄ることを知り、会いたくなって、ペンを執《と》ったと書いてあり、電話番号まで記してあった。

すぐに電話をすると、サンフランシスコまで飛行機で来てくれるという。直線で六百キロほどの距離だ。

ジュジュは、柔らかいシフォンの花柄ワンピースに、白いつば広帽子姿で、ホテルの回転ドアを押して現れた。

ピータイルの床に、ハイヒールの音が響く。身なりのいい客が多いロビーでも、ひときわ目を引く華やかさだった。

近づくと、目元や口元の印象が、少し柔らかくなったものの、まだまだ美しい。たがいに再会を喜び、ホテルの主食堂で昼食を共にした。

カリフォルニアのオレンジジュースと、サンフランシスコで流行しているというクラブハウス・サンドウィッチを注文した。トーストした薄手のパンに、ベーコンと野菜が、たっぷり挟《はさ》まれている。

ジュジュは白いナフキンを膝《ひざ》に広げ、目を輝かせて話した。

──あなたの活躍は新聞で読んだわ。こんな人が私のフランス語の教え子だなんて、誇らしくて──

そしてハンドバッグから、手札型の写真を取り出して見せた。

──息子なの。今、十一歳よ──

見れば、ジュジュによく似た少年だった。ジュジュは矢継ぎ早に聞いた。

──あなた、お子さんは？　結婚したのでしょう？──

──三十六の時に結婚して、今は十五歳の息子と、九歳の娘がいる。モスクワに赴任して以来、もう五年近く会っていないが──

──じゃあ、帰ったら、久しぶりの家族再会ね──

──そうだね。君のご主人は、今も軍に？──

ジュジュは少し気まずそうに応《こた》えた。

──何をしているか知らないわ。離婚したの──

そして、すぐに笑顔になって言い足した。

──でも今は幸せよ。ロサンゼルスで両親と暮らしてるの。暮らしは楽じゃないけど、息子は可愛《かわい》いし、学校の成績もいいのよ。先々は、あなたみたいに外交官にさせたくて──

話は尽きなかったが、充分な時間がなかった。ジュジュの飛行機の時間が迫っていた。

——家を空けるわけにはいかないの。私がいないと、家のことが何も片付かないし。そのうえ明日は、フランス語のレッスンもあるの。生徒の数は少ないけれど、まだ時々は教えているのよ——

ジュジュは食事もそこそこに、ナフキンをテーブルに置いて立ち上がった。

重光はホテルの前でタクシーを頼み、空港までの料金とチップを先渡しした。

ボンネット型のタクシーは、イギリスのオースチンよりも、はるかに大型で、黒い車体がワックスで磨《みが》き抜かれて輝いている。

ホテルのベルボーイやリムジンの運転手は、おろしたてのような真っ白な手袋に制服姿だ。

車寄せには、斬新《ざんしん》な流線型のクライスラーやフォードが、下腹に響くようなエンジン音を轟《とどろ》かせながら、次々と現れる。

鍵束を手にして降りてくるのは、いかにもアメリカらしい伊達男《だておとこ》たちだ。戦火に荒れるロンドンとは、比べものにならないほど華やかで、活気があった。

ジュジュはタクシーに乗り込む前に、帽子を手に持ったまま、ウェーブのかかった髪を、少し手で直した。そして重光に向き合って言った。

——大きな役目が、あなたの前に待っているでしょう。あなたが信じるところに向かって、進んでいくのを、私は祈ってる——

大きな目には、うっすらと涙が浮かんでいた。

重光はタクシーを見送った。カリフォルニアの青空の下、黒塗りの車体が遠ざかっていく。状況としては、ベティとの別れの時と似ていた。だが心情は異なる。

ジュジュが来てくれたのは嬉《うれ》しい。慌《あわ》ただしい再会だったが、大国アメリカに相応《ふさわ》しい華やかさで、一緒にいて眩《まぶ》しく、誇らしかったし、話も楽しかった。

でも、それは旧友との再会の喜びに、ほかならない。二十三年前のときめきは、もう過去のものになっていた。

ベティへの思いも、いつか年月に押し流されていくのだろうかと、重光は、ほろ苦さを嚙《か》みしめていた。

サンフランシスコから船でハワイを経由し、横浜に入港したのは、七月二十日のことだった。だが驚くべきニュースが、またもや重光を待っていた。

四日前の七月十六日に、近衛内閣が総辞職し、その、わずか二日後、またもや近衛内閣が組閣《そかく》されたという。主立った顔ぶれが揃って再入閣した中、松岡洋右の名前は閣僚名簿になかった。松岡を外《はず》すための措置《そち》だったことは、あからさまだった。

近衛は長い間、松岡の独裁外交を許しておいて、手に余るようになると、いきなり梯子《はしご》を外したのだ。あとは近衛自身が全責任を負って、日米開戦を避けるしかない。

横浜港には、家族や外務省の職員たちが、出迎えに来ていた。しかし再会を喜ぶ間もなく、新聞記者が大勢、押しかけた。手帖《てちょう》と鉛筆を手にして、次々と質問を浴びせかける。

「重光大使が帰国されたということは、イギリスと開戦ですか」

「アメリカとの戦争も、避けられないということですね」

重光は口をつぐんだまま、迎えの車に乗った。

車窓から見る街は、ロンドンよりも、なお沈んでいた。自動車の影はなく、いまだに古ぼけた人力車が走っている。石油の使用が制限されているためだった。

人々の服装も、五年前とは様変わりしていた。男はカーキ色の国民服という、安《やす》手《で》の軍服のようなものを着ており、女たちは、もんぺを穿《は》いていた。

三番町《さんばんちょう》の家に着いてから、ようやく家族との再会を喜んだ。喜恵《きえ》は変わらないが、子供たちの成長ぶりには目を見張った。毎年、写真はロンドンに送られてきていたものの、やはり実際に会うと、印象が違った。

篤《あつし》は驚くほど背が伸びており、顔立ちも賢《かしこ》げで、学生服がよく似合った。

華子《はなこ》は別れた時には、まだ四歳で、おかっぱ頭のおしゃまさんだったのが、九歳の美少女になっていた。それが両手を前に揃え、三つ編みのお下げ頭を下げて、きちんと挨拶《あいさつ》した。

「お父さま、お帰りなさいませ」

重光は目を細めたものの、なんとなく華子ではないような違和感もあった。可愛い盛りを見ないで過ぎてしまった年月が、惜《お》しまれた。

トランクから土産《みやげ》を取り出した。どれも物資の豊かなアメリカで買い求めたものだ。喜恵には毛皮のストール、篤にはパーカーの万年筆だった。

篤は嬉しそうに万年筆を握り、喜恵は毛皮の表面を、大事そうに手でさすりながら言った。

「早く戦争が終わって、こんな華やかなものを、身につけられる日が来てほしいですわ。それまで大切にしておかなくちゃ」

喜恵は、もんぺこそ穿いていなかったが、今は派手な装いが禁じられているという。

華子には人形を買ってきた。ヨーロッパの貴族のようなドレスを着ている人形だ。

「こんなものは、もう子供じみて、気に入らんかもしれんが」

そう言いながら手渡すと、華子は目を丸くした。そして、ちょうど茶を淹《い》れに立った喜恵のところに、走っていった。

「ママ、ママ、見てッ」

甲高《かんだか》い声が台所から聞こえる。

「パパが、パパが、こんな、きれいなお人形さんをッ」

重光は、さっき違和感を感じた理由を合点《がてん》した。以前はパパと呼ばれていた。なのに、さっきはお父さまと言われて、他人行儀な感じがしたのだ。

華子は喜恵と一緒に、跳《は》ねるような足取りで、台所から戻ってきた。こぼれんばかりの笑顔で、人形を抱いている。そして大きな声で言った。

「パパ、ありがとう」

その愛くるしい笑顔に、思いがけないほど、胸が熱くなった。

子供が喜んでくれることが、父親としては何より嬉しいのだと、初めて気づいた。そんなことを考えることもないまま、自分は五年も家族を放っておいたのだ。

それでも家族は迎えてくれる。重光は久しぶりのわが家に、心が癒《いや》される思いがした。

重光は皇居に参内《さんだい》して、天皇に帰国を報告した。それから外務省で、加瀬俊一《かせとしかず》から、ここ数年の国際情勢を聞いた。

重光がモスクワに赴任した翌年、盧溝橋《ろこうきょう》事件から北支《ほくし》事変が始まった。当初、陸軍大臣は二ヶ月で片がつくと見込んでおり、日本中が、この戦争を軽く見ていた。

しかし日本軍が中国各都市を次々に陥落《かんらく》させても、蔣介石《しょうかいせき》は抵抗をやめなかった。気がつけば、もう四年も戦い続けている。その間、日本政府は国家予算の七割を戦費につぎ込み、二十万人もの戦死者を出してしまった。

そのうえ今年の初めからは、アメリカが航空機用の燃料や、武器製造に必要な鉄くずの対日輸出を制限し始めた。これに対抗するために、日本は資源の豊富な南方に、進出し始めたのだ。だが余計にアメリカとの対立が深まり、悪循環だった。

加瀬は硬い表情で言った。

「中国との戦争で、国が疲弊《ひへい》しているところに、このうえアメリカとの戦争は無謀《むぼう》だと、政治家も軍人も理解しています」

ひと通り説明を終えると、加瀬は、ためらいがちに聞いた。

「また、松岡さんのところに、行きませんか」

「なぜ、行く必要がある?」

「理解して頂きたいからです。松岡さんの考えを」

「今さら理解など」

「肺病なのです。もう外交の場に戻ることはないでしょう」

加瀬は掻《か》き口説《くど》くように言った。

「よろしければ、今からでも、ご一緒します」

静かだが有無《うむ》を言わせぬ口調だった。

重光は加瀬の顔を立てて、千駄ヶ谷《せんだがや》の松岡邸に赴いた。ただ車の中では、ひと言も話さなかった。

屋敷の玄関で、家人《かじん》が加瀬の顔を見るなり、すぐに応接間に通した。しばらくして現れた松岡の姿に、重光は目を見張った。

「すまんな。むさ苦しい格好《かっこう》で」

以前は鼻の下にだけ、濃い髭《ひげ》を蓄えていたが、今は、顎《あご》も頬も無精髭《ぶしょうひげ》が目立った。眼光《がんこう》の鋭さも消え、何より顔色が悪く、座っているのも大儀《たいぎ》そうだった。肺病とはいえ、ここまで面《おも》変わりしているとは思わず、重光は案じて聞いた。

「起きて、大丈夫ですか」

「いや、平気だ」

「いつから、こんな風に？」

「前から具合の悪いこともあったんだが、なんとか気力で頑張ってきた。だが近衛に追っ払われて、さすがに、もう駄目《だめ》になった」

　こけた頬で自嘲《じちょう》的に笑い、それから重光に謝った。

「あの時は悪かったな。ベルリンに来いなどと言って。ただ、あの時は僕も、スターリンに会うことで頭が一杯で、さすがに余裕がなかった」

「いったい、どうするつもりだったんです」

「決まってるさ。三国同盟に加えて、日ソ中立条約で満州の守りを万全にしたら、今度は日本は南方に向かうと、誰もが思うだろう。もちろん英米も戦々恐々《せんせんきょうきょう》だ」

　そのときこそが和平交渉の好機だったという。

「僕は六月二十六日に、重慶《じゅうけい》で蔣介石と会談するつもりだった。それも重慶の国民政府が迎えの飛行機を出して、それで飛んでいく手はずまで進めていた」

　重慶で蔣介石に会って、日本軍は満州以外の中国全土から、撤退すると約束する。その足で一緒にワシントンに飛び、ルーズベルト大統領を交えて、三者会談を設ける。

　撤兵の代わりに、こちらが出す条件は、まず満州国の承認。そして北京北部の万《ばん》里《り》の長城と、満州国の間を中立地帯とする。最終的には日米も日中も、不可侵条約を結ぶという算段だった。

「そうすれば国民も納得する。この計画に、なくてはならない武器は、三国同盟と日ソ中立条約だ。それなのに、近衛の奴は勝手なことを、やりやがって」

野村のワシントンでの交渉を、松岡が知ったのは、モスクワからシベリア鉄道に乗って、戻ってきた時だったという。

「近衛のやり方は、アメリカとの戦争が怖《こわ》いから、和平交渉をしてくださいと頼んでいるだけだ。それでは、舐《な》められて、とうてい対等な交渉などできない」

松岡は大儀そうに、ソファの背にもたれながらも、話を続けた。

「そうなったら、軍部だけでなく、国民が収まらない。近衛の人気は地に落ちて、暗殺でもされて、日米交渉は頓挫《とんざ》さ」

第二の二・二六事件が起きるという。重光は静かに反論した。

「でも野村さんが、あそこまで成果を出したのだから、いったん、それを受け入れることも、できたはずです。野村さんはアメリカ側から、満州国を承認するという言質《げんち》まで、取っていたのですから」

「いや、そんなことを信じる方が馬鹿だ。話が進むにつれて、ひっくり返される」

松岡は断言し、ふたたび身を乗り出して、まくし立てた。

「力の裏付けがあってこその対等な交渉だ。だいいち近衛が本気なら、僕がシベリアから戻ってくる前に総辞職して、さっさと僕を放り出しておけば、よかったじゃないか」

確かに、松岡の反対に遭《あ》って、せっかくの日米諒解案を反故《ほご》にしてしまうくらいなら、もっと早くに外務大臣を、すげ替えておくべきだったのだ。松岡の外遊中に交渉するなど、姑息《こそく》すぎるやり方だった。

「なぜ近衛が、あの時点で、僕を放り出したか。重光君、わかるかね。あれは、アメリカから言われたんだ。アメリカは、僕の戦略が怖かったのさ。だから外せと言ったんだ。それがアメリカの罠《わな》だ」

その罠に、まんまと近衛は、はまったのだという。

「近衛のやり方は、何もかも場当たり的だ。あんな奴に首相を任せているのが、そもそもの間違いなんだッ。あいつは何が起きたって、責任など取らないぞ」

松岡は怒鳴《どな》った後、さすがに話し疲れたのか、背もたれに身体《からだ》を戻し、目を閉じて言った。

「満州にも南方にも、いずれ火がつく。日本は、いったん奈落《ならく》の底に落ちて、その後でなければ、もはや浮かび上がることはできないだろう。僕は、そう思う」

重光には、松岡が病気のために、投げやりになっているように見えた。

重光は皇居に招かれて、天皇にヨーロッパ情勢を進講した。その後、皇后にも聞かせてほしいと命じられて、皇后にも同じ話をした。

ドイツの勝利を過信してはならず、日本はヨーロッパの戦争に引きずられてはならないと力説した。

近衛首相にも一対一で説《と》いた。政府首脳の連絡会議の席や、軍の中枢《ちゆうすう》である参謀本部にも足を運び、数百人の将校の前で講演した。理解を示す者はいたが、反発も多かった。

ただアメリカとの国力が、数十倍もの開きがあることは、誰でも心得ていることであり、しかし、日米開戦には慎重論も多かった。

しかし、まもなくアメリカが厳しい経済制裁に出た。日本には石油が、まったく入ってこなくなったのだ。

これにイギリスや中国だけでなく、オランダも加わった。オランダは、産油国であるインドネシアを植民地にしており、日本へは石油を輸出しないと公言した。

この制裁措置《そち》はＡＢＣＤ包囲網と呼ばれた。アメリカを筆頭に、ブリテンのイギリス、チャイナの中国、ダッチのオランダ、四カ国の頭文字を取った呼び方だ。

政府の発表では、国内の石油の備蓄《びちく》は二年分はあるという。しかし今のままでも石油は減っていく。そのために早期開戦、早期決着の声が高まった。

重光は近衛に呼ばれて相談を受けた。近衛は端正《たんせい》な細面《ほそおもて》を曇《くも》らせて言う。

「私はルーズベルト大統領と、直接、会おうと思う。それ以外に戦争を回避する方法は、ないだろう」

日本からの申し入れは、中国からの撤兵を条件に、石油の輸入を再開すること。そしてルーズベルトから約束を取りつけ次第、天皇の聖断《せいだん》として軍部を従わせ、撤兵を実現させるという。

「ついては君にも同行してもらいたい」

重光は即座に承諾した。

「わかりました。行きましょう。アメリカは石油を奪えば、日本は戦争ができないと、短絡的《たんらくてき》に考えていますが、それは間違いです。追い込んでしまうことは、むしろ危険だということを、ルーズベルト大統領に訴えます」

重光は加瀬とともに、アメリカ大使館に日参《にっさん》し、会談実現に全力を傾けた。野村もワシントンで奔走《ほんそう》し、当初、アメリカ側の感触もよかった。

場所はアラスカを指定されたが、なんとか太平洋上に変更した。重光以下、随行《ずいこう》する人選も決まって、船まで用意された。

だがアメリカで対日強硬《きょうこう》派が台頭《たいとう》し、会談は流れた。もはや近衛は信用されていなかったのだ。野村とハル国務長官による交渉の際に、いったん諒解しておいて、すぐに撤回したことが響いていた。

それでも近衛は外交交渉に期待をかけ、ワシントンの野村を補佐するために、重光に渡米を命じた。そのための飛行機の手配も進めた。

しかし渡米が実現する前に、これも頓挫してしまった。近衛が突如《とつじょ》、内閣を総辞職したのだ。開戦を迫られ、自分には戦争はできないから、できる人にやってもらいたいと言って、内閣を放り出した。松岡が罵倒《ばとう》した通り、責任は取らなかったのだ。

だが責任の回避は、近衛に限らなかった。陸軍も海軍も首脳部は、アメリカとの戦争に勝ち目がないことは百も承知だ。なのに戦争ができないと言い出せない。弱気と非難されるのが怖いのだ。そのために陸軍は、海軍が言い出すのを待っており、海軍も口をつぐんでしまう。

天皇の意志は戦争回避で、はっきりしている。だが弱気と非難される決断を、天皇に押しつけることはできない。

結局、近衛に代わって首相の座に就《つ》いたのは、それまで陸軍大臣だった東條英機《とうじょうひでき》だった。陸軍一筋で生きてきた人物であり、天皇への忠誠心も人一倍、強い。陸軍を抑えて、天皇の意志を貫徹《かんてつ》できるのは、東條しかいないと期待された人事だった。

一方、アメリカ側の態度は、時間が経つにつれて硬化するばかりだった。野村の最初の諒解案では、中国から撤兵すれば、満州国は承認するという話だった。

日本とすれば、満州国は独立国だから、中国からの撤兵には、満州は含まれない。しかしアメリカは満州国を認めておらず、本来、中国といえば、当然、満州まで含む。

ただし、今後は承認するという約束なのだから、日本軍が満州から、すぐさま撤退すべきかどうかは微妙であり、そこに外交交渉の余地があった。

しかし東條が首相になった後には、アメリカは、満州を含む中国全土からの即時撤退を、強硬に求めてきた。

東條としては呑めない話だった。今まで膨大《ぼうだい》な数の戦死者が出て、莫大《ばくだい》な金もつぎ込んできた。兵たちは、いまだ泥にまみれて戦い続けている。彼らに満州まで捨てて、手ぶらで帰ってこいとは、とうてい言えないというのだ。

もはや退路はなく、とうとう日本はハワイ真珠湾での奇襲攻撃に出た。ヨーロッパで起きている戦争は、太平洋を挟んでの日米戦争につながり、まさしく第二の世界大戦になったのだ。

しかし、いったん開戦に至ったからには、はや重光の意識は、いかにして、よりよい条件で停戦に持って行くかに向いていた。

アメリカとの開戦後、重光は原点に立ち戻って考えてみた。対米戦争の根は、もともと中国にあり、そこをなんとかしなければ話にならない。

志四海という短冊《たんざく》を、また取り出して見る。これを手渡してくれた時に、父が忠告した。

「四海とは、まさに日本の周囲だ。もちろんヨーロッパもアメリカもだが、近隣の国々への配慮も大事だ。それを志にせよ。自分が東洋人であることも、忘れてはならぬ」

漢学者だったからこそ、東洋人であることを強く意識した父。その父の教えを実現すべく、重光は駐華大使を希望した。

そして希望は通り、年が明けた昭和十七年（一九四二）早々に、南京《なんきん》に赴任した。上海で脚《あし》を失ったのが四十四歳の時であり、当時は二度と戻れないと覚悟した。だが十年後、五十四歳で、ふたたび中国に渡ったのだ。

日本軍は北支事変以降、中国沿岸部の主要都市を陥落させては、膨大な数の兵を配備し、各地で戦い続けている。だが中国は広大であり、軍の補給が間に合わない。そのために現地で、食料を強制的に徴発《ちょうはつ》する。

中国人は民間人でも戦闘に巻き込まれ、街を焼かれ、そのうえ食料も奪われては、いよいよ反日感情が増幅《ぞうふく》する。日本軍は、みずからの行動によって、敵を増やしていた。

かつて重光が上海で、日本軍の出兵を要請した時は、日本人住民の保護と治安のために、一時的に武力が必要だった。だが今の日本軍の配備は、それとは意味が違った。

重光は大使館付の若い武官に聞いてみた。

「日本軍は、いったい何のために、各地に兵を配備して、戦っているのだね」

武官は、今さら何を聞くのかという顔をした。

「それは、もちろん、兵を置かなければ、すぐに敵に取られてしまうからです」

「大勢の命を失ってまで陥落させた都市だから、手放せないということか」

「その通りです」

「この後、どうするつもりだ？」

「敵が降伏するまで戦うだけです」

「しかし領土を取ってやろうという野心は、ないのだろう」

「それは、ありません」

武官は、きっぱりと応え、少し考えてから言い直した。

「少なくとも戦争が始まった当初は、なかったはずです。でも取ったからには、今さら手放すわけにはいきません。だいいち気を緩《ゆる》めれば、中国人だけでなく、たちまち欧米列国も触手《しょくしゅ》を伸ばしてくるでしょう」

確かに日本が中国に進出する以前から、列国間で、中国の領土の取り合いが繰り返されてきた。そこに日本が割り込んできたために、なおさら反発を招いたのだ。とはいえ、もともと日本は中国全土を征服するつもりで、戦争を始めたわけではない。局地的な戦闘が起こり、二ヶ月で勝てるものと甘く見ていたら、泥沼に踏み込んで、引くに引けなくなってしまったのだ。

中国の広大さから生じる問題は、補給に留《とど》まらなかった。広大だからこそ、勝ち進めば勝ち進むほど、必要な兵の数が限りなく増える。そのうえ日本軍は南方にも出兵しており、もう限界が見えていた。

重光は改めて満州の視察に出かけた。

朝鮮半島と中国大陸の間の、大きな湾のような水域を黄海《こうかい》と呼ぶ。黄海の奥は、いったんくびれて別の湾になり、これを渤海《ぼっかい》という。黄海と渤海を隔《へだ》てるくびれが、遼東《りょうとう》半島だ。北から南に向かって、鳥のくちばしのように突き出している。

明治三十三年（一九〇〇）、重光が十三歳の時に、遼東半島の突端をロシアが租《そ》借《しゃく》し、軍港を築いた。シベリア沿岸部には不凍港《ふとうこう》がなかったために、清《しん》王朝の衰《すい》退《たい》に乗じて、土地と港を租借したのだ。そして鉄道を敷き、シベリア鉄道に繋《つな》げて、モスクワまで列車で行き来できるようにした。

その後、日本が日露戦争に勝利し、土地の租借権と一部鉄道の経営権を、ロシアから譲り受けた。それを満鉄《まんてつ》と名づけて国策会社とし、地域の開発に乗り出した。

満州には、石炭や鉄などの資源が期待できたために、日本企業が競い合うように進出して、日本人の移住も始まった。だが租借期間が短く、企業も住民も、いずれ撤退しなければならなかった。そのために武力を背景にして、中華民国に租借期間の延長と、租借地の拡大を要求し、九十九年間にわたって満州を借り受けることに成功した。

これが大正四年（一九一五）、重光が駆け出しの外交官としてロンドンにいた年だった。だが、この頃から日本の強引なやり方に対し、抗日《こうにち》運動が始まった。

満州の発展と同時に、地元の軍閥《ぐんばつ》も力を持ち始めた。彼らは日本軍と連携《れんけい》した時期もあったが、結局は手切れとなり、以来、激しく対立している。

そして日本軍は溥儀《ふぎ》を担《かつ》いで、満州国を建国したのだ。それも国際連盟がリットン調査団を派遣すると決めて間もなく、独立を宣言した。調査団が来れば、日本の権益が侵《おか》されると案じ、慌てて独立国の体裁《ていさい》を繕《つくろ》ったのだ。それでも満州在住の日本人は力説する。

「満州は日本人が切り拓いた土地です。ロシア人が造った街は、遼東半島の突端と、シベリアの国境近くだけです。満鉄の沿線に街を造り、荒野を農地に変えたのは日本人です」

日本は膨大な資本を投下して、ダムを建設し、水や電気も供給し、重工業の地として発展させたという。

「もともと中国人は、万里の長城の外側など、自分たちの国だとは思っていなかったのです。なのに満州が発展したとたん、自分たちの土地だなどと言い出して、そんな理屈が通るものですか」

ただ満州は、かつて遊牧民の土地だった。一見、荒野に見えても、遊牧民にとっては、羊や馬のために草を求めて移動する場所だったのだ。彼らには、農耕民族のような土地所有の感覚がない。しかし遊牧地を日本人に取られたという思いは残っていた。

日本政府は今も、百万人もの日本人の満州入植計画を進行中だ。彼らは農地開拓のために、日本から海を渡って来る。

しかし開拓が進むにつれ、遊牧民の不満はふくらみ、新たな中国人入植者も急増して、農地問題でも日本人と対立している。

また都市部では急速な工業化により、人手が足らなくなり、中国人労働者が流入する。そのために日本人が上層階級を占め、中国人が下層という図式が出来上がり、さらに反日感情を強めていた。

満州が中国領内にあることは、まぎれもない事実であり、急激な日本の覇権拡大に、中国人が危機感を抱《いだ》くのも、致し方ない面もあると、重光は感じた。

しかし満州の日本人は、いっそう声を大にして言う。

「中国人は、泥棒が家に入り込んで居座ったからと言って、その家は泥棒のものにはならないと言います。でも土地は正当に借り受けたのだし、家は日本人が建てたものなのです」

現実問題として、今さら日本人に帰国しろと言っても無理だった。彼らには帰る土地がない。それに日本企業と日本人が、いっせいに引き上げたら、中国経済も大きな影響を受ける。

日本軍が泥沼の戦争にはまり込んで、引くに引けなくなったのと同じく、開拓という既成《きせい》事実ができてしまったために、日本としては満州を手放せなくなっていた。

とはいえ満州の日本軍は、基本的に日本人住民や企業を守るという大義名分《たいぎめいぶん》を持っている。その点は、とりあえず占領したから手放せないという、中国のほかの都市とは違う。突き詰めて考えれば、日本が本当に守りたいのは、満州だけのはずだった。

満州を残して、ほかの都市を中国人に返してしまえば、日本は泥沼から抜け出せる。とはいえ日中が憎み合ったままで返すのでは、当然、日本人は誰も納得しない。ここは日中融和《ゆうわ》が基本になる。

そのためには外交交渉を進めるしかない。まず中国側が歓迎する施策を実現し、反日感情を和《やわ》らげることが第一歩だった。歓迎されることの第一歩は、不平等条約の改正だ。

日本は欧米列国と同様、中国に不平等条約を押しつけている。それでいて日本と列国の条約は相互同等だ。この点が、日本は欧米列国の仲間だという選民意識につながり、中国を卑《いや》しめる根拠になっている。

そのために中国側は条約改正を求め続けている。まず最初に、この要求に応じ、列国にも改正を促《うなが》す。

もっと歓迎されるのは、実質的な植民地の返還だ。上海をはじめ、中国各都市の日本租界《そかい》は、日本人が自治を敷いている。警察も日本人の独自組織が存在し、軍隊も当然、日本軍が駐屯《ちゅうとん》している。いわば中国の中に存在する外国領だ。

この租界を、中国人の統治下に戻すのだ。それも、やはり日本だけでなく、イギリスをはじめ列国にも租界を返させる。日本に領土的な野心がないことを示し、率《そっ》先《せん》して中国各都市を、中国人の手に戻す。

そうして抗日感情と、中国国内の内乱が収まれば治安がよくなり、日本軍は撤兵できる。先々は満州からさえも、撤兵できる理屈だった。

対米開戦後、日本軍は南方で、快進撃を続けている。勝っている今だからこそ、日本が主導権を握って交渉できる。アメリカによる満州国の承認も、今なら不可能ではない。

いずれは満州国も日本の傀儡《かいらい》ではなく、本当に満州人や中国人の手に政権を譲る。そうした友好関係のもとに、日本企業が操業を続け、日本人が居住すればいいのだ。

重光は、このような方向転換を、対支《たいし》新政策と名づけ、南京から日本に向けて発信した。

予想できたことではあったが、理想論だと一蹴《いっしゅう》する声が多かった。だが理想こそ外交の基本であると、重光は訴え続けた。

日米開戦から半年ほどで、日本の快進撃が止まった。ミッドウェーやガダルカナルなど南方諸島で、アメリカ軍の猛反撃に遭ったのだ。

重光は中国から日本に呼び戻された。そして首相官邸で、軍服姿の東條英機に打《だ》診《しん》された。

「重光君、君を外務大臣に迎えたい。対支新政策を実行してもらいたいのだ」

意外なことに、誰よりも首相自身が、対支新政策に賛同したのだ。

重光は来るべきものが来たという思いがした。外交政策の大転換だけに、当然、一大使よりも外務大臣の方が、格段に力を発揮できる。今まで弱腰外交と見なされて、重い役目から遠ざけられてきた。だが、ようやく主張が認められたのだ。

ただし重光としては、もう一点、訴えることがあった。

「日本が戦争に勝つために、決定的に欠けていることがあります。それを補って頂きたい」

「何だね？」

「正義です。大義名分と言ってもいい」

怪訝顔《けげんがお》の東條に向かって、きっぱりと言い切った。

「青臭いことを言うと、思われるかもしれませんが、正義は外交の最大の武器です」

日米開戦の折、軍部は宣戦布告と真珠湾攻撃の時間差を、わずか三十分まで詰めようとした。だがワシントンの野村吉三郎との行き違いがあって、攻撃が宣戦布告よりも先になってしまった。

そのために騙《だま》し討ちの形となって、日本は卑怯者《ひきょうもの》と非難され、アメリカ国民の戦意を一気に高める結果を招いたのだ。

「特にアメリカ人は、フェアであることを重んじます。たいした利権もない中国に肩入れするのは、日本の満州進出を、フェアではないと感じているからです」

そういった意識のアメリカ人と、この先、有利に停戦交渉をしていくには、日本も正義を掲《かか》げなければならなかった。

「具体的には、どうすべきだ？」

東條の問いに、重光は明快に応えた。

「対支新政策は、中国を中国人の手に戻す計画ですが、これを拡大し、アジアの国々の主権も、その国民の手に取り戻すのです。つまり欧米の植民地からの独立を、日本が手助けする。これこそ正義です」

「なるほど。たとえばビルマの独立運動を、日本軍が支援して、イギリスから独立させる。そういうことだな」

「その通りです。それに、すでに日本軍が占領している国では、速《すみ》やかに現地政権の独立を認めるのです」

マレーシア、フィリピン、インドネシアは、それぞれイギリス、アメリカ、オランダの植民地だったが、すでに事実上、日本軍の占領下にある。

「そうして独立した国々と、対等な条約を結び、友好関係を確立する。この植民地の解放を、改めて日本の戦争の目的に掲げるのです」

後付けではあるが、正義のための戦いという大義名分を、世界に訴えることができる。

「そうすれば欧米の拠点を奪えるし、石油や資源も力ずくで奪わなくても、おのずと入ってきます。これこそがABCD包囲網への効果的な反撃です」

東條の目が、見る間に輝き始めた。

「それは、すごい。今までにない発想だ」

しかし重光は釘を刺した。

「ただ、これは日本がアジア諸国を、わがものにすることとは、まったく違います。現地でアメリカやイギリスに勝利したとしても、日本が彼らに取って代わるわけではない。くれぐれも、その点は徹底しなければなりません」

独立政権が充分な武力を備えるまで、日本軍が駐屯することになる。だが、それを日本人が自分の領土を得たと勘違いしては、意味がなかった。

「現地の人々への蔑視《べっし》も厳禁です。日本人も東洋人、彼らも同じ東洋人です。あくまでも対等の立場で、その国の人たちが、心から日本に味方したいと思ってこそ、力一杯、米英に立ち向かってくれるし、その協力によって、日本は戦況を好転できるのです。そして機を逃《のが》さずに、停戦交渉に入る。そういう手順です」

東條は興奮気味に言った。

「わかった。もちろん、そうする」

重光には苦い経験がある。みずから提案した防共協定《ぼうきょうきょうてい》が、本来の意図通りには進まず、日独伊三国同盟の布石《ふせき》にされてしまったのだ。今度こそは思い通りに進めたかった。

「そうして日本、満州国、南京の国民政府、それに独立した国々が手を結んで、太平洋憲章というものを設けるのです」

東條は拳を握りしめて、うなずいた。

「わかったぞ。英米の大西洋憲章の向こうを張るのだな」

アメリカはイギリスとの間に、大西洋憲章という取り決めをしている。両国とも領土拡大の野心がないことなど、八つの項目を世界に向けて訴えたのだ。

ただ大西洋憲章はイギリスが関わるだけに、植民地の否定が盛り込まれていないし、人種差別にも言及していない。重光は、この点を基本に据《す》えて、太平洋憲章を制定したいと考えていた。

昭和十八年（一九四三）四月、東條は内閣を改造し、重光を外務大臣に迎えた。いよいよ重光は東條とともに、計画の実行に踏み出した。

しかし予想以上に抵抗が大きかった。まず名称が太平洋憲章から、大東亜《だいとうあ》憲章へと変えられた。太平洋憲章にすると、太平洋の両岸に位置する日本とアメリカの取り決めになってしまうと、反対されたのだ。

大東亜という言葉は、以前、松岡洋右がラジオで大東亜共栄圏《きようえいけん》という自説を発表し、以来、持てはやされている。インドまで含む、大きな東アジアという意味だ。

さらに反対は続いた。

「植民地の解放を、戦争目的に据えるのはいい。だが憲章を定めるとなると、各国が同等になる。ビルマやフィリピンと一緒にされては、中国や満州国が納得しないだろう。なにせ奴らには中華思想があるからな」

重光は猛烈に腹が立った。ビルマやフィリピンを下に見ているのは、そう言っている本人なのだ。

だが重光も東條も、細かい点には目をつぶり、譲れるところは譲った。

その結果、大東亜会議の開催が決まった。アジア各国の代表者を東京に招いて、国際会議を開催するのだ。そして、その会議で大東亜共同宣言を定める。憲章ではなく共同宣言に落ち着いたのだった。

さっそくビルマでは、日本軍が独立義勇軍を後押しして、イギリス軍を撃退し、ビルマ国が誕生した。続いてフィリピンが独立を果たした。

だが同じく、日本軍が占領中のインドネシアやマレーシアは、いまだ安定政権が見込めないという理由で、独立が先送りされた。

南京の国民政府とは不平等条約を改正し、日本と対等な関係を確立した。

その結果、会議に参加を表明したのは、日本、満州国、南京国民政府、ビルマ、フィリピン、それにタイの六カ国。タイは東南アジアで唯一、植民地化を免《まぬか》れてきた王国だ。

さらに自由インド仮政府が、非公式ながら出席することになった。彼らは独立戦争の最中《さなか》であり、イギリスが日本との共通の敵になったことから、きわめて親日的だった。

そして十一月初め、秋晴れの青空に、小さな飛行機が姿を現した。白い飛行機雲を引きながら、一機、また一機と、羽田飛行場に着陸した。各国からの代表者の来日だった。

重光は片脚を引きずりつつ、東條や政府要人たちとともに、飛行機のタラップの下で、各国代表者を出迎えた。

十一月五日には大東亜会議が開かれた。史上初の有色人種による、画期的な国際会議だ。各国は独立への熱い思いと、アジア団結の決意を語った。

翌六日には、大東亜共同宣言が採択《さいたく》された。自主独立や相互の親和、真の経済協力、人種差別の撤廃《てっぱい》など五項目にわたり、堂々たる宣言になった。

各国代表は軍事上の協力を誓い合い、それぞれ胸を張って、帰国の途《と》についた。しかしビルマやフィリピンが独立し、大東亜会議の準備が進んでいた最中、ムッソリーニが失脚《しつきやく》した。まもなくイタリアは降伏し、三国同盟の一角が崩れた。日本をめぐる戦況も、大東亜会議の前から、いよいよ悪化していた。これを打開するのが大東亜会議のはずだったが、あまりに日本軍の戦線が拡大したために、いくらアジア各国が味方してても、補給すら追いつかなくなっていた。

東條は徹底抗戦を主張し、憲兵を私兵のように使って、終戦や和平を口にする者を厳しく取り締まり始めた。重光と東條の蜜月《みつげつ》は、わずかな期間だった。新聞は日本軍が撃墜《げきつい》した敵機や、沈没させた敵艦の数は、華々しく書き立てる。しかし味方の被害は書かない。だから一般読者には、日本軍が勝ち進んでいる印象しか与えない。

重光は以前から政府内のみならず、実業界の会合などで、積極的に講演していた。実際の戦況や国際情勢、今後、どうやって停戦に持って行くかなどを、できるだけ正確に伝えようとしたのだ。だが会合の開催に横槍を入れられ、しだいに発言の場を失っていった。

それに代わるようにして、近衛文麿《ふみまろ》から内輪の会合に、招かれるようになった。密《ひそ》かに前田侯爵《こうしやく》家の別邸に集まって、停戦の方法を探り始めたのだ。前田家は近衛の母の実家であり、密会には好都合だった。

近衛は内閣を放り出したものの、開戦早々から停戦を目指していた。重光が駐華大使として南京に赴任していた間に、近衛は中立国のスイスに、停戦の仲介《ちゅうかい》を求めに赴こうとしたが、実現できなかった。

重光は近衛を心から信頼したわけではなかったが、和平への真摯《しんし》な思いは受け止め、協力を約束した。

ただ近衛は軍部から目をつけられている。そのため重光自身にも、憲兵の尾行《びこう》がつくようになった。

出かけようと車に乗り込むと、後を追ってくる車がいる。どこに行って、誰と会ったかが、すべて把握《はあく》されていた。前田家の別邸に出かける際には、いったん家に帰ってから、勝手口から忍び出た。

ある晩、帰宅すると、喜恵が青い顔で訴えた。

「憲兵が見張っているんです。表門だけでなくて、私が勝手口から出ると、出先まで後をついてきて」

重光は妻を安心させようとして言った。

「大丈夫だ。いくら後をつけられても、こちらには何も疚《やま》しいところはないのだから、何も起こらない」

だが喜恵は首を横に振った。

「いいえ、それだけじゃないんです。憲兵は華子までつけまわしていて」

華子は十二歳になり、キリスト教系の女子校に通っている。登下校はバスを使うが、バス停から家まで、憲兵が尾行しているという。

「華子も怖がるし、子供の後をつけるなんて、あんまりだから、私、思い切って、聞いてみたんです。何か、ご用でしょうかと」

すると憲兵は敬礼をして、慇懃《いんぎん》に応えたという。

「この辺りに、ならず者が増えており、お嬢さんが危険ですので」

しかし三番町は皇居に近く、東京の中でも、かなり治安はいい。不審者など見かけない地域だ。喜恵は、いっそう心配顔で、重光に訴えた。

「あれは謎かけみたいな気がするんです。あなたが軍の言うことを聞かなければ、ならず者を雇って、華子を襲わせるぞという」

重光は妻の杞憂《きゆう》を一笑《いっしょう》に付《ふ》した。

「そんなことがあるものか。気にしすぎだ」

「それなら、なぜ憲兵が、子供の後などつけるのです?」

重光に圧力をかけるために、家族にまで尾行をつけているのだという。確かに一理ある話だった。

だが脅《おど》しに屈するわけにはいかない。なんとしても停戦を実現させねばならなかった。東條の言うがままにしていたら、日本は滅びるしかないのだ。

重光は牧野義雄《まきのよしお》に頼んだ。

「華子の通学に、付き添ってもらえないか」

牧野は英米との開戦後、絵描《えか》きとしてロンドンに残ることを断念し、外交官の交換船に乗って帰国した。以来、重光は約束通り、家で面倒を見ている。牧野は快く承知した。

「任せてくれ。何かあったら、俺が殺されたって、華子ちゃんは逃がす」

とはいえ家族を危険にさらしているという意識は、重光の中に強く残った。

昭和十九年（一九四四）七月、サイパンの日本軍が玉砕《ぎょくさい》した。大東亜会議から八ヶ月あまり後だった。

サイパンにはサトウキビ栽培に従事する日本人が、三万人ほど暮らしており、日本軍とともに、ほぼ全滅した。

さすがに新聞でも玉砕は報道されたが、アメリカ軍が日本に近づくにつれ、こちらの攻撃圏に入るといった、強気の論調が続いた。

東條の独裁的な政治手法は、すでに政府内のみならず、軍部からの批判も浴び始めていた。天皇からも見限られ、サイパン玉砕の責任を取って、総辞職せざるを得なくなった。

続く首相も陸軍から選ばれ、朝鮮総督《そうとく》だった小磯國昭《こいそくにあき》が組閣《そかく》した。重光は外務大臣に留まり、アジアの独立支援や対支新政策に、いっそうの力を注《そそ》ぎ、インドネシアの独立が軌道《きどう》に乗った。

その間に、フィリピンにアメリカ軍が上陸した。マニラが空襲を受け、フィリピン政府はアメリカに宣戦布告した。日本軍は、これを支援する形で、アメリカ軍と壮絶な戦闘に突入した。

中国では、南京国民政府と重慶政府の接近が進んでいた。そんな最中、小磯首相が突然、重慶との直接交渉を主張し始めた。蔣介石との仲を取り持つ人物がいるという。

重光はもちろん、軍部も猛反対した。これまでも日本と中国の間には、怪しげな人物が暗躍《あんやく》していた。明らかに今度の仲介者も、そんなひとりに過ぎなかった。加えて重慶との交渉は、国際的な道義に反する。今まで日本は、南京政府を正当な中国政府と認め、対等な国交を築いてきた。一方、蔣介石の重慶政府のことは、アメリカやイギリスの傀儡政権と見なしてきたのだ。

ここで重慶と手を結べば、大東亜共同宣言を、みずから破ることになり、独立したアジア諸国に対しても、重大な裏切りとなる。

それでも小磯は独断で、重慶に接触し始めた。

一方、重光は前田家の別邸で、近衛との接触を続けていた。だが仲間のひとりである吉田茂《しげる》が、突然、憲兵に逮捕《たいほ》された。吉田は近衛の片腕ともいうべき存在だった。

もともと吉田は、重光の前任の駐英大使だった。イギリスを防共協定に呼び込もうとして、失敗したものの、ドイツやイタリアへの接近には反対し続けた。開戦後は、近衛のスイス訪問計画にも尽力《じんりょく》した。

近衛は直訴状《じきそじょう》ともいうべき上奏文《じょうそうぶん》で、天皇に直接、和平を訴えようとしたが、その写しが、吉田の自宅から、憲兵の手で発見されたのだ。この逮捕によって、憲兵の手先が、外務省内に潜《ひそ》んでいることも疑われた。

その後、近衛は独自の外交を主張し始めた。米英との休戦の仲介を、ソ連に頼もうというのだ。ソ連は日ソ中立条約により、中立を保っている。

だが重光は駐ソ大使時代の経験から、ソ連を甘く見てはならないと肝《きも》に銘《めい》じており、近衛の計画に反対した。だいいちドイツと戦っているソ連が、日本に甘い顔を見せるはずがなかった。

もしも、あえてソ連が火中《かちゅう》の栗《くり》を拾うとしたら、日本は、そうとう厳しい条件を突きつけられる。それだけの覚悟が日本側になければ、ソ連を頼る意味がなかった。

重光が停戦の仲介者として選んだのは、スウェーデンだった。東京駐在の中立国外交官の中でも、スウェーデン大使は親日家で、ちょうど帰国が決まっていた。そのため、まずは本国で米英の意向を探って、知らせて欲しいと依頼した。

あと最終的に頼るべきは、ほかならぬ天皇だった。重光は天皇の信頼を得ている。かつて南京に赴任する際にも、どうか中国問題を頼むと、直々《じきじき》に言葉を賜《たまわ》った。その後、対支新政策にも強い賛同を得た。

重光は内大臣《ないだいじん》の木戸幸一《きどこういち》に近づいた。内大臣は、いわば天皇の秘書役で、首相の指名などに大きな力を持つ。

木戸は維新の元勲《げんくん》、木戸孝允《たかよし》を大伯父に持つ侯爵《こうしゃく》だ。顔立ちも話し方も上品で、近衛とは学習院初等科以来の仲だった。

重光が皇居内の内大臣府を訪れ、停戦の相談を持ちかけると、ソ連の仲介反対については、すぐに意見が一致した。重光は木戸の反応を探りつつ、本題を切り出した。

「まずは政府と軍部の意見を、ひとつにまとめることが大事です。そのために陛下《へいか》の御聖断《ごせいだん》を頂けませんか」

天皇は満州事変以来、一貫《いっかん》して和平を望んでいる。これを明確に示して、日本中を納得させるしかない。だが天皇を煩《わずら》わせるなど、本来、遠慮せねばならないことだった。

するとと木戸は周囲に目を配り、小声で言った。

「そうですね。最後は鶴《つる》の一声《ひとこえ》しかないと、私も考えています」

鶴の一声が、天皇の言葉を意味することは、明らかだった。

「でも、重光君、これは時機を待たねばなりません。あの東條ですら、軍部を抑えられなかったのですから」

開戦前、東條英機を首相に推《お》したのは、木戸だった。天皇に絶対服従の東條ならば、天皇の意志通り、開戦を避けるはずだと期待したのだ。木戸は小声で続けた。

「あの失敗を繰り返さないよう、今度こそは機が熟すのを待ちましょう」

重光は自分の考えを述べた。

「鍵はドイツです。ドイツは国が滅びるまで、戦い続けるでしょう。同盟国が、そういう姿勢なのですから、日本軍が先に白旗を揚げることは、まずないと思います。まずはドイツの降伏を待って、行動を起こしましょう」

話が終わり、重光が退席しようとすると、木戸は言った。

「ひんぱんに会うと、怪しまれて、どこから横槍が入るかしれません。時機が来たら、私の方から連絡しますから、それまで待っていてください」

だがそれまでに、どれほどの日本人が死ぬのかを想像すると、空恐ろしい思いがした。それでも重光は時機を待つことを約束し、内大臣府を後にした。


十一月になると、アメリカ軍による東京への空襲が始まった。当然、軍需工場などが狙われるはずだが、無関係の住宅地にも爆弾が投下された。直接、被弾したり、破壊された建物の下敷きになったり、火災によって亡くなる者が続出した。

年が改まって昭和二十年（一九四五）に入ると、有楽町《ゆうらくちょう》や銀座までもが攻撃され、人々は戦々恐々として暮らした。

すでに学童の集団疎開《そかい》が始まっており、重光は、喜恵と華子を疎開させようと考えた。だが喜恵が首を縦に振らなかった。

「あなたを置いて行くことはできません」

重光は、たいがいのことは自分でできるが、家の中のことは、やはり妻がいないと不自由ではある。

華子も行かないと言い張った。

「パパが行かないのなら、私も行かない」

同級生たちは親戚《しんせき》などを頼って、次々と東京を離れているが、残った者には、まだ授業が細々と続いていた。

　重光は華子に言い聞かせた。

「いずれパパも行くから、先に行きなさい」

　喜恵には言葉を尽くして説得した。

「竹光《たけみつ》に残ってもらうから、なんとかなる。気にしなくていい」

三番町の家には、竹光秀正《ひでまさ》という個人秘書が、夫婦で同居しており、日頃から家の手伝いもしている。

「それに篤もいるから、大丈夫だ」

　篤は二十歳《はたち》になっており、大学に通っている。

「私のことより、とにかく華子を頼む。君や華子を危険な目に遭わせるのは、もう耐えられんのだ」

　憲兵の件もあり、そのうえ空襲の危険にまで、さらしたくはなかった。

「それに私は、この脚だ。君たちを守れそうにない。だから、どうか、東京を離れてくれ」

　ようやく喜恵は小さくうなずいた。

　すぐに竹光が奔走して、日光に手頃な洋館を見つけてきた。

　重光は和式のトイレが使えない。もともと脚の障害がある上に、モスクワとロンドンでの四年あまりの暮らしが影響し、三番町の家は洋式にしてある。そのために疎開するのであれば、洋式の洗面所を備えた洋館でなければならなかった。

重光自身は疎開する気はなかったが、竹光が言った。

「いつ、どうなるか、わからないのですから、ご家族で暮らせる家を、借りておく方がいいと思います」

華子も洋館ならばと納得した。

「パパが来てくれるなら、私、先に行ってもいいわ」

三月九日が金曜日で、華子の学年末試験が午前中で終わるというので、その日の午後に出発させることにした。竹光夫婦が荷ほどきなどの手伝いを兼ねて同行する。

当日の朝、重光は、篤に見送りを頼み、いつものように外務省に出勤しようとした。すると出がけに、華子が父親の腕を摑《つか》んで念を押した。

「パパ、かならず来てね。待ってるから。パパが来てくれるのを、ずっと待ってるから」

東京に留まることが、どれほど危険かを承知しているのだ。重光は娘の手に、自分の手を載せた。

「大丈夫だ。かならず行く」

そう応えながらも、もしかしたら、これが今生《こんじょう》の別れになるかもしれないという思いも、心をよぎる。

「大丈夫だ。心配しなくていい」

自分自身にも言い聞かせて、外務省に向かった。

その日の夕方、帰宅してみると、家は冷え切って、ひっそりとしていた。いつもは暖炉《だんろ》に火が入り、華子がまとわりついてくる。

その代わり人形が、ソファの上に、ぽつんと置いてあった。四年前に重光が土産として、アメリカで買ってきた人形を、華子が残していったのだ。

「この子は私の代わり。パパのそばに置いていくから。名前はジェーン。可愛がってあげてね」

重光は華子の言葉を思い出し、人形のかたわらに座って、少し色褪《いろあ》せたドレスやリボンに手を触れた。

灯火《とうか》管制で明かりを灯《とも》せない部屋が、いっそう暗く感じる。暦《こよみ》では、もう春なのに、一昨日《おととい》には雪が降るほど寒く、冬が長かった。

その夜更《よふ》け、ひとりで着替えをすませて、ベッドに入ろうとした時だった。空襲警報のサイレンが鳴った。

脱いだばかりの服を、もういちど着込んだ。その時、階段を駆け降りる音がして、篤が部屋に駆け込んできた。

「お父さん、防空壕《ぼうくうごう》にッ」

竹光夫婦が日光から戻るのは明日で、書生や手伝いの娘も帰郷させており、家にいるのは篤とふたりだけだった。

「すまんが、義足《ぎそく》を持ってくれるか」

松葉杖で避難するのに、自分では持てない。

「わかりました。ほかに持つものは？」

「それだけでいい」

ふたりとも厚手のオーバーコートを着込んで、急いで裏口に向かった。篤は義足を抱《かか》え、父親の腕に手を添えて、真っ暗な部屋の中を先導する。

だが外に出て驚いた。周囲が思いがけないほど明るかったのだ。家の東側は千鳥《ちどり》ケ淵《がふち》の濠《ほり》で、目の前には皇居の黒々とした森が広がっている。その森を越えた東側の空が、真っ赤だった。風が強く、見たこともない大火事になっていた。

近くからはサイレン、遠くから半鐘《はんしょう》の音、上空からは不気味なエンジン音が響く。地上からのサーチライトを受けて、数えきれぬほどの機影が夜空に浮かぶ。

南に目を向けると、地上わずかなところで、火花の塊《かたまり》が飛び散るのが見えた。

そのひとつひとつが、おびただしい数の火矢に姿を変えて、地上に向かって突き刺さる。

焼夷弾《しょういだん》だった。地上に着弾してから、無数の火花の塊になって、周囲に飛散《ひさん》するものもある。ガソリンのような油脂《ゆし》に着火して、火の塊を飛び散らせ、木造家屋を焼き尽くすのだ。

その火花が少しずつ、こちらに近づいてくる。爆発音も聞こえ始めた。

「お父さん、早く、防空壕にッ」

篤に促《うなが》されて、重光は庭の隅《すみ》に掘られた防空壕に向かった。入口の近くには、一昨日、降った雪が残っている。

重光家は庭が広く、防空壕も建物から離れている。穴の中は、土壁が材木で補強してあり、家族四人のほかに、手伝いや書生、竹光夫婦も入れるように、大きく掘ってある。少し腰をかがめれば、立って歩けるほどの深さだ。

篤が上げ蓋《ぶた》の扉を開ける。数段の梯子段が、暗闇の穴の中に続いていた。重光は後ろ向きになって、梯子段に胸をつけ、腕で体重を支えて、注意深く一歩ずつ降りた。篤が続いて中に入り、上扉を閉めた。

冷え切った闇の中、ただサイレンと敵機の音、それに絶え間ない爆発音が聞こえた。遠かった爆発音は、刻々と近づいてくる。この分では、この辺りも焼けるかもしれなかった。

させたくはない。

重光は、喜恵と華子を日光に送り出しておいて、よかったと思った。怖い思いを
ただ気がかりは、さっき盛大に焼けていた皇居の東側だ。下町の方角で、特に木造住宅が密集している。炎は強風にあおられて、逃げ場もないほどの火の海に違いなかった。

それに下町では、地面を掘ると水が出るために、ろくな防空壕もない。まして、あれほどの大火事であれば、防空壕の中で、蒸し焼きになる危険も高い。

重光が両手で顔を覆《おお》った時、ひときわ近くで爆発音が響いた。それが何発も続く。この風では、自宅も焼けると覚悟《かくご》した。

小一時間ほどで、爆発音とエンジン音は消えた。空襲警報のサイレンも途絶えた。

「外に出よう」

重光が促し、篤が上扉を開けた。とたんに熱気が吹き込む。外は、さっきよりも、なお明るい。

防空壕の梯子段を昇って、ふたりは立ち尽くした。やはり自宅にも火がついていた。近隣でも、燃えていない家はない。

ふたりで濠端《ほりばた》に逃げた。近所の人々も集まってくる。そして自分たちの家が焼け

落ちるのを、なすすべもなく見つめた。

朝になってみると、見渡す限り、真っ黒だった。黒い瓦礫《がれき》が延々と続く焼け野原だ。まだ、あちこちから煙が上がっている。

ロンドンの空襲よりも、はるかに凄惨《せいさん》だった。ロンドンでは、自分がいる建物に直撃を受けるか、ごく至近距離で爆弾片を浴びない限り、命を落とすことはない。ましてロンドンでは迎撃《げいげき》のために、飛び立っていく味方の飛行機がいた。その守りの堅《かた》さに、ヒトラーは空爆を諦《あきら》めたのだ。だが東京では迎え撃つ飛行機もなく、東京上空は、敵機の独擅場《どくせんじょう》だ。

篤が焼け野原を見つめ、呆然《ぼうぜん》として、つぶやいた。

「これでは、とてつもない人数が、焼け死んだでしょうね」

重光も重い口調で応えた。

「そうだな。下町の方は、ここよりもひどいだろう」

篤は悔しそうに言う。

「なぜ、アメリカは、こんなことをするのでしょう。力ずくで、日本を従えられるとでも思っているのでしょうか」

確かに、こんなことをしては、アメリカに対する憎悪《ぞうお》が増すばかりで、停戦は遠のく。だが、これが戦争だった。

重光は葵という自分の名前を思う。向日葵《ひまわり》は周囲の小さな草花を守るという意味で、父は葵を、まもると読ませた。だが自分は何も守れていない。その無力が、心底、情けなかった。

霞ヶ関《かすみがせき》の官公庁街や丸の内周辺は、石造りの建物が多く、ほぼ焼け残った。すぐに外務省がホテルの部屋を押さえ、とりあえず重光は篤とふたりで、寝泊まりの場所を得た。

それからも東京各地への空襲は続き、山の手方面まで焼き尽くされていった。

その一方で、とうとうアメリカ軍が沖縄に上陸した。小磯は重慶政府との直接交渉にも失敗し、責任を取って総辞職した。

次の首相は、海軍の鈴木貫太郎《かんたろう》に決まった。今度こそ終戦内閣としての期待がかかった。しかし重光は外務大臣に任命されなかった。

新しい首相は近衛に同調し、ソ連の仲介に賭《か》けていた。そのために重光が邪魔になったのだ。重光が依頼したスウェーデンからの情報は、外務大臣が交代したことにより、立ち消えになった。

もはや東京に留まる意味はない。ホテルの部屋を引き払い、家族の待つ日光に疎開することにした。

竹光が手伝いに戻ってきた。自宅は全焼し、たいした荷物はない。ただ大臣の執《しっ》務室《む》から、私物を引き上げるだけだった。

二十四歳で外交官試験に合格してから、五十七歳の今日まで、人生の半分以上、外務省に属した。その間、戦争を回避する努力と、戦争を終結する努力を、絶え間なく続けてきた。

最後の二年間は、外務大臣の地位にまで登りつめた。だが外交の頂点にあっても、なお、戦争を終わらせることができない。重光は力及ばなかったことを痛感した。

執務室を去る時に、加瀬俊一に言い残した。

「もしも終戦の泥を、誰かがかぶる必要があったら、いつでも呼び戻してくれ。喜んで馳《は》せ参じる。もう、そのくらいしか、私にできることはない」

「わかりました。でも」

加瀬は、いつもの穏《おだ》やかな笑顔ではなく、背筋を伸ばして言った。

「でも、ここに、戻ってきてください。また外務大臣として。戻ってきて頂けるのを、私だけでなく、大勢の職員たちが待っています」

5章

日光、横浜、鎌倉、巣鴨

日光で借りた家は、石造りの洋館だった。緑豊かな森の中、銅板葺《ぶ》きの屋根の緑色と、窓枠の白ペンキの対比が美しい。

明治時代に、アメリカ人貿易商が建てた別荘だったという。その後、諸戸《もろと》家という山林王の手に渡り、今も諸戸別荘と呼ばれている。

重光《しげみつ》が東京を引き払って、たどり着くと、華子《はなこ》が歓声を上げて抱きついた。

「パパ、無事でよかった。家が焼けたって聞いて、ママとふたりで心配してたのよ」

「心配をかけて悪かった。でも約束通りに、来ただろう」

華子は父親から身体《からだ》を離すと、目を輝かせて聞いた。

「ジェーンは？」

「ジェーン？」

「お人形さんよ。パパのお土産《みやげ》だった」

重光は息を呑《の》んだ。あの時、ソファに置いたまま、すっかり忘れていたのだ。家とともに焼けてしまったに違いなかった。

華子の口が、たちまちへの字に曲がり、目に涙が浮かぶ。

「それじゃ、ジェーンは、ジェーンは」

重光は慌《あわ》てて謝った。

「華子、パパが悪かった。おまえの大事な人形を」

かたわらから喜恵《きえ》が口を挟《はさ》んだ。

「華子、お人形じゃなくて、家族が亡くなった方も、大勢いるのですよ。パパが無事に来てくれたことを、感謝しなさい」

華子は、うなずきながらも泣き続ける。重光は懸命になだめた。

「パパが悪かった。いつか、また買ってくる」

だが、あんな人形は日本では売っていない。戦争が終わって、アメリカかヨーロッパにでも行かなければ、買えないのだ。

なおも泣いている華子に、篤《あつし》が少し声を荒立てた。

「おまえは、パパや僕が、どんな目に遭《あ》ったか考えてみろ。人形くらいで、泣くなッ」

華子は父親の腕にしがみついて、大声で泣いた。

「ごめんなさい、泣いたりして、ごめんなさい」

喜恵が娘の肩をさすりながら言った。

「きっとジェーンは、華子の身代わりになってくれたのですよ。東京を出るのが、もう一日、遅かったら、ママも華子も、どうなっていたことか」

重光は娘の肩に手を置いて言った。

「華子、いつか一緒に、あんな人形を買いに行こう。ニューヨークでもパリでも。戦争が終わって、平和な時代になったら、パパが連れて行ってやる」

「本当?」

華子は父親を見つめて聞いた。

「本当に、戦争は終わるの?」

「ああ、終わるとも」

まだ日本の行く末もわからない。だが、かならず平和はやってくる。重光は笑顔で約束した。

「終わらない戦争なんてない。パパが終わらせてみせる」

「きっとね。きっとよ。もう戦争なんか嫌」

華子は細く華奢《きゃしゃ》な小指を、父親の小指にからめて、指切りげんまんをした。


日光に来てから、重光は毎朝、諸戸別荘の周囲を散歩するようになった。日光東《とう》照宮《しょうぐう》に近い、不動苑《ふどうえん》と呼ばれる森だ。

朝霧が漂《ただよ》う森を、両脇に松葉杖をつきながら、ゆっくりと歩く。霧が晴れると、いっせいに蟬《せみ》が鳴き出す。冬が長く、寒かった分、暑い夏だった。

ここのところ義足《ぎそく》は、ほとんどつけない。ズボンの右脚《あし》を折り返し、裾《すそ》をベルトに挟んで、松葉杖を使って歩く。

上海《しゃんはい》で右脚をなくしてから、もう十三年が経つ。だが今でも時折、夜も眠れないほど古傷が痛むことがある。

そのうえ義足は重く、公的な場以外、つけることはない。以前から家では義足なしで、松葉杖を使って暮らしている。

森の一本道の向こうから、小柄な少年が駆け足で姿を現した。

「おはようございます」

重光に向かって、元気に挨拶《あいさつ》をする。新聞配達の少年だ。重光も気さくに応《こた》える。

「おはよう」

初めて出会った時には、松葉杖で歩く重光を、怪訝《けげん》そうな目で見た。だが次に会った時には、いきなり深々と頭を下げた。緊張のあまり、動作がぎこちなかった。重光が何者なのか、誰かに聞いたに違いなかった。

毎朝、顔を合わせているうちに、ようやく馴《な》れて、最近は挨拶以外にも言葉を交わすようになった。小柄だとは思ったが、まだ国民学校の生徒だった。

「兄さんから手紙は来たかね」

ここのところ重光は、この少年と話をするのを楽しみにしている。少年は素朴な栃木訛《なま》りで応えた。

「いいえ、まだです。でも便りのないのは、元気な印だって、母ちゃんが言ってます」

少年の兄は二等兵として出征し、今は中国のどこかで戦っているという。

篤も召集令状《しょうしゅうれいじょう》が来て出征していった。二十一歳の今まで、召集されなかったのは、外務大臣の息子という遠慮が、軍部にあったのかもしれなかった。

篤は宮崎県の都城《みやこのじょう》で入隊した。重光家の本籍が、今も大分にあるためだ。出征の朝、喜恵も華子も精一杯、元気を装って見送ったが、篤の姿が見えなくなると、ふたりとも物陰に隠れて泣いた。

重光は嘆くわけにはいかなかった。日本中の親や妻たちが、大事な息子や夫を兵隊に取られている。戦死の知らせも、何十万という人々が受け取っているのだ。

重光は新聞配達の少年に聞いた。

「夏休みの宿題は、進んでいるかね」

少年は胸を張った。

「やってます。宿題のほかにも、ちゃんと勉強してます。俺、少年飛行兵になりたいんです」

少年飛行兵とは陸軍の飛行機乗りだ。国民学校を卒業すれば、十五歳から航空学校を受験できる。しかし人気が高く、かなりの難関だった。ただ去年辺りから、搭《とう》乗《じょう》する飛行機が不足し、陸上待機ばかりだと聞く。海軍では予科練が同じような状態であり、飛行機に乗りたければ、特攻隊を志願するしかなかった。

それでも少年は目を輝かせて言う。

「勉強のほかに、一生懸命、竹槍の稽古《けいこ》もしてます。常陸《ひたち》の海に敵が上陸してきたら、俺たちも竹槍を持って迎え撃《う》つんです」

重光は励《はげ》ましの言葉が見つからず、いたわりが口から出た。

「夏休みなのに、遊べないのは残念だろう」

「いいえ、日本が勝つまでは頑張らないと。アメリカの降伏は、もうじきなんですよね」

重光は、あいまいにうなずくしかなかった。こんな少年は日本中にいる。彼らに日本が勝つことはないと、どう伝えればいいのか。それを思うと胸が痛んだ。

少年から新聞を受け取って脇に挟み、諸戸別荘に戻った。少年は勇ましい歌を口ずさみながら、来た道を引き返していく。

「エンジンの音、ごうごうと、隼《はやぶさ》は征《ゆ》く、雲の果て」

重光は日光に来てまもない五月九日、この少年が届ける新聞で、ドイツの降伏を知った。

「第二次欧州大戦ここに終幕　独全軍無条件降伏　米英ソ仏連合軍と調印了す《ちょういんりょう》」

日本にとって大事件のはずなのに、一面トップではなく、小さく地味に扱われていた。内容も他人事《ひとごと》のような書き方で、次が日本だなどとは、おくびにも出さない。

ただ重光としては、いよいよという思いを深めた。木戸《きど》にも伝えてある。ドイツが降伏したら、鶴《つる》の一声《ひとこえ》の時だと。

だが終戦の気配はなかった。外務省からの連絡もない。このまま日本は停戦の機会を失い、滅亡に向かっていくのかと、気持ちが沈んだ。

日光での暮らしは、別府《べっぷ》での療養生活に似ていた。住まいは快適で、周囲の環境も素晴らしい。篤は出征中だが、残った家族の安全は守られている。

でも重光の心は晴れない。こんなところで、のんびりしている場合ではないと、焦《あせ》りが空まわりする。

その朝も溜息《ためいき》をつきつつ、新聞を脇に挟んで石段を昇り、玄関ドアを開けて、洋間に入った。靴《くつ》のままの暮らしだ。

そして肘掛《ひじか》け椅子《いす》に座って、新聞に目を通した。目が、ひとつの記事に釘付けになる。

チャーチルとアメリカのトルーマン大統領、それに中国重慶《じゅうけい》政府の蔣介石《しょうかいせき》が、日本に向けて宣言を発表したという。ドイツのポツダムという都市から発せられたことから、ポツダム宣言と名づけられ、十三カ条にわたる内容が掲載されていた。

第一条から第五条までは、ほぼ宣言の趣旨と、宣言を受け入れて降伏せよという勧告だった。

第六条以降には降伏後、英米中の三国が、日本をどう扱うかが示されていた。ただ天皇制をどうするかが、どこにも言及されていなかった。この宣言に対する政府の見解も、一行も載っていない。

重光は、いくつかの点に注目した。まずは第二条の「日本国に対し最後的打撃を加うるの態勢を整えたり」という一文だ。ここまで言い切るところを見ると、今までにない兵器が開発されたのかもしれなかった。

第十条には、日本人を奴隷《どれい》にするつもりはなく、民主主義の復活を促《うなが》すとある。さらに十二条には、日本人の自由意志で、平和的な政府が樹立できれば、占領軍は撤収《てっしゅう》すると書かれていた。

最後の十三条では、日本軍の無条件降伏を求め、その決断を日本政府に委《ゆだ》ねている。そうしなければ、日本は完全に壊滅《かいめつ》するしかないと、宣言は結ばれていた。

どの条項も、政府や軍部の抵抗はあるだろうが、少なくとも第十条の民主主義の復活と、十二条の平和的な政府の樹立は、受け入れられそうだった。

特に大事なのは第十三条だ。ドイツは政府が崩壊して降伏した。だが日本は政府が存続し、無条件降伏の判断さえ委ねられている。今、ここでポツダム宣言を受け入れれば、たとえ占領下でも、日本人による政府が存続できると、この条項から読み取ることができた。

それに天皇制については、存続とも廃止とも宣言には書かれていない。ということは、まだ米英中の三国間で迷いがあり、決定できていないに違いなかった。ならば交渉次第で、存続は充分に可能だ。重光には、自分なら理詰めで押し通せるという自信がある。

ただし第六条が問題だった。「世界征服の挙《きよ》に出《い》づるの過誤《かご》を犯さしめたる者の権力及び勢力は、永久に除去せられざるべからず」とある。要するに戦争犯罪人の裁判を、戦勝国に任せるという内容だ。

戦争犯罪人の裁判は仕方ないとしても、「世界征服の挙」という言葉には引っかかる。日本に世界征服を企《たくら》んだ者などいない。

こんな言葉を使えば、日本政府が、この宣言を受け入れにくくなるのは明白なのに、なぜ、あえて神経を逆撫《さかな》でするような表現を用いるのか。受け入れさせる気が最初からないのか。

それに戦争犯罪人の筆頭に、天皇が挙げられる可能性も否定できない。今上天皇が退位させられて、責任を負わされる形だ。それは天皇制がなくなることにも増して、政府や軍部が恐れるところだ。

ただ重光としては、なんとしても政府に、この宣言を受け入れてほしかった。あとは、どんな交渉の場にも、命をかけて出ていくつもりだった。

翌朝の新聞が届くのを待ちかねて、少年の手から受け取り、むさぼるように読んだ。だが重光は激しく落胆《らくたん》した。記事の見出しに、こうあったのだ。

「笑止！　米英蔣共同宣言、自惚《うぬぼ》れを撃破せん、聖戦飽《あ》くまで完遂《かんすい》」

さらに翌朝には、政府がポツダム宣言を黙殺《もくさつ》すると伝えられた。

この言葉は、中立国の配信社の記者によって、すぐさま翻訳《ほんやく》され、世界中に打電される。そして世界中の新聞に掲載されるのだ。

ロンドンでベティも、タイムズの記事を読むだろう。ジュジュはロサンゼルス・タイムズで見るかもしれない。

彼女たちは重光の力不足を、嘆くに違いなかった。激しい落胆の中、重光は、いっそう胸が痛かった。

八月に入って、木戸から直接、電話があった。

「そろそろ準備を、お願いしたい。また連絡します」

盗聴されている危険もあり、そのひと言だけで電話を切った。鶴の一声の時機が近いという意味だ。

そして八月七日の午後遅くなって、突然、加瀬俊一《かせとしかず》が、やって来た。

「列車が、ひどい混雑で、遅くなりました。外務省の車で来ると目立つので」

東京は食料難が進み、買い出しや疎開《そかい》の乗客で、列車はすし詰めだったという。

加瀬は革鞄《かわかばん》から、白い封筒を差し出した。

「木戸内大臣《ないだいじん》から、お手紙を預かってきました」

裏返すと封印がある。中は木戸らしい端正《たんせい》な筆文字で、相談があるので、できるだけ早く上京してほしい、詳しくは加瀬君から聞いてほしいと書いてあった。

重光が手紙を読み終えるのを待って、加瀬が口を開いた。

「昨日、広島で、今までにない新型爆弾が、落とされた模様です。とてつもない破壊力で、新聞には明日、発表されます」

重光は、ポツダム宣言の第二条にあった「日本国に対し最後的打撃を加うるの態勢を整えたり」が、現実になったことを知った。

「それでポツダム宣言は受諾するのだな」

重光が確かめると、加瀬は首を横に振った。

「いいえ、まだ反対意見が強く、誰も受諾を言い出せないのです。木戸内大臣は重光さんに、その役目を、お願いしたいということです」

受諾しようと口火を切る者は、よくて軟弱者、下手《へた》をすれば国賊と見なされ、日本中の批判を浴び、軍部からは命を狙われる。

ましで言い出したら最後、降伏文書への調印も押しつけられるのは明白だ。日本史上、もっとも不名誉な調印者として、自分の名を後世に残さねばならない。それがわかっているだけに、誰も言い出そうとしないのだ。

重光は覚悟を口にした。

「口火を切ることくらいは造作《ぞうさ》ない。どれほど批判されようとかまわないし、命も惜《お》しくない。調印にしても、私でよければ務めさせてもらう。だが本来なら、もっと責任ある地位の者がサインすべきだ。今の私の立場では、調印者にはなれない」

「調印については、木戸さんは、近衛《このえ》さんが適任だと言っています」

近衛が引き受けるかどうか、いたって心許《こころもと》ないが、今は、ここで足踏みしている時ではなかった。

「わかった。とにかく、すぐに出かけよう」

重光がうなずくと、加瀬は手際《てぎわ》のよさを見せた。

「日光警察に車を出してもらえるよう、手配してあります」

車を待つ間に、重光は喜恵の手伝いで身支度を調《ととの》え、久しぶりに義足をつけた。

木戸から電話があった時点で、すでに荷物はまとめておいた。

しかし警察の車は、なかなか来なかった。電話で問い合わせると、使える車を探しているという返事だった。

たちまち日が暮れていき、加瀬は気をもんだ。

「何か妨害が入ったのでは、ないでしょうか」

日光警察が上京の目的を怪しんで、憲兵隊にでも問い合わせれば、たちまち邪魔立てされるに違いなかった。もしも終戦工作のために出かけると知れたら、ここに踏み込まれる危険もある。

加瀬は何度も腕時計を見ながら言う。

「こんなことなら、列車にすれば、よかったですね」

列車は大混雑で座ることもできない。それでも重光は杖をつかんで立ち上がった。

「列車で行こう。床に座ればいいさ」

だが喜恵が心配顔で言った。

「でも、この時間では、駅に行くバスが」

ここのところバスは燃料不足で、一日数本しか運行していない。もう最終のバスが出た後だった。

「ならば歩くか」

　義足で日光駅まで歩くのは容易ではないが、車が来なければ歩くしかなかった。

しかし喜恵は、なおも心配する。

「でも東京行きの最終列車に、間に合うかどうか」

「いや、かまわん。間に合わなければ、明日の一番列車に乗ればいいんだ」

　この家に、憲兵に踏み込まれるのだけは避けたかった。

　重光が玄関に向かった時だった。ようやく外で車の音がした。喜恵が玄関ドアに駆け寄って開けると、箱型の黒塗りダットサンが、玄関前に止まったところだった。ヘッドライトに照らされて、土埃《つちぼこり》が盛大に舞っているのが見えた。

　改めて喜恵と華子に言った。

「行ってくる」

　詳しく話してはいないが、喜恵は夫の役割を、きちんと理解している。母娘は玄関まで出て、華子が不安そうに言った。

「パパ、早く帰ってきてね。きっと帰ってきてね」

「大丈夫だ。何も心配ない」

　自信に満ちた口調で応え、加瀬とともにダットサンに乗り込んだ。

車は夜道を揺れながら、一路、東京に向かった。夜が更《ふ》けても、暑さは収まらない。開け放った窓からは、容赦《ようしゃ》なく土埃が舞い込む。

途中、警察車両の権限でガソリンは補給できたが、道路が悪くてパンクした。加瀬は故意の妨害ではないかと心配したが、運転手は実直そうな男で、汗だくになってタイヤを交換し、一晩中、走り通した。東京に辿《たど》り着いたのは、翌八日の朝だった。

重光が東京を離れていたのは、わずか四ヶ月に過ぎない。だが夜明けの薄闇で見る東京の景色は、一段と凄惨《せいさん》さを増していた。まさに見渡す限りの焦土《しょうど》で、どこまでも瓦礫《がれき》だけが続いていた。ところどころに鉄筋《てっきん》のビルだけが、焼け残っている。

そんな焼け野原で、子供は生き別れになった親やきょうだいを捜し、親は子を捜して、さまよい続ける。火葬が間に合わず、公園に多数の遺体が埋められていた。

ここまで来て、まだ戦争をやめると言い出せない政府要人や軍人たちに、重光は心の底から憤《いきどお》りを感じた。

外務省が帝国ホテルに部屋を用意していた。そのためホテルの前で車を返し、重光は部屋に入るなり、加瀬に段取りを伝えた。

「とにかく最初に、近衛さんに会って話したい。木戸さんには、私が来たことは伝えてほしいが、会うのは後だ」

まずは近衛の和平工作を確認したかった。

「わかりました。すぐに手配します」

加瀬が電話の盗聴を気にして、くどいほど念を押す。

「とりあえず、シャワーでも浴びて、ここで待っていてください。私が連絡に来ますから、電話は使わないでください」

「わかった」

「近衛さんの居場所を探すのに、少し手間取るかもしれませんが、できるだけ急ぎますので」

加瀬は埃だらけのままで、部屋から飛び出して行った。

重光はシャワーを浴びて、身なりを改めた。木戸に会うためには、皇居に出向くことになる。汗と埃まみれというわけにはいかなかった。

だが待てど暮らせど、加瀬は戻って来なかった。昼になり、さらには日が暮れても、何の連絡もない。重光は苛立《いらだ》ちを抑えて待ち続けた。

そして夜九時をまわった頃、ようやくドアが、けたたましくノックされた。開けてみると、加瀬が肩で息をついていた。

「遅くなって申し訳ありません。近衛さんに外務省に来てもらっています。すぐに行きましょう」

ふたりで外務省に直行した。

近衛は会議室で待っていた。重光は顔を見るなり、食ってかかった。

「なぜ、ポツダム宣言を受諾しないのですか。すぐに受諾しなければ、日本を壊滅させると、はっきり書いてあったではありませんか」

「私は今は大臣でも何でもない。そんなことは決められない」

近衛は不機嫌そうに言った。

「それに私は、ソ連の返事を待っていたんだ。それなのに鈴木首相が黙殺だのと、大きなことを言うから、広島に新型爆弾を落とされた」

いまだに近衛は、ソ連の仲介《ちゆうかい》を期待しているという。

だが話をしているうちに、会議室のドアが細めに開き、若い職員が硬い表情で、加瀬を手招きした。

加瀬は、いったん廊下に出たが、すぐに部屋に戻った。顔色が変わっていた。そして驚くべきことを告げた。

「ソ連が、参戦したそうです」

「まさか」

近衛は信じがたいという顔で立ち上がり、加瀬に詰め寄った。

「日ソ中立条約は、どうしたんだ？」

　加瀬は肩を上下させながら応えた。

「一方的に破棄《はき》されたのでしょう」

　日本は日ソ中立条約を信じて、南方への配備に力を入れており、満州の守りは手薄だ。そこにソ連軍に攻め込まれたら、ひとたまりもない。

　重光は、かつて松岡が口にした言葉を思い出した。

「満州にも南方にも、いずれ火がつく。日本は、いったん奈落《ならく》の底に落ちて、その後でなければ、もはや浮かび上がることはできないだろう」

　近衛に切り捨てられた直後に、そう言ったのだ。今なお松岡は信州《しんしゅう》で、肺病の療養中だと聞いている。その四年も前の予言が、今まさに現実になろうとしていた。

　重光はくちびるを嚙《か》みしめ、それでも近衛の和平への思いを信じた。

「今から木戸さんのところに、陛下《へいか》の御聖断《ごせいだん》を、お願いしに行こうと思っています。一緒に行きませんか」

　すると近衛は、あっさりと断った。

「君、ひとりで行けばいいさ。もう木戸君は、私の言うことなど、聞く耳を持たない」

しばらく前に近衛が書いた上奏文《じょうそうぶん》を、木戸が気に入らず、結局、天皇に真意が伝わらなかった。以来、学習院初等科からの仲に、大きな溝ができてしまったという。

重光は冷ややかに言った。

「あなたには和平への責任を、最後まで取ろうという気は、ないのですか」

近衛は自嘲《じちょうてき》的に笑った。

「君は正しい。いつも正々堂々、筋《すじ》が通っている。ソ連のことも、君の言う通りだったね。ソ連を信じた私が間違っていたよ。だから正しい君が、何もかもやってくれ」

さすがに重光は近衛を見限った。そして車で皇居に急行した。

内大臣室のドアを開けると、木戸は深夜にもかかわらず、ひとりで待っていた。

「遅くなって、申し訳ありません」

重光が謝ると、首を横に振った。

「いいえ、よく来てくれました」

ソファに腰かけるなり、すぐに本題に入った。

「内大臣、今こそ、鶴の一声の時機です」

だが木戸は眉《まゆ》を曇《くも》らせた。

「私も時機が来ているとは思います。ただ私からは陛下に、お願いはできません」

「なぜです？」

「ポツダム宣言で、国体の護持《ごじ》が保障されていないからです」

国体とは、天皇制自体を意味する場合もあり、天皇中心の政治形態まで含むこともある。重光は言葉を尽くした。

「それは宣言を受け入れてからの交渉です。ポツダム宣言で否定されていないのですから、残す可能性も充分にあるということです」

「でも、そのような不確定な話では、軍部が納得しません」

「木戸さん、よく考えてください。恐れ多いことではありますが、もし今、新型爆弾が、ここに落とされたら、と。私たちなど死んでも、いっこうにかまわない。でも」

新型爆弾の威力に、皇居や官公庁の防空壕《ぼうくうごう》が耐えられるか定かではない。そうなれば天皇も政府要人たちも、ことごとく死に絶え、国体も何も消え失《う》せる。まさに日本は国として機能しなくなる。すなわち滅亡だ。

「東京に新型爆弾を落とさないのは、日本の国体を残す意志が、向こうにあるからです。そうではありませんか」

木戸は黙り込んだ。重光は、もうひと押しした。

「もし木戸さんが陛下に、お願いできないというのなら、私に行かせてください。これでも陛下からのご信任は篤《あつ》いと、自負しています」

「いや、それはできません。それは私の責任です」

木戸は即座に言い切ると、深い溜息をついた。

「実は、もうひとつ、大きな気がかりがあるのです」

「どんなことですか」

「陛下が終戦命令を下《くだ》せるのなら、陛下のご命令で、開戦も回避できたことになります。そうなると戦争の責任が、陛下に転嫁《てんか》されかねない。そうではありませんか」

「木戸さん、それは後ろ向きな考えです。もう戦争は起きてしまった。ならば終戦に際して、陛下の功績があったという事実を、作っておくべきです。天皇制を残すか否《いな》かの交渉の際に、かならず役立ちます」

重光は懸命に説《と》いた。

「戦争犯罪人として、おそらく近衛さんは指名を免《まぬか》れないでしょう。開戦を抑えられなかったからです。でも、もし今ここに近衛さんが来て、陛下に御聖断を仰《あお》いだとしたら、話は変わります。終戦に力を尽くしたとして評価され、罪に問われない可能性も出てくる。陛下のお立場も同じです」

もういちど頼んだ。

「どうか、明朝すぐにでも、鶴の一声を」

木戸は、なおも考え込んでいたが、急にソファから立ち上がり、黙ったまま窓際に立った。はや夏の夜は、白々と明けかけている。重光が時計を見ると、針は五時をまわっていた。

木戸は振り返って、観念したように言った。

「陛下のお目覚めの時間には、少し早くはありますが、大事なことですから、お起こしして、お願いしてきましょう」

重光は思わず立ち上がった。

「どうか、よろしくお願いします」

「わかりました。とりあえず、ここで待っていてください」

木戸は、そう言い置くと、急ぎ足で内大臣室を出て、宮中に向かった。重光は、ゴブラン織りのソファに身を沈ませ、木戸の戻りを待った。

今、こうしているうちにも、南方でも中国でも、日本兵が死んでいる。特に満州の北辺から、ソ連兵が雪崩《なだ》れ込む様子が、まぶたに浮かぶ。

苛立ちを抑えて、何度目かに時計を見た時だった。ドアが開き、木戸が戻った。

「陛下は快く、ご了承なさいました。御前《ごぜん》会議で、ポツダム宣言の受諾を、お命じになります。必要ならば、マイクの前にも立つとまで仰《おお》せです」

　ラジオ放送で、国民に直接、終戦を告げてもいいという。木戸は神妙な顔で続けた。

「まだ内々のことですが、降伏文書の調印は、重光さん、あなたに頼みたいと、陛下が仰せられました。そのために近々、外務大臣に戻って頂きます」

　重光は潔《いさぎよ》く承諾した。

「私でよろしければ、務めさせて頂きます」

「あなたが調印に出ることは、間際《まぎわ》まで内密にしておきますが、どこから話が洩《も》れるか、わかりませんので、終戦の発表まで、とりあえず東京から離れて、身を隠してください」

　徹底抗戦を主張する軍人たちに勘づかれれば、間違いなく命を狙われる。重光は少し考えてから応えた。

「ならば湯河原《ゆがわら》の山荘に」

「いや、縁もゆかりもない所がいい。日光も知られているでしょうし、熱海《あたみ》に行ってください。大観荘《たいかんそう》という宿があります。そこに偽名で部屋を取りますから、古傷の療養とでも称して滞在してください。あとは、こちらから連絡します」

　重光は勧めに従い、その日のうちに、密《ひそ》かに東海道線で熱海に向かった。

大観荘は、日本画家の横山大観ゆかりの旅館で、熱海の高台にあり、熱海の街と相模湾《さがみ》が一望できる。だが雄大な景色を眺めても、大浴場で温泉に浸《つ》かっても、重光の気持ちは落ち着かなかった。

夜になって、宿の女中が部屋まで呼びに来た。

「お電話がかかっています。お帳場脇の電話室に、お出ましください」

女中は、訳《わけ》のある客だと勘づいているようだが、詮索《せんさく》などしない。

重光は松葉杖をついて、帳場脇の狭い電話室に入り、ハンドル式黒電話の受話器を耳に当てた。相手は加瀬だった。

「閣議が紛糾《ふんきゅう》して、長引いています」

まだ御前会議は始まってもいないという。加瀬は、さらに驚くべきことを言った。

「今日の昼前に、長崎に新型爆弾が落とされました。広島と同じもののようです」

重光は電話口に食ってかかった。

「そこまで来て、どうして長々と話し合いなど続けているのだッ」

「ポツダム宣言を受諾するために、軍部が条件を出して、どうしても譲らないのです」

国体の護持のほかに、武装解除と戦争犯罪人の処罰は、日本人の手で行いたいという。だが、そんな条件をつけていたら、撥《は》ねつけられるのが目に見えている。電話を切って、部屋に戻ってからも、じりじりと次の電話を待った。深夜になっても眠れない。

十日の朝になって、ようやく女中が呼びに来た。また電話に出てみると、今度は加瀬の声は落ち着いていた。
「御前会議の結果、ポツダム宣言受諾が決まり、ついさっき、中立国の日本大使宛に打電しました。ただし国体の護持は、譲れないとして、その一点だけ条件をつけました」

重光は半《なか》ば安堵《あんど》した。
「訳文は、相手を刺激しないような文章にしただろうな」
「大丈夫です。私が英訳しました。あとは国体の護持について、アメリカからの回答待ちです」

その後、十二日になって、アメリカから回答があったと知らせてきた。天皇と政府の国家統治の権限は、連合国軍最高司令官の支配下に置くという。

支配下というのはサブジェクトという単語だったが、外務省は、これを「制限の下に」と訳したという。この意訳に、軍部が気づかないはずがないと、重光は懸念《けねん》した。

案の定《じょう》、翌十三日には、何の連絡もなかった。サブジェクトの解釈で、ふたたび閣議が紛糾しているに違いなかった。

加瀬から電話があったのは、十四日が終わろうとする深夜だった。

「もういちど御前会議が開かれて、たった今、ポツダム宣言受諾を打電しました」

加瀬は疲れ切った声だったが、ひとつ息をついてから続けた。

「これで、ようやく終わりです」

声が潤《うる》んでいる。重光も喉元《のどもと》に込み上げるものをこらえて言った。

「よく、やってくれた。よく、やった」

翌十五日正午、重光は大観荘のラジオで、敗戦の玉音《ぎょくおん》放送を聞いた。

玉音放送の翌々日、鈴木貫太郎《かんたろう》内閣が総辞職し、すぐに皇族の東久邇宮《ひがしくにのみや》が、首相の座に就《つ》いた。重光は東京に戻り、三度目の外務大臣に任命された。

だが八月二十二日、思いがけないことが起きた。樺太《からふと》からの引き揚げ船三隻《せき》が、国籍不明の潜水艦から攻撃を受け、二隻が撃沈《げきちん》されたのだ。一隻は大破《たいは》したものの、なんとか北海道までたどり着いた。

日露戦争以降、樺太南部は日本の領土となり、多くの日本人が居住していた。しかし敗戦により、女性や子供、年寄りを優先して帰国させようと、三隻が出航したのだった。

三隻は北海道沿岸で、突然、魚雷攻撃を受け、千七百名もが犠牲になったという。潜水艦はソ連のものと推測された。

ポツダム宣言の発表当初は、まだソ連は参戦していなかったために、アメリカ、イギリス、中国の三国だけが名を連ねていた。しかし日本が受諾するまでには、ソ連も四カ国目として加わった。

それなのに引き揚げ船を攻撃するとは、信じがたい蛮行《ばんこう》だった。とにかく正式な降伏文書の調印を、急ぐ必要があった。

八月二十八日になると、いよいよアメリカの艦隊が来航し、進駐《しんちゆう》を開始した。翌々日にマッカーサーが、連合国軍最高司令官として厚木《あつぎ》飛行場に降り立った。レイバンのサングラスをかけ、コーンパイプをくわえての登場だった。

マッカーサーは、父親が初代フィリピン軍政総督《そうとく》で、フィリピンとの縁が深い。彼自身は陸軍士官学校を首席で卒業した秀才だった。

戦争中はフィリピンで日本軍と戦い、緒戦で撤退を余儀《よぎ》なくされた。その後、二年半の歳月を経て、フィリピンに再上陸。しかし日本軍の抵抗は根強く、苦渋《くじゆう》を舐《な》めた。

そのマッカーサーを迎え、九月二日には東京湾に停泊中のアメリカ軍艦ミズーリ艦上で、降伏文書調印式という運びになった。調印の全権には日本政府代表と、軍部代表の二名が求められた。

重光の名は秘され、政府代表には近衛文麿《ふみまろ》、東久邇宮、高松宮《たかまつのみや》などの名が挙がった。

軍部では陸軍の梅津美治郎《うめづよしじろう》が推《お》された。しかし梅津は終戦前、徹底抗戦を主張し続けたひとりだった。

「自分に敵艦上で調印しろと言われるのは、自殺せよと命じられるのと同じです」

梅津はそう言って、強硬《きょうこう》に拒《こば》んだ。そして前首相で海軍大臣の鈴木貫太郎など、ほかに適任者がいるはずだと訴えた。

だが結局、天皇からの直々《じきじき》の命令で、重光と梅津が全権に決まった。

そのほか陸軍、海軍、外務省から、それぞれ三人ずつ随行《ずいこう》し、全部で十一人の全権団となった。外務省のひとりは加瀬俊一だった。徹底抗戦派からの危害が及ばぬよう、十一人の名は秘匿《ひとく》された。

重光は熱海から戻って以来、宿泊していた帝国ホテルで、昭和二十年九月二日、調印の朝を迎えた。

夜明け前に起き出して、身支度を調えた。それから筆を執《と》り、ホテルに備えてあった便箋《びんせん》に、短歌をしたためた。

「願わくは御国《みくに》の末の栄え行き　我が名さけすむ人の多きを」

重光は事あるごとに歌を詠《よ》む。この時、重光の頭にあったのは、日光で出会った新聞配達の少年だった。

あの少年は、どんなふうに玉音放送を聞いたのだろうか。すぐには意味がわからなかったかもしれないが、後で大人から教えてもらい、どれほど落胆したことか。

あんな少年たちが大人になった暁《あかつき》には、日本は焼け野原から立ち直り、世界の一等国として繁栄を極めていてほしい。なぜ重光葵《まもる》は、あのような屈辱的《くつじょくてき》な調印をしたのかと、人々が蔑《さげす》むほど、立派な国になっていてほしい。心からそう願って、筆を置いた。

迎えの車に乗り、朝五時に首相官邸に着いた。ここで十一人の全権団が集合した。重光を含め外務省の四人は、シルクハットにモーニングコートの正装。軍人たちはカーキ色の軍服、軍帽姿だった。

首相官邸で揃って朝食をとってから、ふたたび車に分乗し、今度は横浜の神奈川県庁に向かった。

朝八時に神奈川県庁に到着し、一室で時間調整をした。重光は、もういちど降伏文書に目を通した。もう何度も読んでいる。

文書は七項目から成り、五項目めに、天皇と政府の国家統治の権限は、連合国軍最高司令官の制限の下に置くとある。外務省の訳の通りになったのだ。

だが支配下に置かれるという現実に、変わりはない。これがどう転ぶかは、蓋《ふた》を開けてみるまでわからない。

ほかにも訳文に関しては、閣議で、軍人の閣僚が言い出した。

「降伏という言葉は、あまりに屈辱的だから、ほかの訳はないのか。昔なら城を明け渡すとか、恭順するとか言っただろう」

その時、重光は毅然《きぜん》として応えた。

「サレンダーは、どう訳しても降伏です。日本は降伏するという現実を受け入れてこそ、再出発もできる。出発点から、ごまかすわけにはいかない」

神奈川県庁で定刻まで過ごし、ふたたび車に分乗して、横浜の大桟橋《だいさんばし》に向かった。

港内にはアメリカ軍艦が、何隻も錨《いかり》を下ろしていた。大型の軍艦が接岸できる桟橋はなく、艀船《はしけぶね》で行き来する。

大桟橋には、ランチと呼ぶアメリカ海軍の艀船が、一行を待っていた。ゴムボートにエンジンを載せたような簡便な艀船だ。

一行が乗り込むと、ランチは大桟橋を離れ、けたたましいエンジン音を立てて、海面を滑《すべ》り出した。舳先《へさき》で波を盛大にかき立てて、一直線に突っ走る。

目指すは巨大戦艦ミズーリ。港内の艦隊の中で、ひときわ大きい。近づくと、その広大な甲板《かんぱん》に、アメリカ海軍の士官や水兵たちが、びっしりと立っているのが見えた。

巨大な船体が目の前に迫り来る。灰色の断崖《だんがい》のような舳先が、頭上高くそそり立つ。その船腹《ふなばら》には、白い鉄製のタラップが、海面まで降ろされていた。

ランチはタラップの下に接舷《せつげん》し、けたたましいエンジン音が静まった。

加瀬が重光の脚を気遣って声をかけた。

「大臣、お気をつけて」

重光は杖をついて立ち上がった。ランチの揺れで歩きにくい。なんとか手すりにつかまって、上を見上げると、膨大《ぼうだい》な数の階段が続いていた。

重光は日光の洋館の階段で、松葉杖をつき損ねて転落し、気を失ったことがある。自宅や外務省など、馴れた階段なら問題はないが、やはり疎開先の一時暮らしのために、そんなことが起きたのだ。

まして軍艦のタラップは梯子段に近い。揺れもある。ここで無様《ぶざま》に転げ落ちるわけにはいかない。

だが不安より、ようやくここまで辿り着いたという思いが勝《まさ》る。自分は、この階段を昇るために、今まで幾多《いくた》の障害を乗り越えてきたのだ。

重光は、シルクハットが風で飛ばされないように、深くかぶり直した。そして左手に杖、右手で手すりをつかんで、慎重に一段ずつ昇った。

下を向くと、段の隙間から、波立つ海面が見える。高くなるにつれ、それが、はるか下に遠のいていく。

甲板まで昇りきって、安堵したのも束《つか》の間《ま》、目もくらむような屈辱が待っていた。

士官や水兵が立っているのは、わかっていたが、誰ひとりとして敬礼する者はいない。おびただしい数の冷ややかな視線が、重光に注《そそ》がれた。

ブリッジの上にも、びっしりと立って、こちらを見下ろしている。行儀悪く大砲の上に、またがっている者もいた。いくら勝者とはいえ、外交上の礼儀を、はなはだしく欠いた迎え方だった。

服装も侮蔑《ぶべってき》的だった。日本側は全員が正装だ。だがアメリカ側は士官も水兵も、薄ベージュ色の開襟《かいきん》シャツと、揃いのズボンという、信じがたい軽装だった。

マッカーサー自身も同じ出《い》で立ちで登場し、短い挨拶をした。

ブリッジの壁に掲《かか》げた額入りの星条旗《せいじょうき》を示し、幕末に来航したペリー提督《ていとく》の旗だと説明した。そして自分も彼と同じように、日本を国際的な孤独から救うために、やって来たと話した。

確かにペリーは日本で評価されてはいる。しかし、その実態は、礼を失した砲艦外交にほかならない。それに倣《なら》うというのは、いかにもマッカーサーらしかった。

挨拶が終わると、全権団は調印台の机に導かれた。最初に重光がサインする。椅子を引いて腰かけ、シルクハットを静かに机の端《はし》に置いた。

机の上には文書が二組、置いてあった。日本と連合国側、両方の分だ。それぞれ革製の紙ばさみが開いてあり、左側に、英文でタイプされた降伏文書が載っている。

右側の用紙には、サインの欄《らん》が並んでいる。いちばん上の行に、すでに日付がタイプされていた。時刻を書き入れる空欄があり、その下の行が重光の署名欄だ。

重光は憤りを押し殺し、モーニングコートの内ポケットから、万年筆を取り出した。加瀬が腕時計を見て言う。

「九時四分です」

時刻の欄に0904と記し、その下のアンダーラインに沿って、重光葵と一気に漢字で署名した。もう一組にも同じように書き入れた。

そしてシルクハットを手にして立ち上がり、梅津に席を譲った。加瀬が英文を確かめて署名欄を示し、梅津も漢字で署名した。

次がマッカーサーで、それから連合国の各国代表が、次々と署名した。

軍人が多く、それぞれの国の正装軍服を身につけている。アメリカだけが礼儀を欠いていた。それも日本を見下すために、あえて軽装で揃え、ブリッジから行儀悪く見下ろさせたのは明白だった。

中国、イギリス、ソ連、オーストラリア、カナダ、フランス、オランダ、ニュージーランドと署名が続いた。中国一国との間で始まった戦争が、世界の九カ国を相手にしなければならないほど、拡大していたのだ。

全員の署名が終わると、マッカーサーは晴れ晴れとした表情で、また短い挨拶をして、早々に船室に引っ込んだ。各国代表も笑顔で後に続く。

加瀬が、革の紙ばさみごと降伏文書を受け取り、中を確かめて、すぐに眉をひそめて重光に見せた。

「間違いがあります。カナダの代表が、ひとつ下の欄に署名しています。それで、その後の国も一段ずつ間違えて、記名したようです」

アンダーラインの署名欄の下には、それぞれ国名がタイプされている。その中でカナダの署名すべきところが空欄になっており、最後のひとりは欄外に署名してあった。

重光はアメリカ側の事務官に、英語で抗議した。

——こんな間違った文書を、持ち帰るわけにはいかない——

事務官も顔色を変え、革表紙の文書を抱《かか》えて、船室に駆け込んだ。だがまもなく戻り、肩をすくめて言った。

――もう祝賀パーティが始まっていて、署名し直すわけにはいきません。タイプの文字の方を、手書きで直しておけば、いいとのことです――

そう言って事務官は、カナダ以下のタイプ文字を横線で消し、その下に、たどたどしい活字体で、ひとつずつ国名を書き入れた。

信じがたい扱いだった。間違えるカナダ代表も問題だが、マッカーサーのいい加減さには呆《あき》れ果てる。日本人なら間違いのないように、誰かがかたわらについて、逐一《ちくいち》、助言するところだ。

それでも重光は憤りを表には出さず、手書きで訂正された降伏文書を加瀬に持たせ、ミズーリを後にした。

疲れ切って帝国ホテルに戻り、ベッドに入った時だった。机の上の電話が鳴った。受話器を上げると、交換台の女性の声がした。

「加瀬さまから、お電話です」

「繋《つな》いでくれ」

すると加瀬の少し緊張気味の声が聞こえた。

「お休みのところ、申し訳ありません。たった今、マッカーサーが軍政を布《し》くという情報が入ってきました」

天皇制も日本人の政府も認めず、占領軍が日本の政治を牛耳《ぎゅうじ》るという。司法、立法、行政のすべてを、アメリカ人が執り行うというのだ。要するに植民地並みの扱いだ。

重光は、やはり来たかという思いがした。

「わかった。勝負は明日だ」

明日、マッカーサーとの会見が予定されている。そこで軍政を突っぱねるしかない。加瀬は神妙な声で言った。

「明日も、お供しますので、よろしく、お願いします」

それで電話を切ると、すぐに、またベルが鳴った。今度は近衛からで、やはり軍政の件だった。どうするつもりだと、すさまじい剣幕で怒鳴《どな》り散らす。重光も腹が立って言い返した。

「そのくらいのことは、最初から、わかっていたはずだッ。とにかく明日だッ。こんな夜更けに、あれこれ言っても、しかたない」

切っても、また電話が鳴る。重光は、とうとう交換手に頼んだ。

「もう繋がないでくれ」

急に静かになった部屋で、重光は心に闘志が湧くのを感じた。

マッカーサーは今日、あの服装で、あの見下した状況を作り上げて、調印式を行った。軍政の件も、明日の会見を前に、こちらに揺さぶりをかけるために、あえて流した噂《うわさ》かもしれない。だとしたら、かなりの策士だ。だが本気である可能性も高い。

それでも重光には自信があった。向こうは陸軍士官学校の首席で、戦争の作戦には長《た》けているかもしれないが、外交交渉では素人《しろうと》だ。だいいち、あんな大雑把《おおざっぱ》なことをする男に、論戦で負ける気がしなかった。どう攻略するかは、熱海滞在中から充分に考えを練ってあり、メモも用意してある。

「勝負は明日だ」

ひと言つぶやくと、ベッドに潜《もぐ》り込んだ。心は鎮《しず》まっており、すぐさま深い眠りについた。

マッカーサーは横浜のホテル・ニューグランドを宿舎にしている。海に面した瀟洒《しょうしゃ》なホテルだ。

大桟橋を挟んで反対側に、横浜税関の建物がある。中央にイスラム風の塔がそびえる五階建てだ。GHQと呼ばれる連合国軍総司令部は、ここを事務所として使っていた。

重光は加瀬を連れて、総司令官の執務室に入った。マッカーサーは机の向こうで、脚を組んで椅子に座り、コーンパイプをくわえていた。昨日同様、開襟シャツの軍服姿だ。

マッカーサーが日本の閣僚と正式に会談するのは初めてであり、同じ装いの事務官が、ふたり同席した。ひとりがメモを取り、もうひとりがタイプを打つ。

マッカーサーは重光たちに椅子を勧めてから、居丈高《いたけだか》に口を開いた。

――昨日、日本は正式に降伏したので、これからは私たちが軍事政府を設ける。ドイツでも、そうしたし、すでに本国では、政府要人の人選もすんで、来日するばかりだ――

どうやら本気らしかった。マッカーサーはコーンパイプを弄《もてあそ》びながら、話を続けた。

――それと天皇の戦争責任についてだが、断固《だんこ》追及するから、そのつもりでいてくれ――

天皇を戦争犯罪人として、裁判にかけるという。重光は、すぐさま反論に出た。

――その件について、こちらにも話がある。まず軍政の件だが、今も日本には政府が存在している。その点はドイツとは、まったく違う――

ドイツはヒトラーが自殺し、政府が壊滅した状態で降伏した。

——だいいち、ポツダム宣言は、日本政府が存在することを前提にしている。連合国軍による軍政は、ポツダム宣言の趣旨を越えることであり、日本は、そこまで承諾したわけではない——

重光は強く主張した。

——もういちどポツダム宣言の条項を、読み直してほしい——

するとマッカーサーはコーンパイプを手に、急に椅子から立ち上がり、机の向こうを行ったり来たり歩き始めた。話をするわけでもなく、ただ歩き続ける。そして、ふと立ち止まって、重光を促した。

——話を続けろ。私のことは気にしなくていい——

歩きながら話を聞くのが癖なのだという。重光は話を再開した。

——次に天皇の戦争責任だが、これは直接、陛下に会われることがあれば、すぐに理解されるだろうが、天皇は、ヒトラーやムッソリーニのような独裁者ではない——

天皇がファシズムを毛嫌いし、あくまでも平和を望んできたことを強調した。

——戦争を終結できたのも、天皇のご意志に、軍部をはじめ、全国民が従ったからであり、この絶対服従の力を、ＧＨＱが利用しない手はないと思う——

なおもマッカーサーは歩きまわり、コーンパイプを手の平に打ちつけながら言った。

――ならば天皇は、なぜ開戦を止めなかった？　絶対服従なら止められただろうに――

重光は予想できた問いに、余裕を持って応えた。

――もちろん止められないこともある。現に今も、軍人の一部は、陛下を守れないのであれば、もういちど蜂起《ほうき》すると息巻いている――

それは脅《おど》しではなかった。

――もし軍政を布くのであれば、そういった反乱軍の責任は、GHQが負うことになる。日本の軍人が、いかにしぶといかは、誰よりもあなた自身が、ご存じだろう――

重光は挑発するように言ってから、声の調子を落とした。

――だが、そちらで天皇の存在を認め、日本政府に仕事を任せるのであれば、私たちが責任を負い、何がなんでも平和国家の建設に、全力を尽くす。もちろんGHQにも全面的に協力する。それが、おたがいにとって、もっとも効率的なやり方だと思う――

マッカーサーは、ようやく足を止め、重光を見据《みす》えて言った。

――だが日本の軍隊は、天皇の名のもとに戦った。その天皇の責任が皆無《かいむ》とは言えまい。わが国だけでなく、すべての連合国が、天皇の戦争責任を追及するつもりでいる。それに今後、日本に民主制を布く上で、天皇は邪魔になる――

　重光は即座に否定した。

――いや、邪魔にはならない。天皇家は古代から連綿と続いている。それは天皇という存在が、柔軟性に富んでいるからだ。サムライの世になればサムライに逆らわず、戦争の時代には、現人神《あらひとがみ》として祀り上げられる――

　天皇家の柔軟性は、かつてベティが指摘したことだった。

――どんな時代になっても、自在に形式を変えて生き残れるのが、日本の天皇だ。これからは民主制の中で、英国王室のような存在になれるはずだ――

　もうひと言付け加えた。

――そんな風にして続いてきた、世界で最も古い王家を、あなたは今、ここで潰《つぶ》そうというのか――

　アメリカ人は自国の歴史が短いだけに、長い歴史には弱い。その点を衝《つ》いたのだ。そして、すぐさまマッカーサーを持ち上げた。

――あなたは合衆国政府のみならず、連合国の意志を変えさせるだけの力を、持っているはずだ。ＧＨＱが楽に役目を果たせて、日本人も喜んで従う方法を選んで

頂きたい──

マッカーサーは窓際に立ち、しきりにコーンパイプの吸い口を嚙み始めた。重光は、マッカーサーの気持ちが揺れていることに気づいた。こちらに顔を見せず、感情を押し隠しているのだ。

重光は最後のひと押しを口にした。

──イギリスで開戦を決断したのは、国王のジェームズ六世ではなく、チャーチル首相とイギリス議会だ。日本の天皇の立場も、イギリス国王と同じだった。ただ日本人は心の拠《よ》り所として「天皇陛下万歳」と叫んだのだ。それはヒトラーとは、まったく違う──

マッカーサーは窓の外を向いたままだ。重光は、すべての持ち駒を出し切った。あとは返事を待つだけだ。答はイエスかノーか。重光はかたずを吞《の》んで、次の言葉を待った。

するとマッカーサーは、くるりと振り返り、腰に片手を当てて、ふたたび居丈高に言い放った。

──そっちの言い分は、わかった。あとは、こちらで検討する──

重光は即座に不満を口にした。

──この場で返事は、もらえないのか──

——今、言った通りだ。あとは、こちらで検討する。とにかく今日は、これで終わりだ——

重光は落胆を押し隠し、杖を引き寄せて、立ち上がりざまに言った。

——早く決めた方がいい。軍人たちが何をしでかすか——

そして加瀬を促して執務室を出た。

帰りの車の中で、重光は深い溜息をついた。

「駄目だろうか」

さすがに弱気になっていた。

国体を護持できなかったらなどという仮定は、今まで重光の中になかった。だが、あそこまで主張して、なおマッカーサーを納得させられないのなら、もはや打つ手がない。そうなれば軍人が蜂起し、戦争に逆戻りしてしまう。

しかし加瀬が首を横に振った。

「大丈夫です。マッカーサーは反論できなくなったから、強引に会談を終えたのです。こちらの正当性は、充分に理解したはずです。明日にでも、いい返事が来るでしょう」

「そうだろうか」

重光は、なおも沈鬱《ちんうつ》な思いで、横浜から東京に戻った。

だが外務省には、思いがけない伝言が待っていた。

「大臣、しばらく前に、横浜のGHQから電話があって、お戻りになり次第、電話を欲しいとのことです」

加瀬が黒電話に飛びつくようにして、受話器をつかみ、交換台を呼び出した。

「横浜のGHQに繋いでくれッ。マッカーサーの執務室だッ」

それから重光に向かって、受話器を差し出した。

「今、呼び出しています」

重光は受話器を受け取って耳に当て、呼び出し音を聞いた。そして相手が出る気配を待って名乗った。

――外務大臣の重光葵だ。電話をするように言われた――

すると相手が応えた。

――マッカーサーだ――

いきなり本人が出ようとは、少し面食らったが、受話器から聞こえる声は、さっき会った相手に間違いない。マッカーサーは、さらに思いがけないことを言った。

――さっきの件だが、検討した結果、君の言い分を認めることにした――

早口で続けた。

――天皇の戦争責任を追及しないよう、わが国と連合各国に伝える。私たちは軍政を布かず、日本政府の存続も認める。書類を作っておくので、明日、もういちど来てくれ――

――わかった。明日、取りに行く――

重光は受話器を戻すなり、思わず近くの椅子に座り込んだ。加瀬が食い入るような目で聞く。

「いかがでした？」

重光は深い息をはいてから応えた。

「国体は護られる。軍政も布かないそうだ」

その場にいた職員たちから歓声が上がった。泣き出す者もいる。加瀬は泣き笑いの顔になっていた。

「こっちの勝利ですね。戦争には負けたけれど、外交で勝った。日本の外交が勝ったんです」

その言葉に、重光は心揺さぶられる思いがした。自分は今までに、重大な交渉事を何度も経験してきた。だが今回の会談は、生涯で、もっとも誇るべき成果だと確信した。

翌日、ふたたび加瀬を伴って、ＧＨＱに出向くと、マッカーサーは前日とは別人のように、愛想よく迎えた。そして今度は歩きまわらずに言った。

――私は日本人を侮《あなど》っていた。かつてフィリピンで日本人の軍事力を侮って、痛い目に遭ったことがある。そのうえ今度は、こんな切れ者の外務大臣を相手にしようとは、予想しなかった――

重光と加瀬に近づき、初めて握手を求めた。重光は握手に応じ、まさしく肩の荷が下りた思いがした。

これで万事解決ではない。まだ揺り戻しはあるに違いなかった。それでも第一歩として、マッカーサーの言質《げんち》を取ったのは、日本の政策上、非常に大きな成果だった。

マッカーサーとの交渉の八日後、東條英機《とうじょうひでき》が自殺を図った。戦犯として逮捕《たいほ》の手が伸び、連行される直前に、ピストルで左胸を撃ったのだ。

アメリカ軍の野戦病院が、横浜の国民学校の建物に設けられており、重体の東條は、そこに運ばれて手術を受けた。

重光は、アメリカ軍が戦犯容疑者を直接逮捕しないよう、GHQに申し入れた。日本人の感覚として、敵に引き立てられていくのは、あまりに屈辱であり、今後も自殺者が増えると指摘した。

まして日本政府がある限り、日本人の逮捕は、日本の警察が行うべきだった。以降、日本政府が収監して、身柄をアメリカ軍に引き渡す形に変わった。

同じ日、三十九人の戦争犯罪人のリストが、GHQから日本政府に公式に渡された。

内十二人が外国人だった。元フィリピン大統領や、ビルマの独立軍司令官など、大東亜共同宣言のもとで、日本軍と連携《れんけい》した人々だ。

単にフィリピン駐在大使だったために、指名された日本人もいた。重光はGHQと掛け合って、これを撤回《てっかい》させた。そのほか現職大臣や、かつての重臣たちの名も、内閣の要請で消させた。

その結果、泥仕合が始まった。戦争中、まぎれもない主戦派だった者が、和平派だったかのように装い、明らかに戦争責任のある者が、GHQに擦《す》り寄る。それは重光が、もっとも嫌う醜悪《しゅうあく》な姿だった。

重光は考えを改めた。日本は生まれ変わろうとしている。ならば自分を含め、戦争中に指導的立場にあった者は、戦争が終わった今、揃って身を引くべきではないかと。

これを東久邇宮首相に進言し、重光は率先《そっせん》して辞任した。

後任の外務大臣には吉田茂が就任した。吉田は戦争中、憲兵《けんぺい》に逮捕されたことが幸いして、GHQの信頼を得ていた。

しかし、その後、東久邇宮は思うように内閣を改造できず、重光辞任の二十日あまり後に総辞職した。戦前から短命の内閣が続いていたが、東久邇宮内閣の寿命は五十四日間で、歴代一位の短さとなった。

重光の辞任後、きわめて不愉快な出来事が、もうひとつ起きた。天皇がマッカーサーと並んだ写真が、新聞各紙の一面に載ったのだ。

マッカーサーは上背《うわぜい》もあり、ハリウッド映画の俳優ばりの顔立ちで、アメリカでの人気は絶大だ。自分が大衆に、どう見られるかも、かなり意識しており、映像や写真に撮《と》られることを好む。

そんなマッカーサーと並んで立てば、身長差もあり、あきらかに天皇が見劣《みおと》りする。重光は自分がいれば、こんな写真の撮り方は、させなかったのにと歯がみした。

新聞の論調も戦争中とは一変した。あれほど軍部に追従《ついしょう》していた新聞が、諸手《もろて》を上げてＧＨＱ大歓迎に変わった。

重光は不愉快な思いを抱《いだ》いて、日光に戻るために、久しぶりに鉄道とバスに乗った。そこには復員してきた男たちの姿や、母子連れの笑顔があった。

バスを降りてから、森の中の道を歩《く》いた。日光は紅葉《こうよう》の盛りで、地面は錦を敷き詰めたようだった。やがて落ち葉は朽ち、また来春には鮮やかな若葉が芽吹く。

重光は五十八歳。マッカーサーとの交渉の成果は、自分の人生の最後の紅葉だったのかもしれないと思った。

華子の学校のためにも、東京に戻らなければならなかったが、三番町《さんばんちょう》の家は焼失している。それに重光は東京から離れたかった。

そのために今度も秘書の竹光秀正《たけみつひでまさ》が奔走《ほんそう》し、鎌倉に手頃な洋館を見つけてきた。鎌倉なら、湯河原の山荘に出かけるにも、東京から行くより、はるかに近い。

洋館は材木座《ざいもくざ》海岸に面しており、モリソンハウスと呼ばれていた。明治時代にジェームズ・ペンダー・モリソンというイギリス人が、横浜の外国人居留地で火薬商を営んでおり、鎌倉に別荘として建てたものだった。

広大な敷地は黒い鉄柵で囲まれ、煉瓦《れんが》の門柱に鉄扉がついていた。母屋《おもや》は二階建てで、大屋根と塔が印象的な、下見板《したみいた》張《ば》りの木造住宅だ。

母屋のほかに小ぶりな家が八軒、同じ敷地内に建っていた。どれも靴のままで暮らす様式で、かつては外国人向けの借家だったという。

重光は母屋のほかに、その中の一軒を借りて、秘書の竹光夫婦の住まいとした。

篤も復員してきた。宮崎で入隊して以来、阿蘇山《あそさん》の麓《ふもと》で塹壕《ざんごう》掘《ほ》りばかりさせられ、そのまま終戦を迎えたという。食事も充分でなく、肋骨《ろっこつ》が見えるほど、やせ細っていた。

それでも命があって戻って来られたのは、何よりありがたかった。喜恵も華子も泣いて迎えた。

モリソンハウスの二階テラスからの眺めは絶景だった。目の前には紺碧《こんぺき》の海が広がり、正面に伊豆大島が望める。手前は材木座海岸の砂浜が弧を描いて、西の稲村《いなむら》ケ崎《がさき》まで続く。波打ち際は白い波が帯状になって、限りなく打ち寄せ続ける。

秋が深まるにつれて晴天が続き、稲村ヶ崎の丘陵《きゅうりょう》の向こうに、優美な富士山が望めた。夕暮れ時には、空も海も朱色に染まり、富士山のシルエットまでもが、ほんのりと朱《あか》い。

重光は子供の頃から犬好きで、シェパードと柴犬を飼った。広い庭に放し飼いにし、家の中にも自由に出入りさせた。

毎朝、新聞を読んでから、松葉杖をついて、華子や犬たちと一緒に、砂浜を散歩する。それが日課になった。

庭にはコスモスの花が咲き乱れていた。かつて母屋に住んでいたモリソン夫人が、丹精《たんせい》込めて育てていた草花が、いまだに毎年、種をつけては、咲き続けるのだ。

華子はコスモスを摘《つ》んでは、テーブルの花瓶《かびん》に挿《さ》して言った。

「来年の春には、向日葵《ひまわり》の種を蒔《ま》きたいわ。向日葵はパパの花だから」

葵《まもる》という名前の由来を、話して聞かせたことがあったのだ。そうして重光家の日々は穏やかに過ぎていった。

秋も深まった十月二十六日の新聞に、国際連合の発足が報じられた。かつて国際連盟にはアメリカが参加せず、さらに日本やドイツが脱退して骨抜きになり、第二次世界大戦を防ぐことができなかった。その失敗に鑑《かんが》みて、終戦前から連合国の間で、新たな国際機構設立が話し合われ、二十四日に設立に至ったのだ。

本部はニューヨークに置かれ、アメリカ、イギリス、フランス、ソ連、中国の五カ国が常任理事国を務めるという。かつて松岡が強く主張した人種差別の撤廃《てっぱい》も、国連憲章に盛り込まれていた。

重光は新聞を畳《たた》みながら思った。いつか日本も、その仲間に入れる日が来るだろうかと。

十一月二十日の新聞には、二度目の戦犯容疑者逮捕が報じられた。今度は十一人で、松岡洋右《ようすけ》の名前も挙がっていた。ただし松岡は肺病が重症で、自宅待機となったという。

そのほか元首相の小磯國昭《こいそくにあき》など十人が、巣鴨《すがも》プリズンに投獄《とうごく》された。巣鴨プリズンは、もともと思想犯などを収容する拘置所《こうちしょ》だったが、GHQが拡張していた。

さらに十二月二日には、五十九人という大量指名が出て、この時点で戦犯容疑者は百人に迫った。軍人や政治家、外交官のみならず、新聞社社長、右翼主義者など多岐《たき》にわたり、出頭前に自害する者が続出した。

その四日後にも九人が追加された。その中に、とうとう木戸幸一《きどこういち》と近衛文麿が含まれた。だが近衛は出頭期日の未明、青酸《せいさん》カリで服毒自殺を遂げた。

彼らはA級戦犯と位置づけられ、その後も捕虜の虐待《ぎやくたい》などの理由で、B級、C級の戦犯の逮捕が続いた。

重光自身については、若いアメリカ人検事が鎌倉まで事情を聞きに来たが、戦犯容疑の圏外だと告げられた。

長く暗かった昭和二十年が終わり、新年を迎えた。女たちは、何年も箪笥《たんす》にしまったままだった晴れ着を着込み、正月らしい祝いもできた。喜恵は毛皮のストールを、初めて身につけた。かつて重光がアメリカから土産として買ってきたものだ。

GHQは終戦当初、国旗掲揚《けいよう》を禁じていたが、正月には許可した。アメリカ人は星条旗に誇りを持っており、日常的に掲げている家も珍しくない。その感覚で、日の丸にも理解を示したのだ。

しかし実際に門に掲げる家は、多くはなかった。日の丸は、どうしても戦争の記憶につながる。もはや誰もが、辛《つら》かった時代を振り返りたがらなかった。

重光は、かすかな違和感を抱いた。敗戦の焦土から、前を向いて歩き出す意志と力は、たくましい。だが、わずか数ヶ月前の現実が、なかったかのように扱われていた。

戦争で犠牲になった日本人は、一説に三百万人と言われている。対米戦争に突入する前に、中国との戦争で、すでに二十万の命が失われていた。そのために日本軍は撤退できなかったのだ。

あれほど重かった命なのに、それが十五倍にも増えたのに、今や、あっさりと過去に流されようとしている。

自分自身についても、このままでいいのかという思いが、心の隅《すみ》に巣くっている。いずれ篤は大学を卒業して就職する。そして自分は文官《ぶんかん》の恩給を受け取り、楽《らく》隠居《いんきょ》として余生《よせい》を過ごすことになる。

終戦後、進駐軍がアメリカから大量の食料を運び、日本人は飢《う》えから救われた。だが考えてみれば、自国民を飢えさせるなど、あの頃の日本政府は最低だった。

重光は自分が、そんな政府の一員だったことに、改めて後ろめたさを感じ、楽隠居など許されない気がした。

終戦後、初めての天長節《てんちょうせつ》がめぐってきた。十四年前の同じ四月二十九日に、重光は上海で爆弾を投げられたのだ。

篤は天長節の式典があるからと言って、いつものように大学に行った。続いて妻も買い物に出かけた。重光は華子に聞いた。

「おまえのところは式典はないのか」

「うちの学校はキリスト教だから、今日は、お休みなの」

天長節は神道《しんとう》の祭日なので、特別なことは行わないという。華子は水色のフレアースカートの裾をひるがえし、二階の自室に上がっていった。三つ折りの白ソックスに、ローファーという革靴で、軽やかに階段を昇っていく。

その時、同じ敷地内で暮らしている秘書の竹光が、血相《けつそう》を変えて駆け込んできた。

「たった今、電話があって、ＧＨＱが先生を巣鴨に収監するそうですッ」

重光は十四年前の爆弾が、ふたたび投げつけられたと感じた。

何の準備もできないうちに、玄関のドアが激しくたたかれた。竹光が開けると、以前、来たことのある若い検事が立っていた。

――本来なら日本政府を通して、収監すべきところなのだが、時間がないので、このまま同行してほしい――

背後には、雲を突くような大男のＭＰが立っている。ＭＰとはミリタリー・ポリスの略で、アメリカ軍の憲兵を意味する。とにかく中に招き入れると、MPが身分証明書を見せて、居丈高に告げた。

——命令により、あなたを逮捕する——

重光は検事に聞いた。

——前の話では、私は戦犯容疑の圏外だということだったが——

すると検事は申し訳なさそうに応えた。

——事情が変わったんだ。急いで荷物をまとめてくれないか。日用品は持って行ってもいい——

重光は仕方なく、一階の自室に向かおうとした。すると階段の途中に、華子が顔をこわばらせて立っていた。

重光は視線をそらし、松葉杖をついて自室に入った。竹光の後ろからMPがついてくる。

——大丈夫だ。私は自殺などしない——

だがMPは傲然《ごうぜん》と言った。

——片時も目を離さぬように、命令されている——

竹光が荷造りを手伝った。着替えや身のまわりの品、筆記用具、漢詩と英語の本を一冊ずつ、革鞄に収めてもらった。

その間に着替えをして、義足をつけた。獄中で過ごすことを予想して、杖ではなく松葉杖を持って行くことにした。

リビングルームに戻ると、華子が小ぶりの盆を手に、ソファのかたわらに立っており、検事が茶をすすっていた。華子はＭＰにも、おずおずと英語で茶を勧めた。

──お茶を、どうぞ──

だがＭＰは首を横に振った。検事が湯飲みを置いて立ち上がった。

──では、行きましょう──

表に出ると、大型のジープが停まっていた。ＭＰが後部座席のドアを開け、乗るように促す。

乗ろうとすると、華子が背後から、悲痛な声で聞いた。

「パパ、どこに行くの？　いつ帰ってくるの？」

重光は笑顔を作って応えた。

「心配ない。すぐに帰る」

今まで百人ものＡ級戦犯容疑者が逮捕されたが、その多くが取り調べの後、釈《しゃく》放《ほう》されている。

それに篤にも華子にも日頃から、覚悟を伝えてある。いつ何が起きても、しっかりしなければいけないと。

重光は娘の頬に手を当てて言った。

「おまえも、もう十四歳だ。後は頼む。ママにも篤にも、よく言ってくれ」

「パパ」

華子の目が潤んで、今にも大声で泣き出しそうだった。それを見ていられず、重光はジープに乗り込んだ。そして開け放たれた窓越しに言った。

「元気で、な」

華子は、もう涙をこらえられない。大きく顔が歪《ゆが》んだ時、ジープが走り出した。

華子は一歩、二歩と追いかける。だがジープは煉瓦の門柱の間を通り、土埃をかき立てて離れていく。

土埃の向こうから、華子が叫ぶのが聞こえた。

「パパッ」

日光の諸戸別荘から、東京に出た時にも、華子は心配顔で見送った。だが、あの時の重光は、重大な使命に立ち向かうことで、頭が一杯だった。家族の心配など、思いやる余裕もなかった。

だがそのほかにも、こんなふうに車に乗って、背後の誰かを振り返った記憶がある。

ふと遠い日の情景が蘇《よみがえ》った。

別府の和田別荘の前から、久しぶりに九大の療養所へ向かった時だ。あの時、車の背後に、亡き母の姿を見た。母は土埃に霞《かす》んで、姿が見えなくなるまで、手を振り続けていた。

あの時の母は、息子を励ますために、姿を現してくれた。そして自分は、それに応えることができたのだ。

だが今の華子は、ただ不安に打ちふるえるしかない。それが哀《あわ》れでたまらなかった。

隣に座った検事が聞いた。

――お嬢さんは、いくつですか――

――十四だ――

検事は窓の外に顔を向けて、つぶやくように言った。

――あれほど、ひたむきなシーンには、今までに出会ったことがない――

そして検事は一瞬、指先で目元をぬぐった。

ジープは東京に入り、市ケ谷《いちがや》の旧陸軍省に着いた。占領軍の検事局が建物を使っており、戦犯の裁判も、ここで行われるという。アメリカ人の首席検察官と引き合わされ、特に手続きもなく、すぐに巣鴨プリズンに移送された。

入口近くの薄汚れた部屋で、囚人服《しゆうじんふく》を手渡され、着替えるように指示された。

先に着替えをしていた者がいて、声をかけてきた。

「重光さん、久しぶりですね」

梅津美治郎だった。一緒にミズーリ艦上で調印した陸軍の参謀総長だ。いかにも、いまいましげに言う。

「どうやら、今日の収監は、私たちふたりだけのようですよ。なんで今さら、という気がしますけどね」

木戸幸一らが捕まってから、もう五ヶ月近くが経ち、確かに、なぜ今さらという思いがある。

すぐに梅津は引き立てられていき、重光も着替えが終わるなり、医務室に連れて行かれた。そこで身体検査や伝染病の予防注射を受け、持ち物が消毒された。

ケンワージーと名乗るMPの隊長が聞いた。

――右脚は、どうしたんだ?――

――駐華公使だった時に、テロリストに爆弾を投げられて失った――

――なるほど。義足なしでも暮らせるのか――

――ない方が、むしろ楽だ。義足は重い――

――ならば、ここではつけない方がいい。脚があると思われて、私の部下が、のろのろ歩くなと、どやしつけかねない――

部下のMPに命じた。

――荷物と義足を運んでやれ――

ケンワージーは口調こそ厳しかったが、心配りのできる男だった。重光は言われた通りに、義足を外《はず》してMPに預け、その先導で医務室を出た。

いくつもの鉄扉を通り、そのたびに扉が閉じる重い金属音が、広い廊下《ろうか》に鳴り響く。

第四棟の三階に至り、ずらりと並んだ鉄格子《てつごうし》の間を進んだ。そして、ひとつの独房の前で、MPは足を止めて鍵を開けた。

手荒く荷物と義足を中に放り投げ、重光を押し込むと、鉄扉を閉めた。金属音の余韻《よいん》が、異様に耳に残る。

壁側を振り返ると、天井近くに、鉄格子の入った横長の小さな窓があった。三方はコンクリートに白ペンキを塗っただけの無機質な壁だ。部屋の隅に、洗面台と便器が据えられていた。

絶望とは、こんなことかと、重光は思った。外界《がいかい》とは遮断《しゃだん》され、自分はまさに罪人にされたのだ。数時間前には予想だにしなかったことだった。

その日のうちに、A級戦犯容疑者二十八人が、一階のホールに集められた。

そこには、ピストル自殺から生還した東條や、木戸の顔があった。誰もが揃いの囚人服で、立派な洋服や軍服姿とは打って変わり、みすぼらしい老人の姿だ。

松岡は車椅子に座っていたが、また一段と憔悴《しょうすい》し、座っているのも痛ましいほどだった。重光と目が合うと、片手を挙げて、弱々しく微笑《ほほえ》んだ。

ケンワージーが全員の前に立って言った。

――極東国際軍事裁判所の検事局は、このたび、君たちをA級戦犯として起訴《きそ》することを決めた。今から、それぞれに起訴状を手渡す。公判は五月三日からだ――

かたわらで通訳が日本語に訳す。

重光は、自分が何の取り調べも受けないまま、起訴されたことを知った。裁判は四日後に始まる。

鎌倉に来た検事が、時間がないと言った理由は、これだったのかと気づいた。しかし、もはやどうすることもできず、重光は起訴状を受け取った。そしてMPに見張られながら独房に戻った。

夕食は丼飯《どんぶりめし》に野菜汁をかけたものが、傷だらけの木の盆に載って出された。そのほか大豆で作った薄い代用コーヒーが、欠けた椀《わん》に入って添えられている。野菜汁は魚の生臭《なまぐさ》さがきつく、喉《のど》を通らなかった。

重光は食器と盆を返すと、起訴状を隅々まで読んだ。

起訴状には平和に対する罪から、侵略殺人に対する罪、俘虜《ふりょ》虐待に関する不法行為まで、七十七もの項目が羅列《られつ》されていた。その中の、どれか一項目でも有罪になれば、絞首刑《こうしゅけい》だという。言いがかりは、いくらでもつけられそうだった。

しかし重光には実感が湧かなかった。戦犯に指名されたこと自体、納得がいかない。これからの裁判で、無罪になってしかるべきだった。なのに起訴状を読む限りでは、否応《いやおう》もなく目の前に死を突きつけられている感覚だった。

消灯後、眠ろうとすると、別れ際の華子の姿が、まぶたに蘇った。喜恵や篤には、別れも言えなかった。今夜は三人で泣いているだろうかと思う。

喜恵を戦犯の妻にしたくない。篤や華子を罪人の子にしたくなかった。独房の闇の中で、重光は悔《くや》しさに涙した。

翌日、加瀬がGHQの特別許可を得て、面会に来て、金網越しに言った。

「何もかもソ連の仕業《しわざ》です。ソ連の検事が着任してから、こんなことになったのです」

重光は駐ソ大使時代、国境紛争で、ソ連の恨《うら》みを買っている。さらには防共協《ぼうきょう》定を考え出したのも重光だ。その仕返しに違いないと、加瀬は言う。

梅津もソ連検事の指名だという。かつて梅津は満州の日本軍総司令官を務めており、逸《はや》る部下を抑えて、無駄《むだ》に兵を動かさなかった。梅津は重光よりも、なお逮捕に値しない人物だった。

昭和二十一年（一九四六）五月三日、二十八人は巣鴨プリズンから、灰色の軍用バスに乗せられて、市ヶ谷の旧陸軍省に向かった。極東国際軍事裁判は東京裁判と呼ばれ始めている。

バスから降りると、新聞記者たちが待ちかまえていた。カメラが東條に集中する。ピストル自殺の失敗が、嘲笑《ちようしよう》の対象になっていた。人々は東條を、とことん悪者に仕立てることで、戦争中の憂《う》さを晴らしているかのようだった。

松岡は自力で立つこともできず、MPに両脇を抱えられるようにしてバスから降り、車椅子に座らせられた。

法廷は裁判官と被告の席が、正面の壇上に設けられ、新聞記者席や傍聴人《ぼうちようにん》席が取り囲んで、ちょっとした劇場のようだった。その日は開廷の宣言と、今後の説明だけで時間が過ぎ、閉廷となった。

退廷を命じられた時、ひとりのMPが重光を呼んだ。重光が人よりも先に法廷から出ると、廊下に隊長のケンワージーが立っており、小声で言った。

――マツオカが話をしたいそうだ。会うか――

重光が意外に思いながらもうなずくと、すぐさま別室に連れて行かれた。

そこには車椅子の松岡がいた。目の下には黒々と隈《くま》が浮き、豊かだった髪は白くなっていた。特徴的な三角眉にも、鼻の下の濃い髭《ひげ》にも、白いものが混じる。

ケンワージーは時計を見て、時間を区切った。

——会話は英語で三分以内。三分後には、シゲミツはバスに乗って巣鴨に戻る。マツオカは、このまま病院に直行だ。いいな——

重光が車椅子に近づくと、松岡はケンワージーに言われた通り、英語で話しかけた。

——君に頼みがある。それで特別に会わせてもらった——

多弁の松岡も、さすがに大儀《たいぎ》そうだったが、それでも言葉を続けた。

——君に、国際連合への加盟を実現してもらいたい。僕が席を蹴《け》って立った国際社会に、日本を戻してほしいのだ——

重光も英語で応えた。

——日本が復興できれば、いずれ国際社会から招かれるでしょう——

——いいや、そう簡単なことではない。でも君なら成し遂げられる——

——なぜ私に頼むのです？——

——僕らの仲間で、巣鴨プリズンから無事に出て行かれるのは、おそらく君だけだ——

ひとつ息をついてから続けた。

——それに君は、僕が国際連盟を脱退しなければならなかった理由を知っている。加瀬君も手を貸すだろう——

疲れたらしく、いったん目を閉じ、また開いて言った。

——どうか、君の手で、国際社会復帰を、果たしてくれ。この思いを、君に託さなければ、僕は死んでも死にきれない——

鋭さを失った目に涙が光っていた。

——頼む——

重光は小さくうなずいた。

——わかりました。もし無事に出て行かれたら——

——大丈夫だ。君は有罪になるようなことは、何もしていない——

松岡は力なく微笑んだ。

——僕は本当は絞首刑になりたかった。どうせ先はないのだし。すべての日本人から憎まれて、それで日本人が頑張れるなら、処刑されて死にたい。でも、このていたらくでは、判決が出るまで保《も》ちそうにない。それが心残りだ——

もういちど目を閉じて、かすれ声で言った。

——近衛は最後まで、責任を取らなかったな。自殺なんかしやがって。どうせ死ぬなら、責任を取って、縛り首になって死ぬべきだった——

それから、ひとつ息をつくと、ケンワージーに顔を向けて言った。

――話は、これだけだ。会わせてもらえて、感謝している――

MPが松岡の車椅子に手をかけた。重光は動き出した車椅子に向かって、思わず日本語で言った。

「松岡さん、約束する。何があっても、国際連合には加盟する。かならず、私が成し遂げる」

松岡は振り返り、穏《おだ》やかな笑顔を見せた。そして車椅子ごと病院に連れて行かれた。

それが重光が見た最後の姿になった。東京裁判開廷の翌月末、松岡洋右は東大病院で息を引き取った。

重光は裁判が進むにつれ、初めから結論は出ているのだと気づいた。裁判は国際的な宣伝の場であり、芝居がかっていた。

一方、法廷での被告たちの態度は、各人各様だった。元軍人たちは、こぞって自分は和平を望んでいたと主張した。

だが木戸が自分の日記を提出し、軍部の罪をあげつらった。内大臣だった自分が有罪になると、天皇にも累《るい》が及ぶのではないかと、案じているらしい。

そのため木戸が被告席や証人台に立つと、元軍人たちから、すさまじい野次《やじ》や罵倒《ばとう》が浴びせられた。

逆に廣田弘毅《ひろたこうき》は口を閉ざし続けた。廣田は重光が外務次官だった当時、中国への協和路線を、二人三脚で推し進めた外務大臣だ。

いくら弁護人から促されても、何も話さなかった。自分が口を開けば、誰かを陥《おとしい》れることになる。それを潔しとしなかったのだ。

出廷のない日は、重光は巣鴨プリズンで、ひがな一日を過ごした。起床後、清掃《せいそう》、朝食、一時間半の屋外運動。午後は週二回、共同入浴の時間が設けられていた。退屈しのぎに、家からスケッチブックと鉛筆を差し入れてもらい、絵を描いた。

屋外運動の際には、MPの監視のもと、誰もが鉄条網《てつじょうもう》の中を、ぐるぐると歩きまわる。ただし重光は脚の障害が認められ、木陰に腰をおろして休むことができた。スケッチブックを開いて、気の向くままに、戦犯仲間の似顔絵を漫画のように描いた。

東條がかたわらに来て座った。東條は胸の傷のために、一時間半も歩けない。スケッチブックをのぞき込んで言った。

「うまいもんだな。これは木戸君だな。こっちは廣田君か」

「東條さんのも、ありますよ」

別のページを開いて見せた。

「おお、こりゃ傑作だ。ちょび髭に眼鏡に軍帽か。なかなか似ている」

膝《ひざ》をたたいて喜んだ。

「君は意外に、ユーモアのセンスがあるんだな。生真面目《きまじめ》なだけかと思ったが」

重光は新たな顔の輪郭《りんかく》を描き始めた。

「今度は誰だね？」

「見ていれば、わかりますよ」

東條は横からスケッチブックを眺めていたが、妙に改まって言った。

「君は本当に、右脚が、なかったんだな」

重光は苦笑した。

「何を今さら」

「いや、義足をつけている姿しか、見たことがなかったから」

東條は煙草《たばこ》の吸い口を、いつも手にしている。煙草は週に四本が支給されるが、それでは当然、間に合わない。そのために口寂しくて、持って歩いているらしい。

その吸い口を噛みながら言った。

「君に頼みがある」

重光は鉛筆を止めずに応えた。

「松岡さんと一緒ですね」

「松岡君も、何か頼んだのか」

「国際連合に加盟してほしいと」

「そうか。奴は気にしてたんだな。国際連盟を脱退したことを」

「そうですね」

「私の頼みは別だ。君に戦争のかたりべになってもらいたい。あの戦争を止めることなんか、誰にもできなかったことを、書き残してほしいんだ。後世に残るように」

「なぜ自分で書かないんです？」

「私には文章など向かない。それに最後まで書ききらないうちに、処刑されたら、また中途半端なことになって、自殺未遂の恥の上塗《うわぬ》りだ」

吸い口を離して言った。

「あの戦争を誰が止められた？　松岡君がボタンを掛け違えて、近衛君が、にっちもさっちもいかなくなって放り出した。それを私に押しつけられて、どうやって止められたって言うんだ」

重光は手を止め、言葉をさえぎるようにして言った。

「でも私が書いたら、東條さんには厳しくなりますよ」

「いや、かまわんさ」

自分の弁護のために、書いてもらいたいわけではないという。

「私は死に損ねた。前々から医者に、心臓の場所を教えてもらって、そこを狙って引き金を引いたつもりだったんだが、みっともないことに外れてしまった」

医者に教わった場所に、印までつけていたという。

「死に損なって、いい笑いものさ」

東條は自嘲的に言った。

「それなら、とことん笑われて、とことん嫌われて死のうじゃないか。死んだ後だって、極悪人《ごくあくにん》でけっこう。私が憎まれて死んで、陛下に罪が及ばぬのなら、それで本望だ。ただ、誰にも止められなかった、あの怒濤《どとう》の中で、陛下は和平を望んでおいでだった。それだけは明らかにしてもらいたい」

重光は、ふたたび鉛筆を動かし始めた。

「そういえば、やっぱり松岡さんも、似たようなことを言ってましたね」

「ほお、何と？」

「すべての日本人から憎まれて、それで日本人が頑張れるなら、処刑されて死にたい、と」

「そうか。なるほどな」

「きっとボタンの掛け違えは、松岡さんよりも、もっと前から始まってたんですよ。日清日露の戦争の頃から。ひとつ戦争に勝つたびに、日本人は自信を深めて、勘違いを重ねてきた。自分たちは、どんな戦争にも負けないと」

東條は吸い口を手に持って、しみじみと言った。

「そうだな。戦争への助走は、とっくに始まっていたのかもしれん」

そして口調を変えた。

「君には可笑《おか》しいだろう。今になって軍人たちが、和平を望んでいたなどと言うのが。でも、あれは本当なんだ。戦争遂行《すいこう》を主張しながらも、心の中では戦いたくなかった」

言葉に力を込めて繰り返した。

「あれは本当なんだ。誰だって、部下を死地に追いやりたくはないさ」

重光は何も応えられなかった。

「でもな、重光君、私は君のおかげで、ひとつだけ、いいことができた。大東亜会議だ。あの時、フィリピンもインドも、みんな喜んでいた。目が輝いていた。あの喜びは本物だった」

だが敗戦により、あの時の各国政権は、すべて日本の傀儡《かいらい》だったと位置づけられてしまった。東條は、いまいましげに言う。

「傀儡政権って何だ？　今の日本政府こそ、アメリカの傀儡じゃないか。日本が勝ってりゃ、今頃、重慶政府が、米英の傀儡政権ってことに、なってたところだ」

「東條さん、それは負け犬の遠吠《とおぼ》えですよ」

「そうか。確かに負け犬だ」

東條は苦笑《にがわら》いした。

「しかし君は、身も蓋もないことを言うな。それがなけりゃ、とっくに首相の座に就いてたのに」

重光は鉛筆を動かしながら笑った。

「でも重光内閣など、すぐに総辞職でしょう。海千山千の政治家や軍人をまとめていくなんて、私には無理だ」

自分が生真面目すぎて不器用なことは、充分に自覚している。

東條は溜息をついた。

「まあ、たとえ重光内閣でも、戦争は止められなかっただろうな。あの時期に、首相の座がまわってきたのは、まさに災難さ」

自分の首に両手を当て、縛り首の仕草をして言う。

「とにかく、さっさと、やってもらいたいもんだ」

そしてスケッチブックに視線を戻し、また笑顔になった。

「お、その三角眉毛は、松岡君だな」

「ご名答」

強気で多弁だった頃の松岡の顔が、白い紙の上に蘇っていた。

その時、ＭＰの甲高《かんだか》い笛が鳴り響き、屋外運動の終了時間が告げられた。重光はスケッチブックを閉じて、ゆっくりと立ち上がった。


東京裁判開廷から二ヶ月ほどが経ち、暑さが本格化した頃、傍聴席に、妻と娘の顔があった。

喜恵は心配顔だが、華子は満面の笑み《え》で手を振る。だが重光と目が合うと、すぐに口の端が、への字に曲がった。父親に心配かけまいと、精一杯、明るく振る舞っているのがわかった。

ケンワージーに家族が来ていると伝えると、休廷の間に面会させてくれた。それも金網越しではなく、応接室で会わせてくれたのだ。

華子は真っ黒に日焼けしていた。

「夏休みに入ったから、毎日、海で泳いでるのよ。材木座の海は、すごく遠浅なの」

元気な口調が嬉しくもあり、健気《けなげ》でもあった。だが、すぐに涙ぐむ。それでも涙をぬぐって、また明るく言う。

「お庭に、向日葵の花が咲いたのよ。ママが種を蒔いたの。今日、こうしてパパに会えるって知ってたら、切って持って来たのにね」

喜恵は寂しげに微笑んだ。

「篤も会いたがっているのですけれど、傍聴券が二枚しか手に入らなかったものですから。とりあえず今日は、私と華子で行けばいいって」

そう話す肩の辺りがやせて、痛々しかった。華子は、また元気を装って言った。

「パパ、待ってるから。私もママも、兄さんも、みんな、パパが帰ってくるのを待ってる。だってパパは悪いことなんか、何も、していないもの」

重光は、喉元に込み上げる熱いものを呑み込んで、何度もうなずいた。

巣鴨との往復のバスは、窓に目張りがしてある。それでも発車の時に、わずかな隙間から、妻と娘の姿が見えた。ふたりとも千切《ちぎ》れそうなほど、ハンカチを振って見送っていた。

自分は何もかもなくし、囚人服を身につけるまでに貶《おと》められた。そんな自分にも家族だけは残っている。

長い間、仕事一途《いちず》で、家庭を顧《かえり》みる余裕はなかった。喜恵にしてみれば、けっしていい夫ではなかっただろうし、子育ても任せきりだった。

それどころか戦争中は憲兵に尾行され、妻や娘まで危険な目に遭わせている。それでも家族は自分を恨みもせず、一途に信じて、待っていてくれる。

かつて上海で爆弾を浴び、生死も危《あや》ぶまれた時、最後に心を奮《ふる》い立たせたのは、幼かった篤と、生まれたばかりの華子の存在だった。この子供たちのために生きなければと、歯を食いしばって激痛に耐えたのだ。

今の苦難も家族を思えば、乗り越えられそうな気がした。もはや妻と息子と娘の存在だけが、重光の支えだった。


二年半に及ぶ長い裁判が終わり、昭和二十三年（一九四八）十一月十二日、判決の日が来た。松岡のほかにも、梅津が直腸癌《ちょくちょうがん》を発病するなど、病人が出て、当日は二十二人が並んで被告席についた。

ほとんどが三つ揃いの背広姿だったが、元軍人の中には軍服姿もあった。ヘッドフォンをつけて、日本語訳を聞く。

まずは全員に対して、有罪の判決が下った。重光は弁護人から、ほぼ無罪は間違いないと言われていただけに、この時点で、すでに予想外だった。

それから全員が控え室に移され、苗字のＡＢＣ順に、ひとりずつ法廷の被告席に戻るように命じられた。各人の刑が宣告されるのだ。

かたずを呑んで待っていると、控え室に帰って来た者が、終身刑だったと言った。戻って来ない者もいる。誰もが、その意味を悟《さと》った。戻らない者は絞首刑なのだ。

廣田は戻らなかった。木戸は戻って来た。戻った中に、終身刑でない者はいない。重光の緊張が高まる。これ以上、家族を悲しませたくはなかった。

とうとう重光が呼ばれて、法廷に出た。被告席に立ち、ヘッドフォンをつけて判決を聞く。

「重光葵を禁錮《きんこ》七年に処す」

日本語訳を聞き終えるなり、ヘッドフォンを外して、控え室に戻った。終身刑でなかったことが、わずかな救いだったが、有罪であることに変わりはない。

真っ先に東條が聞いた。

「どうだった？」

「禁錮七年です」

重光が応えると、誰もが小刻《こきざ》みにうなずいた。しかし東條は眉を曇らせた。

「本来なら、無罪のはずだが」

重光は、東條が人の判決を気にするほど、落ち着いているのが意外だった。

た。

「わかってる。私は、ここには戻らないさ」

まもなく東條が名前を呼ばれた。控え室を出て行く時に、軽く重光の腕をたたい

誰かが促すと、もう覚悟は決まっていると言いたげに応えた。

「東條さん、次ですよ」

「頼むぞ。きっと書き残してくれ」

重光は東條の勢いに呑まれるようにして約束した。

「書きます」

もう東條は振り返らず、カーキ色の軍服の背中が遠のいていった。

結局、絞首刑は東條や廣田など七人。ひとりが禁錮二十年。ほかは全員が終身刑。重光は、ひとりだけ刑が軽かった。

それでも弁護人はもちろん、ケンワージーも憤慨《ふんがい》した。

――マッカーサーは、かならず君の判決をくつがえす。君が有罪なんて、ありえない――

翌日から東條ら七人は、もう屋外運動には出てこなかった。残った者は、いつ死刑が執行《しっこう》されるのか、それぞれ暗い思いを抱いた。

そしてクリスマスイブの朝刊に、七人の処刑が報じられた。前夜、巣鴨プリズン

の処刑場で、命を絶たれたという。

戦争が終わってまで、人が殺されねばならない。その現実が、重光には心の底から痛ましかった。重光自身の判決も、くつがえることはなかった。

年が変わって昭和二十四年（一九四九）早々、今度は梅津美治郎が直腸癌で他界した。重光は気持ちを奮い立たせて誓った。こんなところで病気になど、なってたまるかと。

以来、重光の日常が変わった。原稿用紙を差し入れてもらい、敗戦に至るまでの経緯を綴《つづ》り始めた。

以前から何かと、手記や日記はつけていたが、まとまったものを書くのは初めてだった。刃物が使えないので、鉛筆を歯で削っては書き続けた。

歴史は勝者によって語られる。子供たちにも勝者の正義が教え込まれる。敗者の言葉になど、誰も耳を傾けず、敗者の書いたものなど、ただの言い訳だと思われて、誰も読まない。

それでも重光は信じた。書き残しておけば、いつか誰かの目に触れると。いつか誰かが理解してくれると。

来る日も来る日も書き続けた。事実を明らかにしたいという信念と、死んだ仲間たちの無念を、一文字、一文字に込めて綴った。それが重光の生きる力となった。

春が来て、夏が過ぎ、秋の終わりだった。面会にやってきた篤が、家計の報告をした。逮捕以来、恩給は無に帰《き》し、暮らしは急変していた。三番町の土地を売り、大分に持っていた山林も売り、売れるものは何でも売って、食いつないでいるという。

「でも、もう僕の就職も決まったし、なんとか頑張ります」

篤は来春には大学を卒業し、家計を支えるという。

「おまえがいてくれて助かる。お母さんも華子も心強いだろう」

息子の言葉は力強かったが、重光は、またもや家族に負担をかけているのが辛かった。

それから季節がめぐり、昭和二十五年（一九五〇）の六月末、朝鮮で戦争が勃発《ぼっぱつ》したと、新聞に報じられた。

朝鮮半島は日本の敗戦直前に、満州と同様、ソ連軍の侵攻《しんこう》を受けた。その後、南北が分断され、北半分がソ連、南半分がアメリカの占領地となった。

さらに三年後、南には国連の後押しで大韓民国が誕生した。続いて北にはソ連の支援を受けて、朝鮮民主主義人民共和国が建国された。

だが南北の均衡《きんこう》は微妙であり、北が半島統一を目指して、南に侵攻したことから、開戦に至ったという。

重光は尹奉吉《ユンボンギル》を思う。上海の新公園で、爆弾を投げつけた男だ。

あの時、民団委員長の河端貞次《かわばたていじ》が、すさまじい苦しみの果てに死に、陸軍大将の白川義則《しらかわよしのり》も、ひと月を待たずして亡くなった。自分の脚のことはもとより、彼らの無念を思うと、長い間、恨みは消えなかった。

だが今になって、ようやく大隈重信《おおくましげのぶ》と同じ心境に至った。

「爆裂弾を放りつけた者を、憎い奴とは少しも思っていない」

現行犯逮捕された尹は、軍法会議の後、銃殺刑になった。だが重光は、そこに東京裁判に通じるものを感じる。

尹は朝鮮の独立運動家で、二十五歳だった。ずいぶん後になって写真を見たが、なかなか顔立ちのいい青年だった。さぞ親は悲しんだことだろう。おそらく朝鮮半島では、独立の勇士になっているに違いなかった。

だが半島は二分され、また戦争が始まって、憎しみの連鎖《れんさ》が続く。それを押し留める力は、いまだ国際連合も持ち合わせていない。

重光は、いつか日本を国際連合に加盟させたいと、本気で願った。それは松岡に頼まれたからだけではない。戦争で完膚《かんぷ》無《な》きまでにたたきのめされた日本だからこそ、国際社会の中で、武力を用いずに、戦争を抑える役割を担《にな》えると思ったのだ。

朝鮮戦争の勃発により、GHQの政策が大きく変わった。日本に金輪際《こんりんざい》、軍備を持たせない方針だったのが、警察予備隊が組織された。
さまざまな締めつけも緩和《かんわ》され、逆に、あるものは強化された。その一環として
か、重光の仮釈放《かりしゃくほう》が認められた。
逮捕勾留《こうりゅう》から四年半ぶりの自由の身だった。減刑されて、あと一年の刑期を残
しての出所になる。
残される戦犯たちは、わがことのように喜んだ。重光が早めに出られるのなら、
終身刑の自分たちもと、希望が湧いたのだ。
昭和二十五年十一月二十一日、重光は六十四歳で巣鴨プリズンの門を出た。そこ
には家族が待っていた。もはや、たがいに元気を装う必要はなく、心からの喜びの
笑顔と、嬉し涙があふれていた。

6章　ニューヨーク

重光《しげみつ》が出所した翌年の昭和二十六年（一九五一）九月、吉田茂《しげる》がサンフランシスコ講和条約に調印《ちょういん》した。吉田は、すでに首相として二期目に入っていた。サンフランシスコ講和条約は、連合国が日本を独立国家として認めるという内容だ。重光が戦艦ミズーリ上で調印したのは、単なる降伏文書であり、この条約によって、初めて戦争が終わったことが正式に確認されたのだ。

翌二十七年（一九五二）四月には占領も終わることになる。だがアメリカ軍は、すでに朝鮮戦争に多くの兵を送っており、日本が前線基地になっていた。日本の経済も、隣国の戦争による特需《とくじゅ》景気に沸いている。

アメリカ軍は日本から撤退《てったい》するわけにはいかなくなり、サンフランシスコ講和条約と同時に、日米安全保障条約が結ばれた。進駐軍が在日アメリカ軍と改称し、日本各地に基地を設けて、駐屯《ちゅうとん》を続けることになったのだ。

この頃、重光は、巣鴨《すがも》プリズンで書いた原稿を、中央公論社の編集者に見せてみた。すると意外にも、出版する旨《むね》の返事をもらった。

重光は正確を期すために、その後一年間、関係者に聞き取り調査をし、戦争中の資料にも当たって、加筆訂正をした。結局、四百字詰め原稿用紙で、千三百枚にも及ぶ大作となったのだ。

題名は『昭和の動乱』とし、上下二巻での刊行が決まった。発売は占領が終わる時期に、合わせることになった。

驚いたことに、『昭和の動乱』は発売と同時に評判となり、たちまちベストセラーになった。

敗戦から七年間、日本人は戦争の過去を、なかったものにしてきた。しかし、ようやく、自分たちの国に、いったい何が起きたのかを振り返り始めたのだ。

重光の公職追放も解除され、政界から、いくつもの誘いがあった。その中で、あえて発足まもない改進党を選び、党の総裁として政治の世界に入った。まもなく六十五歳という六月だった。

外交官から昇りつめた外務大臣の地位と、選挙を中心にした政治の世界とは、まったく異なった。それでも鳩山《はとやま》一郎らと手を組んで、改進党を日本民主党に発展させた。

昭和二十八年（一九五三）、吉田茂が鎌倉のモリソンハウスにやって来た。吉田は重光と膝詰《ひざづ》めで話し合い、自分が率《ひき》いる自由党と、民主党とで手を結ぼうと提案した。もし党の合同に応じるのなら、吉田自身は退陣してもいいと、内々に約束までした。

新聞記者やカメラマンも大勢、取材に押し寄せ、いつもは静かな材木座《ざいもくざ》海岸が、時ならぬ騒ぎとなった。

翌二十九年（一九五四）には、累計七年にも及ぶ吉田の長期政権が終わり、民主党が政権を取った。鳩山が首相の座に就《つ》き、重光は九年ぶりに、外務大臣に復帰した。

最大の目標は国連加盟だった。重光が巣鴨から出所した年に、すでに日本は国連に加盟を申請し、否決されていた。ソ連が拒否権を発動したのだ。常任理事国の一国でも拒否すれば、可決されない。

重光は戦略を練り、まずバンドン会議に着目した。インドネシアのバンドンという都市で開かれる国際会議で、参加国はアジアとアフリカ諸国という画期的なものだった。ここで日本の国連加盟に、できるだけ多くの支持を取りつけることにしたのだ。

バンドン会議は非白人国の国際会議という点で、大東亜《だいとうあ》会議に通じるものがある。しかし大東亜会議は軍国主義のイメージが強い。それに深く関わった重光は出席を控え、あえて外務省ではなく経済審議庁から人を出し、加瀬俊一《かせとしかず》を随行《ずいこう》させた。

バンドン会議で各国の支持を得てから、次は重光自身が国連本部に出向いた。そして総会議場のラウンジで、レセプションを主催した。飲み物を手に、和《なご》やかな雰《ふん》囲気《いき》の中、重光は国連事務総長や各国代表に、日本の加盟支持を訴えた。

定例の総会の際にも、会議場のロビーなどで、各国代表同士が交わす、ちょっとした立ち話が、会議の行方を左右することがある。重光は、そんなロビー外交を狙ったのだ。

三ヶ月後、国連の理事会で、もういちど日本の加盟が審議された。重光も加瀬も期待を抱《いだ》いて結果を待った。しかし加盟は否決された。またもやソ連の反対だった。

まさに東西冷戦の直中《ただなか》だった。朝鮮半島でもドイツでも、アメリカとソ連の一《いっ》触即発《しょくそくはつ》の対立が続いている。ここで日本が国連に加盟すると、自動的にアメリカの発言力が増すことになる。ソ連は、その点を嫌ったのだ。

いまだ日本とソ連との間に国交はない。ソ連は日本の降伏文書にはサインしたが、サンフランシスコ講和条約は拒否した。条約がアメリカ主導だったからだ。

吉田茂が政権を握っていた間は、外交政策はアメリカ一辺倒《いっぺんとう》だった。そのために間接的にソ連と敵対し、ほとんど近づくことがなかった。

日本の国民もソ連を嫌った。日ソ中立条約の一方的な破棄《はき》や、元日本兵のシベリア抑留《よくりゅう》など、まさに非道の国という印象しかない。

だがソ連を納得させない限り、事実上、日本の国連加盟は不可能だった。そのために重光は、ソ連との国交正常化に向かった。

昭和三十一年（一九五六）七月二十九日、重光はモスクワの空港に降り立った。

ソ連外相との交渉は三十一日から始まった。

だが北方領土問題が、大きな壁となって立ちはだかった。重光は歩み寄ろうとしたが、ソ連側は国後《くなしり》、択捉《えとろふ》両島の領有を主張し、まったく譲歩しない。二十年前に重光が大使として赴任《ふにん》した頃とは、比べものにならないほど頑《かたく》なになっていた。

重光は自分の弁舌《べんぜつ》に自信を持っている。日本人には珍しい能力だ。しかし、その力をもってしても、ソ連は譲歩させられない。次に、ソ連を攻略できる外交官が、日本に現れるのは、いつになるだろうかと、深い溜息《ためいき》が出た。

歴史を遡《さかのぼ》れば、日本とロシアの国境問題は、江戸時代後期から始まっている。ロシア人が貂《てん》など小動物の毛皮を求めて、シベリアから南下したのがきっかけだ。

以来、問題が片付いたかと思うと、また紛糾《ふんきゅう》する。もう百七、八十年も、取ったり取られたりが続いており、これは、もはや未来永劫《えいごう》、解決しない気がした。

またソ連は国土が広大なだけに、隣接する国も多く、あちこちで国境問題を抱《かか》えている。そのために一ヶ所でも譲歩すれば、ほかの国に影響すると考えており、絶対に譲らない。国境問題など、あって当然、いくらでも先送りしておけばいいという考えなのだ。

その上、今、国交を求めているのは日本側だ。ソ連は、さほどの必要性は感じていない。この状況では、明らかに日本の立場が弱い。ましてソ連は冷戦の東側陣営を率いる超大国であり、日本との対等な交渉など、端《はな》から眼中になかった。

重光は、ソ連の最高権力者であるフルシチョフ第一書記とも会談した。強面《こわもて》で、いかにも冷戦の主役然としており、領土問題については、まさに取りつく島がなかった。

重光は熟考の末、ここはソ連案を呑《の》んで、国交を優先させるべきだという結論に行き着いた。

重光が帰国後、弱腰と批判されるのは免《まぬか》れない。だが松岡や東條《とうじょう》が死ぬ前に言った。自分が憎まれればいいのだと。あの自己犠牲《ぎせい》から比べれば、今の自分の評判など、取るに足らなかった。

ソ連案を受け入れたいと、日本に打電した。しかし北方領土には豊かな漁場があり、日本政府も譲らなかった。重光は交渉を決裂させて帰国した。

帰国後は交渉失敗の批判を聞き流し、領土問題を棚上げしての国交正常化に、すぐさま焦点《しょうてん》を切り替えた。

駐日ソ連大使との綿密な事前交渉を経て、それが可能だという手応えをつかんでから、首相官邸に出向き、鳩山一郎に申し入れた。

「最終的な交渉と調印は、鳩山さんに行ってもらいたいのです」

鳩山は怪訝《けげん》そうに聞いた。

「君が行かなくていいのか」

「ソ連は私に、いい印象を持っていないので」

「でも、せっかく、ここまで進めておいて、最後の仕上げをしないと、君が失敗して、放り出したような印象を、国民に与えるぞ」

重光は笑って応えた。

「何と思われようと、かまいません。私は、とにかく国交を回復できればいいんです」

鳩山はモスクワに赴《おもむ》き、十月十九日、日ソ共同宣言に調印し、国交正常化を成功させた。新聞は鳩山の成果を書き立てた。


その二ヶ月足らず後の昭和三十一年十二月十二日の夜、重光は加瀬や、ほかの職員たちとともに、外務省の大臣執務《しつむ》室に泊まり込んだ。

この日、ニューヨークの国連本部では、安全保障理事会が開かれ、日本加盟の採《さい》択《たく》がなされる予定だった。その結果が出次第、ニューヨークの日本領事館が、国際電話で知らせてくることになっていた。

重光は、この日のために全力を尽くしてきた。もはや障害はない。まず間違いなく可決されるとは思うものの、自分の耳で第一報を聞きたかった。

職員たちも電話を待ちかねて、執務室に集まった。戦前からのスチーム暖房は、いまだ現役だが、夜間は切られてしまう。そのため執務室に、ガスストーブを持ち込んだ。

薄暗い部屋で、ストーブの石綿《いしわた》が朱色の光を放つ。ストーブの周囲こそ暖かいが、じっとしていると底冷えがする。各人、厚手のオーバーコートを羽織《はお》り、寒さしのぎにコップ酒をちびちびやって、長い夜を過ごした。

ガスの燃える音と、壁に掛かった丸時計の秒針の音だけが、部屋に響く。長針も短針も、なかなか進まず、職員たちの欠伸《あくび》が増える。

「眠い奴は、遠慮なくソファで寝ていいぞ」

重光は促《うなが》したが、誰も眠ろうとはしない。やはり電話を待ちたいのだ。

十二月の朝は遅い。時計の針が五時をまわっても、まだ霞ケ関《かすみがせき》の空は、真っ暗だった。時差からして、そろそろ結果が出てもいい頃に思えた。

少し遅すぎる気もした。何か問題が起きたのではないかと、不安が心をよぎる。外交交渉は万全と思っていても、意外なところで足をすくわれる。今までも、よもやと思ったことが、何度も現実になった。

今度、否決されたら、もう打つ手が見当たらない。どうか、可決してほしい。重光は祈るような気持ちで待った。

しかし今度も駄目《だめ》だったとしても、また別の手立てを考えるのだ。そして可決されるまで、何度でも全力を尽くすしかない。それが自分に与えられた、最後の使命だと覚悟した。

その時、事務机の上の黒電話が鳴った。けたたましいベルに、部屋の緊張が一気に高まる。重光が手を伸ばして受話器を取った。電話局の交換手が言う。

「アメリカからの国際電話です。繋《つな》いでも、よろしいですか」

「繋いでくれ」

しばし無言が続いたかと思うと、雑音とともに、いきなり興奮気味の声が聞こえた。

「たった今、可決されましたッ。日本の国連加盟が決まりましたッ」

重光が頰《ほお》を緩《ゆる》め、人差し指と親指で丸を作って、ＯＫのサインを出すと、職員たちから大歓声が上がった。

受話器の声は、少し遅れ気味ながら、事務的な知らせを続けた。

「総会での承認は、十二月十八日です。よろしく、お願いします」

大歓声が続く中、電話は慌《あわ》ただしく切れた。

その日のうちに、重光は国連総会の日本代表に決まった。

十二月十八日の国連総会の朝、ニューヨークは晴天ながら、凍《い》てつく寒さだった。

マンハッタン島の東、イーストリバー沿いに、ガラス張りの三十九階建て高層ビルがそびえる。国連本部ビルだ。

それとは対照的に、薄いベージュ色で平たい箱型の建物が隣に続く。そこが国連総会議場だった。窓がなく、弓なりにしなる屋根の線が印象的だった。

重光はダブルの背広に蝶《ちょう》ネクタイ、オーバーコートに中折れ帽をかぶって、大きなガラス張りの扉を押し、総会議場の中に入った。暖房が効いて、外とは打って変わった暖かさだ。

加瀬や随員たちとともに、和服姿の華子が後に続く。本来なら妻を連れてくるところだが、喜恵《きえ》は、そんな大役は、とんでもないと言う。二十四歳になった華子は、英語も堪能《たんのう》で、レセプションなどに花を添えられる。

それに日光に疎開《そかい》した時に、指切りをした。いつか戦争が終わったら、ニューヨークでもパリでも連れて行くと。重光は、その約束を実行したのだ。

一行は、会議場の後方に設けられた一般傍聴席に導かれた。目の前には、高い天井《てんじょう》の下、広大な空間に、びっしりと机と椅子《いす》が並び、世界各国の代表団が着席していた。

まもなく総会が始まり、十一時少し前に、重光は議場内の席に案内された。重光が着席するのを待って、日本の加盟案が提出された。結果は、五十一カ国もの賛同を得て承認された。演壇の上で議長が宣言する。

――日本の国際連合への加盟が決定しました――

割れるような拍手が湧いた。それほど多数の支持を受けた加盟は、国連史上、初めてのことだった。日本は八十番目の加盟国となったのだ。

それから指名を受け、重光はスピーチの原稿を手に、席から立ち上がった。杖をつき、足を引きずりながら、前方の演壇に近づく。

演壇は半円形で、雛壇《ひなだん》状の階段が四段、ぐるりと取り囲んでいた。重光は、その左側から近づいて、一歩一歩、四つの段を昇った。

そして中央の演台の前に立って、原稿を目の前に置き、英語でスピーチした。かつて松岡洋右《ようすけ》から、演説の稽古《けいこ》をしろと勧められたが、結局、交渉事ほどは上手《うま》くならなかった。

それでも訥々《とつとつ》と自分の言葉をつなぎ、まず加盟承認の礼を述べた。そして冷戦下の国際情勢に言及し、今なお世界各地で紛争が続く中、戦争の苦しみを知る日本は、武力以外の力で、世界に貢献していく意志があると語った。

さらに重光はスピーチを、こう締めくくった。

――今日の日本の政治、経済、文化は、過去一世紀にわたる東洋と西洋、両文明の融合の産物です。そういった意味で、日本は東西の架《か》け橋になり得る。このような立場にある日本は、その大きな責任を、充分に自覚しています――

スピーチが終わると同時に、ふたたび割れるような拍手が湧いた。そして重光は来た時と同じように、四段の階段を、ゆっくりと降りた。

今まで重光の前に、幾多《いくた》の階段が立ちはだかった。思えば上海《しやんはい》新公園の式台の階段は、自分の両足で昇った最後の階段になった。

福岡から別府《べつぷ》に向かう列車のステップは、馴《な》れぬ松葉杖と義足《ぎそく》で、汗をかきながら昇った。ロンドンのバッキンガム宮殿に向かう馬車のステップは、高さがあって、少し厄介《やつかい》だった。東京大空襲の夜には、防空壕《ぼうくうごう》の暗闇に続く梯子段《はしごだん》を、注意深く降りた。

もっとも苦労したのが、忘れもしない戦艦ミズーリの階段だ。段の間から、はるか下に、紺碧《こんぺき》の海面がのぞいていた。

そして今、国連総会の階段を降り切った。重光にとって最後の障害を、とうとう乗り越えたのだ。

席に戻る途中で、あちこちから声をかけられた。

――加盟、おめでとう――

――心から、お祝いする――

重光は笑顔で礼を言いながら、席に戻った。

すると机の上に「JAPAN」というプレートが置いてあった。さっきまで、なかったものなのか、ただ気づかなかっただけなのか、わからない。

周囲の各席にも、同じようなプレートがある。木製で、それぞれの国名が、黒地に金文字で刻まれている。そんな世界各国の中に、日本の国名が並んでいた。

それは重光に、思いがけない感動をもたらした。小さなプレートだったが、ほかの七十九カ国と同じように、「JAPAN」の文字が、誇らしげに輝いている。まさに日本が国際社会に復帰した象徴《しょうちょう》に見えた。

総会が終わると、日本代表団は総会議場の前庭に出た。そこには横一列に、全加盟国の国旗が掲揚《けいよう》されている。

一本のポールの細綱に、日の丸が結ばれた。そして日本代表団の目の前で、するすると昇っていく。

その時、肌の色の浅黒いアジア人が声をかけてきた。インドネシアの代表だと言って、握手を求めてきた。

――私はディアンスワリと言います。あなたはシゲミツさんですね。私は、あなたのことを知っています――

重光の記憶にはない。するとディアンスワリは破顔《はがん》して言った。

――会うのは初めてです。二回目の大東亜会議の時に、私は代表団のひとりとして日本に行ったのです。あなたは、もう東京にいませんでしたが、大東亜会議の発案者がシゲミツといって、脚にハンディキャップを持つ人だと聞いて、私は覚えていました――

二度目の大東亜会議開催は、小磯《こいそ》内閣が総辞職し、重光が日光に疎開《そかい》した後だった。それも戦況の悪化から、各国代表団を呼び集めることは難しく、東京にいる各国大使による会議となった。

近くにいた加瀬が、驚きの声を上げた。

――ああ、ディアンスワリさん。あの時の、インドネシア代表団の方ですね――

ディアンスワリも加瀬を思い出し、双方で肩をたたき合っている。加瀬が重光に説明した。

「二度目の大東亜会議の時、インドネシアは独立前でしたが、東京に代表団を送ってきたのです」

ディアンスワリは、もういちど重光に握手を求めた。

――お会いできて光栄です。インドネシアが独立戦争を戦い抜けたのは、大東亜会議のおかげです。あの時、私たちは本当に励《はげ》まされました。私たちだって頑張れば、フィリピンやビルマのように独立できるのだと——

重光は意外な話に驚いた。大東亜会議の理念には、今も自信を持っている。しかし敗戦により、日本のしたことは何もかも否定されてしまった。大東亜共同宣言はアジア諸国を、日本の植民地化するための詭弁《きべん》だったとまで言われる。

ディアンスワリは胸を張った。

——私たちがインドネシアでバンドン会議を開いたのも、大東亜会議の志を引き継ぎたかったからです——

そして日本代表全員に礼を言った。

——インドネシアには、今でも日本人に感謝している人が大勢います。日本はオランダからの独立に手を貸してくれたし、インドネシアの子供たちのために学校を造り、若者たちには戦い方を教えてくれました——

植民地時代、オランダはインドネシアの子供たちに、教育の機会を与えなかった。そのためインドネシア人は、自分たちは愚かで、オランダ人が優れているのだと思い込んでいたという。

若者が武器を持つことも、ほとんどなく、当初は整列さえできなかった。だが日本軍の将校たちは根気強く調練《ちょうれん》し、武器の使い方も丁寧《ていねい》に教えたという。

しかし敗戦により日本軍が撤退した後、ふたたびインドネシアでは、オランダとの間に独立戦争が起きた。その時、撤退を潔《いさぎよ》しとしない日本兵たちの中には、現地に残り、独立に手を貸す者がいた。

かつて東條英機《とうじょうひでき》が絞首刑《こうしゅけい》になる前に言った。

「重光君、私は君のおかげで、ひとつだけ、いいことができた。大東亜会議だ。あの時、フィリピンもインドも、みんな喜んでいた。目が輝いていた。あの喜びは本物だった」

重光は、大東亜共同宣言が詭弁でなかったことを、広く認めてもらいたいわけではない。敗者の施策《しさく》が否定されるのは、古今東西、いくらでもあることだ。

それでも現実に、感謝してくれた人々はいたのだ。アジアの独立に、命をかけて力を貸した日本兵たちもいたのだ。その事実は、重光の心を打った。

もういちど日の丸を仰《あお》ぎ見た。そこには、三十九階建ての国連本部ビルを背景に、色とりどりの各国旗と並んで、紅白の美しい旗が翻《ひるがえ》っていた。

上空に広がる冬の青空は、ニューヨークから世界に繋がる、眩《まぶ》しいまでに明るい空だった。

その夜、重光は華子とふたりで、ニューヨーク名物のクリスマスツリーを見物に行った。

ホテルからの道すがら、大きな玩具店《おもちゃ》があった。店内からクリスマスソングが流れ、大きなショーウィンドーには、華やかにクリスマスの飾りつけが施《ほどこ》されている。その正面に、ひときわ美しい人形が飾られていた。

重光は足を止めて、華子に聞いた。

「買うかい？」

「お人形を？」

「昔、約束しただろう。おまえが大事にしていた人形が焼けてしまった時に、いつかニューヨークかパリで買ってやるって」

華子は微笑《ほほえ》んだ。

「そういえば、ジェーンに似てるわ」

しばらくガラス越しに人形を見つめていたが、父親に笑顔を向けて言った。

「それじゃ、買って。お嫁に持って行くから」

重光も微笑んで店に入った。店内は子供用のプレゼントを買い求める人々で、ごった返していた。

父娘でレジの長い行列に並んだ。店員は人形を緑色の大きな箱に入れ、赤いリボンを結んでから差し出した。

――メリークリスマス、そして、よい新年を――

――メリークリスマス、あなたも、よい新年を――

華子も同じ言葉を返し、箱を抱えて店を出た。そして父娘で腕を組み、ニューヨークの街を歩いた。北風が冷たかったが、寒さは感じなかった。

名物のクリスマスツリーは、ロックフェラーセンターという高層ビル群の中庭に、そびえていた。見上げるような巨大な樅《もみ》の木に、無数のイルミネーションがきらめいている。

さらに中庭には氷が張られ、アイススケートのリンクになっていた。大勢の男女が、白い氷の上で、スケートを楽しんでいる。

ツリー見物に立ち寄った人々は、たいがい大きな買い物袋や、華子のように、リボンのかかった箱を抱えている。誰もが目を輝かせて、巨大ツリーを見上げている。

笑顔一色の人混みの中、華子の瞳《ひとみ》にもイルミネーションが映り込んでいた。

「きれいねえ。まるで夢の世界みたい」

白い息をはきながら、唐突に言った。

「あのMPの人も、今頃、家でクリスマスツリーを飾っているかしら」

重光は意味がわからずに聞き返した。

「MPの人?」

「あの人よ。鎌倉の家から、ジープでパパを連れて行った大きな人」

「ああ、あの時のMPか」

重光は少し首を傾《かし》げて応えた。

「どうだろう。朝鮮戦争に駆《か》り出されたかもしれないな。でもMPは憲兵で、兵隊ではないから、まず戦死はないだろう」

「それじゃ、今頃、家に帰っているわね。結婚して子供も生まれたかもしれない。さっきの玩具屋さんで買い物してた人たちみたいに、子供にプレゼントを買って、サンタクロースの代わりに、ツリーの下に置いて」

ツリーを見上げる目から、大粒の涙がこぼれていた。

「前は、あの人のことを恨《うら》んだけど、あれから十年も経って、今は敵も味方もなくなって、みんなでクリスマスを祝える時代になったんだなって、そう思うと涙が出ちゃう」

指先で頬をぬぐって、重光に顔を向けた。

「そんな時代を開いたのは、私のパパ。約束通りに、戦争を終わりにしてくれて。だから私は」

箱を持ったまま、いきなり子供のように抱きついた。

「パパを誇りに思ってる。世界でいちばん素晴らしいパパ」

　重光は娘の肩を抱きしめ、黒髪に頬を押し当てた。

　かつて別府の和田別荘で、脚《あし》を失った現実が受け入れられず、悶々《もんもん》と日々を送った。あの時、亡き母と、赤ん坊だった華子に背中を押されて、重光は立ち直った。

　母の期待を裏切るわけにはいかないと思い、娘が先々、誇りにできるような父親になりたいと願った。それが、とうとう実現できたのだ。きっと亡き母も、喜んでいるに違いなかった。

　堪《こら》えても堪えても、重光の熱い涙が、つややかな華子の髪に、幾筋《いくすじ》もこぼれ落ちた。


　帰国すると、歳末の日本は例年になく、慌ただしかった。重光の渡米中に、鳩山内閣が総辞職したのだ。

　首相官邸を訪ねると、鳩山は、いかにも忙しそうだったが、重光に応接室のソファを勧めて、何度も礼を言った。

「国連の件は、よくやってくれた。感謝している」

　そして申し訳なさそうに謝った。

「君の留守中に、外務大臣の座を取り上げることになってしまい、遺憾《いかん》に思っている」

もう次の外務大臣は決まっていた。だが重光は笑って首を横に振った。

「かまいません。私は政界に未練はないんです」

すでに日本民主党は自由党と手を結び、自由民主党に変わっている。もはや政党の中にも、重光がなすべき役目はない。それでも疎外感《そがいかん》はなかった。

「私が巣鴨を出所してから、政治の世界に入ったのは、ひとえに日本を国連に加盟させるためでした。外務大臣にならなければ、何もできないのでね」

しかし鳩山は不思議そうに聞く。

「いいのか。本当に」

「私は昇るべき階段を、すべて昇り切って、もう心残りはないのです」

なおも鳩山は合点がいかない顔をしている。重光は、自分の心情は、誰にも理解できないだろうと思った。

ただひとり理解した者がいた。加瀬俊一だ。帰国の事務手続きが一段落すると、重光は加瀬に聞いた。

「君は、松岡さんの菩提寺《ぼだいじ》を知らないか」

「墓参りですか」

「そうだ」

「松岡さんの墓は、お寺じゃなくて、青山墓地です」

「そうか。墓の場所は、案内所で聞けばわかるだろうか。あそこは広いからな」

「墓参りなら、ご一緒しますよ。私も、しばらく行っていないし」

ならば年内にと話がまとまって、外務省の仕事納めの翌日、ふたりで青山に赴いた。

思いがけなく寒さが緩んだ午後だった。墓地の案内所で、重光は線香と、白い山茶花《さざんか》の切り花を買い、加瀬が手桶《ておけ》に水を汲《く》んだ。

そして穏《おだ》やかな日差しの中、冬枯れの木立が続く公園墓地を、ふたり並んで歩いた。

「あそこですよ」

加瀬が示す場所まで行き着いて、重光は、おやっと思った。横長の墓石に、右から左に「松岡家之墓」と横書きされ、その上に十字架が彫ってあったのだ。

「松岡さん、クリスチャンだったのか」

あの頃、天皇を崇拝して、仏教から神道《しんとう》へ改宗した仲間は少なくない。だがキリスト教に変わったという話は、聞いたことがなかった。

「いつ、改宗したんだろう」

「もとは若い頃、アメリカでプロテスタントの洗礼を受けたようです」

重光は思い出した。

「そういえば、聞いたことがあるな。なんとかという宣教師夫人に、とても世話になったって」

「フロラですか」

「そうそう、そんな名前だ。その宣教師から洗礼を受けていたのか」

加瀬は、あいまいに首を振った。

「その時も洗礼は受けたようですが、死ぬ間際に、もういちどカトリックに改宗したんです」

「カトリックに?」

「長年、松岡さんの主治医を務めていた女医さんが、カトリックの熱心な信者だったそうです。松岡さんは、その女医さんに教義を聞いて、いつか改宗したいと言っていたので、臨終《りんじゅう》の洗礼を授《さず》けたそうです」

「そうだったのか」

重光は横長の墓石を見つめた。東京裁判開廷の日に見た、松岡の最後の姿が蘇《よみがえ》る。重光が国際連合への加盟を約束すると、穏やかな笑顔を見せ、そして車椅子ごと病院に連れて行かれたのだ。

重光は山茶花を手にしたままで、つぶやいた。

「それほど」

だが喉元《のどもと》に、急に熱いものが込み上げて、言葉が続かなかった。加瀬が聞き返す。

「それほど？」

「それほど」

途切れがちながら言った。

「彼は、救いを、求めていたのか」

加瀬は小さくうなずいて、重光から花を受け取ると、花立てに挿《さ》して言った。

「ビスマルク体制は、ビスマルクでなければ、できなかった。松岡さんが成し遂げたかったことだって、松岡さんでなければ、できなかったんです。ほかの人には理解さえできなかった」

ビスマルク体制とは、ドイツ宰相《さいしょう》のビスマルクが、十九世紀後半に築いたヨーロッパの国際関係のことだ。日本では明治十年代のことだった。

弱小国だったドイツ帝国を守るために、ビスマルクは各国と同盟を結び、対立していたフランスを孤立させて、きわめて微妙な均衡《きんこう》を保った。

その絶妙な駆け引きは、ビスマルクにしかできない外交であり、そのためにビスマルクの個人名が、ヨーロッパ全域の体制に冠されたのだ。

「ビスマルクか」

重光は、もういちど横長の墓を見つめた。

「松岡さんは、たいへんなものに挑んだんだな」

思わず深い溜息が出た。加瀬は花の前で、しゃがんだまま言った。

「確かに、たいへんではありました。実現できなかったわけですし」

「いや、そういう意味ではなく」

加瀬が怪訝そうな顔を向ける。重光は首を横に振った。

「ああいう独裁的なやり方は、日本では無理なんだ」

「どうしてですか」

「和をもって貴《とうと》しとするのが日本人だ。だから歴史的に独裁者を嫌う」

重光は改まって、加瀬に聞いた。

「君は歴史が好きかね。特に日本の歴史は」

「ええ、好きです」

「ならば織田信長の死に方を、考えてみるがいい。井伊直弼《いいなおすけ》も、いい例だ」

織田信長は本能寺の変の謀反《むほん》で倒れ、幕末には幕府大老《たいろう》の井伊直弼が、桜田門外の変で襲撃された。どちらも生前は、独裁的な力を振るった人物だ。

「明治の頃には、大久保利通《としみち》が馬車で襲われて斬り殺されたし、伊藤博文《ひろぶみ》も、またしかりだ」

「そういえば、東條さんも独裁的になったとたんに、首相の座を追われましたね」

「そうだな。おそらく日本には、独裁者が出ない土壌《どじょう》があるのだろう。ヒトラーやムッソリーニのような強力な指導者は、けっして日本には生まれない」

戦前戦中を通じて、イギリスのチャーチルや、アメリカのルーズベルトに比肩《ひけん》するような人物も、日本には出なかった。

あの頃は各国とも、ひとりの人物に、あえて権力を集中し、混乱期を乗り切ろうとしていた。だが日本人は無意識のうちに、独裁者を排除したのだ。

「だから戦争回避を貫徹できる者も出なかった。まあ、ヒトラーのような奴が出たところで、余計に戦争に突っ走っただけかもしれないが」

「なるほど、そうかもしれませんね」

「戦後、吉田君が長期政権を保てたのは、ひとえにアメリカの後ろ盾《だて》があったからだ。あれがなければ、とっくに引きずり下ろされている」

加瀬は小さくうなずくと、マッチを擦《す》り、線香に火をつけた。

「カトリックのやり方を知らないんで、仏式ですけれど」

重光は線香を半分、受け取って言った。

「実はな、松岡さんが巣鴨から病院に運ばれる直前に、頼まれたんだ。国際連合に加盟してくれと」

「知ってます。東大病院に、お見舞いに行った時に聞きました」

「そうだったか」

「松岡さん、喜んでましたよ。引き受けてもらえたって」

「そうか」

重光は横長の墓石の前に進むと、線香を墓に供え、黙って両手を合わせた。そして心の中で、国連加盟を報告した。

冬の穏やかな日差しの中、山茶花の白い花が、墓石に華やかさを添え、線香の煙が、ゆらゆらと漂《ただよ》う。

加瀬も手を合わせてから言った。

「松岡さん、喜んでくれてますね」

「そうだな、喜んでくれている」

ふたり並んでたたずみ、墓を見つめた。

この年、「もはや戦後ではない」という言葉が、流行語になった。経済企画庁の報告書にあった一文だった。

昭和三十二年（一九五七）が明けた一月半ば、重光は久しぶりに大分の杵築《きつき》に里帰りし、親戚や旧友たちの歓迎を受けた。

山の斜面に設けられた先祖代々の墓に参り、五冊の本を墓前に供えた。『昭和の動乱』の上下巻と、『巣鴨日記』の正と続、それに『外交回想録』だ。あとの三冊は『昭和の動乱』がベストセラーになった後に、出版したものだった。

旧友が五冊を見て言った。

「日本人は、こういう本を、もっと読まなければいかん。日本の正しい歴史を伝えなければ、いかんのだよ。学校では、日本は駄目だった、駄目だったと教えるが、あれは間違っている」

重光は、あえて反論しなかった。だが承知している。今は自分の本が読まれても、いずれは顧《かえり》みられなくなる。勝者が語る歴史には敵《かな》わないのだ。

勝者の歴史が間違っているとは言わない。自分の書いたものだけが、正しいとも思わない。もともと歴史には、正しいも間違いもない。見る角度が違えば、史観が変わるだけのことだ。

広島と長崎の原爆や、東京大空襲などの暴挙はあったものの、アメリカが戦後、日本人を飢《う》えから救い、日本に平和をもたらしたことは、まぎれもない事実であり、重光たちには、できなかったことだ。

それによってアメリカは、日本人から感謝され、戦闘行為に勝ったことよりも、はるかに大きな勝利を収めた。そして彼らの語る歴史は、日本人の信頼を得たのだ。

歴史とは、そうした勝者が語り残すもの。それだけは突き崩せないし、あえて突き崩す必要もない。ただ時が流れ、いつしか世の求めがあれば、おのずと史観が変わる時もある。

一月十五日、重光は母校に呼ばれ、生徒たちを前に、講堂で話をした。かつての杵築中学は、大分県立杵築高等学校になっていた。

講演の後に、校長室で揮毫《きごう》を頼まれた。重光は快く引き受け、太い筆に、たっぷりと墨《すみ》を含ませると、父が残した言葉、志四海《お》を一気に大書した。

戦争中、重光は対支新政策と大東亜会議を推し進めた。先日の国連加盟のスピーチでは、日本が東洋と西洋の架け橋になると話した。それらは、すべて、この言葉に端《たん》を発していたのだ。

その日は生家に泊まった。今は弟一家の住まいになっている家で、大勢の親戚が集まり、ひとりの若者がカメラを手にして言った。

「記念に一枚、撮《と》りましょう」

重光は小粋《こいき》にハンチングをかぶり、襟元《えりもと》にマフラーを巻いて、縁側に腰かけた。そして松葉杖を胸元に抱えた。

若者がカメラを構えて言った。

「はい、笑ってください」

重光は笑顔でレンズに向かうのが苦手だ。だが故郷の穏やかさが、穏やかな表情を生んだ。

シャッターが切られ、フィルムに写し取られたのは、何もかも成し遂げた男の微笑みだった。

その時、背後から声が聞こえた。

「葵《まもる》」

振り返って見ると、母が優しい笑顔で、座敷の奥に正座していた。

「よく頑張ったね。母さんは嬉《うれ》しいよ」

泣き笑いの顔になり、色のあせた久留米《くるめ》絣《がすり》の着物のたもとで、目頭《めがしら》を押さえた。白い髭《ひげ》を蓄えた父も、隣に座っていた。

「志を貫いた、立派な生涯だ」

その時、カメラの若者が手招きした。

「もう一枚、みんなで撮りましょう」

その声で、親戚一同が庭に集まり始める。重光が、もういちど振り返った時には、両親の幻は消えていた。

それから十日ほど後の一月二十六日、重光葵は湯河原《ゆがわら》の山荘で、狭心症《きょうしんしょう》の発作により、六十九歳の生涯を閉じた。

葬儀は一月三十日に、自由民主党の党葬として、青山斎場《さいじょう》で執《と》り行われる運びとなった。

死の二日後、一月二十八日のことだった。ニューヨークの国連総会議場で、総会の冒頭、議長がマイクを通して伝えた。

――先月、ここで日本代表としてスピーチをしたマモル・シゲミツが、日本で亡くなりました――

加盟演説から、わずか三十九日後の死に、誰もが驚き、どよめきが広がった。議長がマイクの前で続ける。

――彼は生前、日本の国連加盟に、力を尽くしました。よって、ここに、黙禱《もくとう》を捧《ささ》げたいと思います――

全員が座席から立ち上がった。

――黙禱――

議長の合図で、いっせいに頭《こうべ》を垂れる。たった一度だけ、ここでスピーチをした重光葵のために、世界八十カ国の代表たちが、静かな祈りを捧げた。

この黙禱を提案したのは、重光の死を、いち早く知ったインドネシア代表団だった。

主な参考図書・映像など

『隻脚記』重光葵著　三秀舎
『外交回想録』重光葵著　中公文庫
『昭和の動乱（上・下）』重光葵著　中公文庫
『重光葵写真集』向陽祭記念事業実行委員会
『重光葵手記』伊藤隆・渡邊行男編　中央公論社
『続 重光葵手記』伊藤隆・渡邊行男編　中央公論社
『巣鴨日記（正・続）』重光葵著　文藝春秋新社
『重光葵 上海事変から国連加盟まで』渡邊行男著　中公新書
『重光葵 連合軍に最も恐れられた男』福冨健一著　講談社
『松岡洋右 その人間と外交』三輪公忠著　中公新書
『駐米大使 野村吉三郎の無念』尾塩尚著　日本経済新聞社
『近衛文麿「黙」して死す』鳥居民著　草思社
『霧のロンドン 日本人画家滞英記』牧野義雄著　恒松郁生訳　サイマル出版会
『日本外交史概説』池井優著　慶応通信
『日本外交史辞典』外務省外交資料館・日本外交史辞典編纂委員会編　大蔵省印刷局

『戦争の日本史22　満州事変から日中全面戦争へ』伊香俊哉著　吉川弘文館
『世界が愛した日本』四條たか子著　井沢元彦監修　竹書房
『ビジュアル版　世界の歴史17　東アジアの近代』加藤祐三著　講談社
『図説　日中戦争』太平洋戦争研究会編　森山康平著　河出書房新社
『図説　写真で見る満州全史』太平洋戦争研究会編　平塚柾緒著　河出書房新社
『図説　東京大空襲』早乙女勝元著　河出書房新社
『写説　無条件降伏　大日本帝国の最期』太平洋戦争研究会編　ビジネス社
『写説　占領下の日本　敗戦で得たもの、失ったもの』近現代史編纂会編　ビジネス社
『別冊歴史読本　東京裁判はなにを裁いたのか』新人物往来社
『上海時間旅行　蘇る〝オールド上海〟の記憶』佐野眞一著　山川出版社
『上海　歴史ガイドマップ』木之内誠編著　大修館書店
『上海航路の時代　大正・昭和初期の長崎と上海』岡林隆敏編著　長崎文献社
『昭和生活文化年代記1　戦前』三國一朗編　TOTO出版
『図説　鎌倉回顧』鎌倉市編　鎌倉市発行
『鎌倉記憶帖』木村彦三郎著　鎌倉郷土史料研究会
Ronn Ronck, *"BATTLESHIP MISSOURI"*, Mutual Publishing
「NHK特集　ミズーリ号への道～外相重光葵・33冊の手記」

「その時歴史が動いた 国際連合加盟 重光葵～日本から世界へのメッセージ～」
「その時歴史が動いた 満州事変 関東軍独走す」
「その時歴史が動いた 三国同盟締結 松岡洋右の誤算～ぼく一生の不覚～」
「その時歴史が動いた 昭和天皇とマッカーサー・会見の時～日本を動かした一枚の写真」
「NHKスペシャル 日本人はなぜ戦争へと向かったのか 〝外交敗戦〟孤立への道」
「NHKスペシャル 日本人はなぜ戦争へと向かったのか 〝熱狂〟はこうして作られた」
「NHKスペシャル 日本人はなぜ戦争へと向かったのか 果てしなき戦線拡大の悲劇」
「NHKスペシャル 日本人はなぜ戦争へと向かったのか 開戦・リーダーたちの迷走」
「義肢で拓いたそれぞれの明日～戦後日本の復興の中で～」岩波映像
"USS ARIZONA TO USS MISSOURI, FROM TRAGEDY TO VICTORY" OnDeck Video

解説

丹《に》羽《わ》宇《う》一郎《いちろう》

あの戦争から七十年――。

当時のことを知らない人が圧倒的に多くなった現在、あの戦争を改めて考えたいと思っている人が多いのではないだろうか。日本は負けるはずがないと信じて戦争へと突き進んだ過去を、情けないと思っている若者もいることだろう。戦争を体験した人たちでさえ、当時のリーダーたちは何をやっていたのかと、憤《いきどお》りを感じている人も少なくないと思う。

歴史とは〝history〟、すなわち〝his story〟だ。そして、ここでいう彼とは多くの場合、その時々の権力者である。そうした者たちの口からは、自己の権益を守るために歴史の裏に隠された真実や本音は語られないだろう。それはつまり、われわれ一般国民が、歴史の真実を知らされないまま生きていくことを意味する。

同じ過《あやま》ちを繰り返さないためには、歴史を学ばなければならない。ただし、「正しい歴史」をだ。われわれが過ちを繰り返すのは、「権力者の歴史」しか学んでこなかったことに端《たん》を発するのかもしれない。

本書、『調印の階段』は、そうした閉ざされた歴史の扉を開けてくれる珠玉の一冊といえよう。植松三十里《みどり》氏はおそらく、重光葵《しげみつまもる》の手記や『外交回想録』などの関連書をかなり読みこんだのだろう。今まで関係者が多くを語らなかった真実を知ることができるだけでなく、その中心人物たちの心の動きが丁寧《ていねい》に描写されており、小説の本分を遺憾《いかん》なく発揮して、熱く血の通った重光葵の姿が目に映るようだ。

本書を読んでまず驚きとともに感動したのは、当時政権を握っていた者のなかにも、日本の戦争突入を阻止しようとした人たちが、かなりいたことである。彼らの真《しん》に迫った言動がとても生々しく描かれており、夢中になって読み進めていった。軍部にも、アメリカやイギリスとの開戦を避けようと一生懸命に働きかけた指導者がいた。そして官僚にも、今の官僚とは比較にならないほど上層部に対して積極的な発言をしている者がいたのである。

重光葵も、戦争を回避すべく尽力《じんりょく》している。イギリス首相のチャーチルと直接交渉をしたり、アメリカとの会談実現に奔走《ほんそう》したりと、その努力は涙ぐましい。それにもかかわらず、日本は開戦へと向かってしまった。

ここには、重光葵の官僚としての限界があったようにも思える。理由は明白で、官僚の一番大切な仕事は法律違反をしないことなのだ。国の命令に背《そむ》く行為はできないのである。重光もきっと、忸怩《じくじ》たる思いがあったのではないだろうか。

もし彼が、戦前に政治家になっていれば、自分が正しいと信じることを実行に移すことも可能だったかもしれない。政治家は思想も哲学も自由でいることが許されるが、官僚は自分の心に忠実に生きることが難しいからだ。しかし重光葵の手記や回想録を読んでも、そうした泣き言は一切書かれていなかった。私は本書を読んではじめて、彼の心の襞《ひだ》に触れたような気がした。

重光葵のことを欠点がないのが欠点だとか、面白味がない人だと評する向きもあるが、私はまったくそう思わない。この本によれば、彼は、イギリスで自分より十七歳も年上の自由奔放《ほんぽう》な画家・牧野義雄《よしお》と同居して、一緒に酒を飲んだりしている。自分でも絵を描くし、アメリカのポートランドに駐在していた頃は現地の女性に恋をしそうになったこともある。表向きは堅物《かたぶつ》に見えるけれども、実のところは涙もろくて人情味がある、面白い人間だったのではないかと私は思う。

かつて中国大使を務めた私がもっとも共感したのは、大使や公使に対して本国が真実を伝えてくれないことへの苛立《いらだ》ちだ。たとえば彼がイギリスの外務大臣に呼び出されて、日本の外務省から知らされていない話を聞かされる場面が出てくる。重光は日本の対外交渉の責任者は自分であるとして、冷静に事を収めた。彼の有能さを示すエピソードだが、心中はやるせなさや憤りに満ちていたことだろう。

こういった場面を読んで思い出したのは、二〇一二年、ウラジオストックで開かれたAPECで胡錦濤《こきんとう》元国家主席と野田元総理が会談することを、当時、中国大使だった私に事前に知らされなかったことだ。その会談によって、尖閣《せんかく》諸島問題が深刻化した。

外務省が現場にいる大使に真実を伝えないというのは、昔も今も変わらない体質なのだろう。しかしこれは非常に難しい問題でもあり、一概に批判はできない。他言すれば対外政策上、差し障《さわ》りがあるため、墓場まで持っていくつもりの秘密は、どの外交官にもひとつやふたつはあるだろう。私にも、終生公開するつもりのない「大使日誌」とでもいうべき日記がある。

それでも、本国と現場の大使、公使が情報共有をしていかない限り、国をあげた対外政策というのは不可能なのだ。重光葵の時代も、日米開戦へと日本が誤った方向に大きく舵《かじ》を切っていく前に、もし情報の共有化がなされていれば、歴史は大きく変わっていたかもしれない。この本を読みながら、何度もそう思った。

外交は〝戦場〟のようなもので、外務省は〝戦時の参謀本部〟なのだ。重光葵はそれを理解していて、戦争回避のため最大限の努力をした。政府と軍部の意見をひとつにまとめるために、和平を望む天皇陛下の御聖断をいただこうと内大臣に働きかけたりもしている。

彼がポツダム宣言の無条件降伏文書調印の役目を引き受けたときも、「日本史上、もっとも不名誉な調印者として、自分の名を後世に残さなければならない」ことを覚悟している。無条件降伏調印は大日本帝国の終焉《しゅうえん》を意味するが、身を挺《てい》すると言っているのだ。

中国大使を経験した者として、もうひとつ感銘を受けたのは、中国各都市内の租界など、実質的な植民地を中国に返還すべきだと、重光が訴え続けたことである。上海《シャンハイ》事変で爆弾テロに遭《あ》い、片脚を失ったにもかかわらず、彼は最後まで外交官として誠実に務めつづけたのだ。私は不勉強で、こうした発言のことは知らなかったし、おそらく多くの人が知らないだろうが、彼の官僚としての最大の功績と言ってもいいのではないだろうか。

おそらく植松氏が、小説の題材として重光葵という人物を選んだ一番の理由は、知られざる彼の胸中を書き表したかったためではないかと思う。

私はとくに、重光葵の人を想う優しい気持ちと、それが相手に伝わり心が通じ合う場面に何度も涙が出た。こんなにも胸を打たれた本は久しぶりだ。

戦争という暗黒の時代に外交の最前線で戦った男のドラマには、人間の根源的な感情を揺さぶり、心の琴線《きんせん》に触れる言葉が詰まっている。

終戦七十年目を迎えた今、歴史の真実を知りたいなら、この本を読みなさいと私はすすめたい。

（前中国大使・伊藤忠商事前会長）

この作品は、二〇一二年八月にＰＨＰ研究所より刊行された。

著者紹介

植松三十里（うえまつ　みどり）

静岡市出身。東京女子大学史学科卒業。出版社勤務、7年間の在米生活、建築都市デザイン事務所勤務などを経て、作家に。2003年に『桑港にて』で歴史文学賞、09年に『群青 日本海軍の礎を築いた男』で新田次郎文学賞、『彫残二人』（文庫化時に『命の版木』と改題）で中山義秀文学賞を受賞。

著書に、『大正の后』『志士の峠』『リタとマッサン』『家康の子』『黒鉄の志士たち』『時代を生きた女たち』などがある。

ＰＨＰ文芸文庫　調印の階段
不屈の外交・重光葵《まもる》

2015年7月23日　第1版第1刷
2022年8月12日　第1版第2刷

著　者　植　松　三　十　里
発行者　永　田　貴　之
発行所　株式会社ＰＨＰ研究所
東京本部　〒135-8137 江東区豊洲5-6-52
第三制作部　☎03-3520-9620（編集）
普及部　☎03-3520-9630（販売）
京都本部　〒601-8411 京都市南区西九条北ノ内町11
PHP INTERFACE　https://www.php.co.jp/
組　版　朝日メディアインターナショナル株式会社
印刷所
製本所　大日本印刷株式会社

 ISBN978-4-569-76418-4

PHP文芸文庫

霖《りん》雨《う》

葉室 麟 著

辛いことがあっても諦めてはいけない——豊後日田の儒学者・広瀬淡窓と弟・久兵衛が、困難に立ち向かっていくさまが胸に迫る長編小説。

PHP文芸文庫

海の翼

エルトゥールル号の奇蹟

秋月達郎 著

明治23年のトルコ軍艦エルトゥールル号救出劇は、百年の時を超えて、奇蹟を生み出した。日本とトルコの友情を感動的に描く長編小説。